阅读越美丽
开卷好心情

ZHONGQUAN
FUJUN

忠犬夫君

十月微微凉 著

中国文联出版社
http://www.clapnet.cn

图书在版编目（ＣＩＰ）数据

"忠犬"夫君 / 十月微微凉著. -- 北京 ： 中国文联出版社, 2016.6
ISBN 978-7-5190-1410-0

Ⅰ.①忠… Ⅱ.①十… Ⅲ.①长篇小说－中国－当代
Ⅳ.①I247.5

中国版本图书馆CIP数据核字 (2016) 第085402号

"忠犬"夫君

著　　者：十月微微凉

出 版 人：朱　庆
终 审 人：张　山　　　　　　复 审 人：王东升
责任编辑：王　萌　周　欣　　责任校对：傅泉泽
封面设计：黄　梅　　　　　　责任印制：陈　晨

出版发行：中国文联出版社
地　　址：北京市朝阳区农展馆南里10号，100125
电　　话：010-85923063（咨询）85923000（编务）85923020（邮购）
传　　真：010-85923000（总编室），010-85923020（发行部）
网　　址：http://www.clapnet.cn　　http://www.claplus.cn
E－mail：clap@clapnet.cn　　　　zhoux@clapnet.cn

印　　刷：湖南凌宇纸品有限公司
装　　订：湖南凌宇纸品有限公司
法律顾问：北京市天驰洪范律师事务所徐波律师
本书如有破损、缺页、装订错误，请与本社联系调换

开　　本：880×1230　　　　　　1/32
字　　数：180千字　　　　　　印　张：8
版　　次：2016年6月第1版　　印　次：2016年6月第1次印刷
书　　号：ISBN 978-7-5190-1410-0
定　　价：26.80元

目录

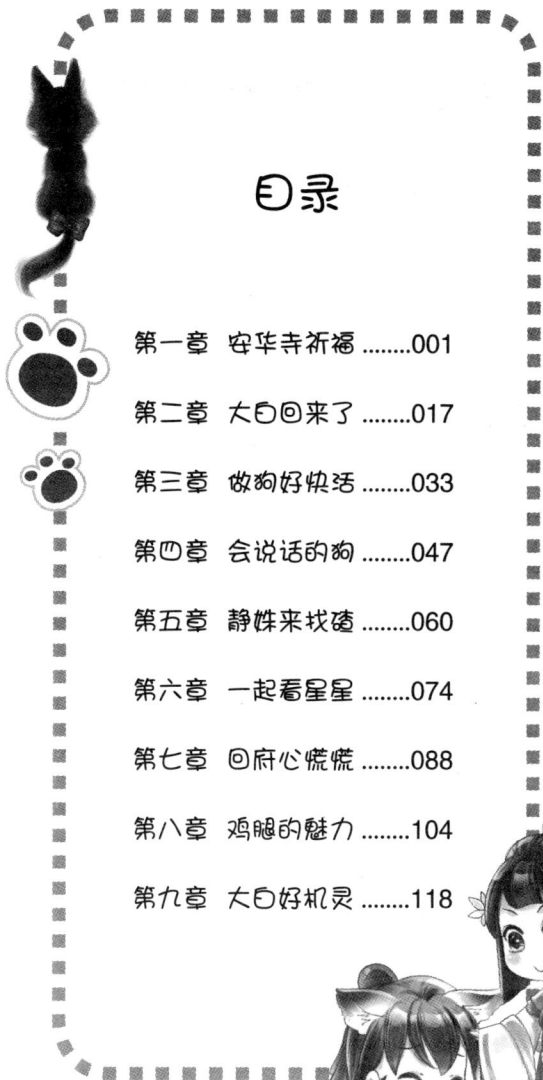

第一章 安华寺祈福

清晨,天蒙蒙亮,许是昨晚一场大雨的缘故,整个院子里一股子清凉的花香草香,十分沁人心脾。

十三四岁的少女挎着篮子,走在小路的石阶上。她穿着一身浅绿色的罗裙,乌黑的秀发绾成两只简单的发髻,上面别着一根翠绿的簪子,与那身衣裙相得益彰。

她五官精致,大大的杏眼,长长的睫毛,樱桃小口,就算不说话,也是面含笑意,给人一种喜盈盈的感觉。

她身后跟着一个同她差不多年纪的丫鬟打扮的女子。

"小姐,咱们今天采些什么花呢?"丫鬟小桃问道。

少女笑眯眯地答道:"我爹最喜欢蔷薇了,自然还是采蔷薇花。"

她父亲昏迷以后,她便每天早上都采一些花放入花瓶,只希望她父亲能够早日在熟悉的花香中醒来,或是醒来的时候能够第一时间就看到他喜欢的花。

"小姐这样有孝心,三老爷一定会醒过来的。"小桃认真地答道,她又想了下,道,"昨日忠勇王府带着那个薛神医过来了,我想啊,三老爷一定很快就会醒过来的。"

女孩使劲点头:"对,我爹会醒过来的,他会好起来。"

"说起忠勇王府,小姐,我听说,那个小世子已经很久没露面了。真是的，害得我们家三老爷成了这个样子，连个登门道歉都没有，怎么会有这样的人？出了事，只会让自己的父亲出来善后，连老王爷都比他强多了。我……"

丫鬟还没说完，就被女孩制止："不要胡说了，小心隔墙有耳。"

小桃连忙点头。

女孩来到花园，用剪子精心地将花剪断，这些事她向来都不假他人之手。

她叫郑静好，是郑府三房的小姐，在郑家行七，父母都唤她小七。

郑家世代为书香世家，到了她祖父这一辈，算是最为显赫，如今祖父不在了，只留一个祖母。

大伯父二伯父都在朝为官，唯有她父亲并不喜做官，也不肯考科举。可即便如此，也是才名远播，因此被忠勇王爷聘为先生，教授王府内小世子的学业。

她父亲一直都觉得如此甚好，却不想，正是因着这件事，才让他落到今日这番田地。想到此，小七心中叹息一声。

小世子生性顽劣，不肯好好学习，时常和忠勇王爷闹别扭。他父亲每每从中调和，却不肯辞去这项工作，他一直都称小世子是个极有天赋的好孩子。

可也正是因着这个"好孩子"，他竟被马踩中，陷入昏迷！

小世子与忠勇王爷闹别扭，独自一人骑马狂奔而去，她父亲为了救人，也迅速追了出去。因马儿失控，她父亲被甩下马，而小世子的马没收住，踩了上去……

如今她父亲已经昏迷一年有余，忠勇王府找了无数的名医来看，仍是没有什么起色。

想到这里，小七越发觉得那个小世子不是个好东西，如果不是他，怎么会闹到今日这般田地？纵然不许丫鬟胡说，可是小七心里却也是那么想的，恼恨得不得了。

讨厌讨厌！那个小世子是最讨厌的坏人！

小七将花剪好，挎起了篮子："我们走吧！"

小桃立时言道："小姐，你就让奴婢来吧。"

小七不肯，认认真真地答："我说过，这事我不想假他人之手。"

小桃跺脚："小姐什么都不让奴婢做，奴婢这可如何是好！"

"我说过不让你跟我一起来的，你偏不听！都在自己家里，难不成还会出问题？往日我都是自己来的啊！"

"往常小姐身边有大白啊，可是现在大白不见了，奴婢怎么能放得下心？我自然是不怕外面那些宵小，咱们有护院呢。可是一旦六小姐出现呢？六小姐整天只会欺负人，有奴婢在，总是好一些的。"

两人话音刚落，就听女子尖锐的声音道："你们说谁欺负人呢？一个丫鬟也敢在背后这样编排主子，当真是反了你了！小七，你们三房，就是这样教育下人的吗？如若你不会教育，我来帮你教育。"

珠光宝气的女子从假山后走了出来，她一身桃红衣衫，整个人明艳靓丽。看得出来，她比小七年纪大了一点，一双丹凤眼给人一种十分不好惹的感觉。

小七微微一福，她认真地道歉道："六姐，是小七的错。小桃犯了错，我会好好说她的。还请六姐见谅。"

郑静姝上下打量小七，冷笑道："你把这个贱丫头交给我。我看啊，你也不会教育人的。"

小七自然不肯，她坚持："六姐，对不起，我知道背后议论你是我们不对的，我给你道歉，对不起，真的对不起。但是小桃不能交给你。"

小七理亏，说话都赔着小心，可是郑静姝并不这样想，看小七这样，她更是来气，冷哼一声，道："你装什么小可怜，谁不知道你是什么人。郑小七，我就知道你背后不会说我的好，若不是你这样，你的丫鬟哪里会这样？"

小七垂着头："六姐，真的对不起。"她知道说其他的没什么用，只能不断道歉，这事总是她们的不对。

突然间，郑静姝莫名地笑了起来，她带着诡异的笑容，道："你的狗呢？往常你不都是带着你的狗过来的吗？叫什么来着？大白是吧？你怎么不带它过来了呢？"

小七咬唇，大白是父亲在她七岁那年送她的生日礼物，这么多年，它从小白变成了大白，一直都陪伴在她身边。可就在七天前，大白不见了，她们曾经找遍了郑府，却没有一丝线索。

小七郑重地答话："多谢六姐关心，我会找到它的。"

郑静姝笑得灿烂："是吗？呵呵，我看啊，它分明就是一只傻狗，自己乱跑，被人抓走了吧？嗯，说不定是被人做成狗肉包子了呢！"

小七立时抬头，她平静自己的心情："六姐何必这样说呢，大白会没事的，我会找到它。姐姐不要再这样说了。"

郑静姝恶意地道："我就要这样说，又怎样呢？只有你才会将那只蠢狗当成一个宝。人蠢，狗也蠢。就因为你这么蠢，你爹才醒不过来。"

小七眼里一下冒了火，她冷冷道："你再说一次。"

"我就说你爹醒不过来，怎么样？你爹就是个没出息的，所以才会去给人当先生，如今醒不过来也是活该，活该活该！"郑静姝得意扬扬，她冷笑，"你们三房最讨厌了，你爹没出息，你娘是个狐狸精，你是个小贱人，你们都不是好东西！"

啪！小七一个耳光打了过去。

静姝没想到小七会动手，被这个耳光激怒，立刻冲了上去："我揍死你这个贱丫头。"

静姝身边的丫鬟也和她一起冲了上去，四人一时间扭打在一起。

小七先动手，但她并不想把事闹大，因此只是闪躲，并不真的动手。

可静姝不这样想，小七越是闪躲，她越是想揍人，而且她也存心想挠到小七的脸上。

小七察觉她的意图，闪躲得更厉害。

而此时蹲在墙上的少年见静姝的手就要挠到小七的脸上了，扔下了一枚石子打中静姝的膝盖。

静姝应声倒地，就在这个时候，护院听到声音，已经冲了过来……

主屋内青烟袅袅，可想而知，这屋内一早便燃起了香。深沉的香味与古朴的家具摆设不难让人看出，这是年长女子的居所。

这年长的女子，便是郑府的老夫人。老夫人富贵一世，纵然已是知天命之年，可妆容、发饰仍一丝不苟，十分妥帖。

她坐在上首位置，端着手中的茶杯轻抿，微微吊起的眼角给人十分凌厉之感。其余几人站在下首，不敢说话。

跪在当中的，便是郑家的两房小姐，六姐儿静姝和七姐儿静好。

抿了一口茶，郑老夫人看着下首跪着的两人，终于开口道："说说吧，你们这又是作甚？"

郑老夫人一看便是自年轻之时就身居上位，只一开口，强硬的气势便展露无遗。

静姝听了这话，立时哭了起来，她委委屈屈地抽泣道："祖母……求祖母给我做主。小七她打人……我不过是好心关心她，她竟翻脸无情，趁着无人直接就打了我一个耳光，接着还推倒了我。那些护院可都看见了，他们到的时候，我已经被小七打倒在地了。"

静姝这样信口雌黄，便是料准了那些护院不会反驳，而小七就算是说话也没人信。她能说出什么？她能说自己骂了她什么吗？呵呵！静姝内心十分得意。

静姝先发制人，小七抬头，认真地道："确实是我先动了手。只是六姐姐为何不说我为何先动手呢？这样颠倒是非，你是看大家都不敢说出真话吧！"她也不是任人欺负的小可怜，骂她没关系，但是诋毁她爹娘，她是怎么都不依的。

静姝可怜兮兮地说："我知道三叔受伤，妹妹心情不好。可是心情不好就能这样欺负姐姐吗？六姐姐真心待你，你怎么就不知道六姐姐的好呢！至于你说大家不敢说出真话，大家怎么就不敢说真话了？祖母是咱们家当家的，只要祖母问，哪个敢不说真话！"她眼神里带着挑衅。

小七看她如此小人之状，言道："我先动手打了姐姐，我甘心受罚。只是，六姐姐怎么不说你说了什么呢？你骂我是贱丫头没有关系，可是你侮辱我爹娘，我是怎么都不允的。再怎么说，他们都是你的长辈，还轮不到你在背后辱骂吧？还是说，六姐姐觉得，随意编排自己的三叔三婶其实是无所谓的？"

百善孝为先，不管什么时候，这孝字都是极为重要的。

小七这番话，一下子便将静姝置于不利的境地。大夫人王氏见女儿就要绷不住了，立时道："小七你说这话就过了。若你六姐姐真的说了这话，我这做娘亲的，必然要打死她。可是如你所言，当时也没有其他人在场，又怎知不是你为了开脱自己打人，而随意编排的？你说你六姐姐从小就不喜欢你，可是大伯母我看着，她每每想与你交好，都失落而归。你们两个争执，她哪里占过什么便宜呢？你有你的丫鬟，她有她的丫鬟，自然都是个人向着个人，这些很难辨明真假。可是你推倒你六姐姐，倒是很多人都看见了。"

小七真诚地望着王氏，问道："大伯母是要拉偏架吗？"

王氏被噎了一下，正要继续说什么，就听郑老夫人咳嗽一声。

几人都不言语了。

郑老夫人并不看小七，而是将茶杯放下，看着王氏，微微皱了一下眉。

王氏心道一声"坏了"。

"你是什么身份，小七是什么身份？小孩子打架，你一个做长辈的掺和什么，还嫌不够乱吗？你当时在场看见一切了？"郑老夫人语气不重，话里却有着浓浓的不满。

王氏立时跪下："是儿媳失态了。"

"你是大房的长媳，却没有一点雍容大度，如你这般，让老身如何放心将府中中馈交付于你？"郑老夫人借机敲打儿媳。

"是儿媳错了，还请娘亲多多指点儿媳。"

郑老夫人看她诚惶诚恐的样子，缓和了一下表情，又望向了两个姑娘。

静姝哭得一把鼻涕一把泪，脸蛋脏兮兮的，头发也略显凌乱；而静好则是一脸倔强，虽然衣着也有一丝凌乱，但是比起静姝好了太多。

老夫人眯眼细细打量，越发觉得静好这副倔强的样子让她气儿不顺，她冷脸道："当时究竟为何打架，无人知晓。你们两个也不是第一次打架了，老身可不愿意给你们断这个官司。只是，小七，不管你姐姐说了什么，你自可以来告知我，我会做主。你私自动手，就是你的不对。你看你姐姐伤的，好端端的姑娘家，一旦腿上留了疤，你能负责吗？"

这样一说，静姝哭得更厉害了。

老夫人横了静姝一眼，静姝抽泣的声音立刻小了下来。

"你也别哭，若不是你嘴贱，小七未必会动手。我还没老糊涂呢！"郑老夫人又敲打静姝。

静姝不敢说话。

"都是当娘亲的，一个听见女儿有事，便匆忙敢来。另一个都过了两烛香了也不见人影，当真是咱们郑家的好媳妇。"老夫人嘲讽道。

小七知道这是在说她娘，不禁心里难过。她娘每日都要照顾她爹，根本分身乏术。而且自从她爹出事以来，府里的人越发看不起他们，很多事情根本就不会知会他们三房。

"行了，好端端的早晨，就被你们给毁了。你们谁也别说谁，周嬷嬷，去拿藤条，丈责小七十藤条。"见静姝面露恐惧，老夫人继续道，"小六受了伤，不适合杖责，就罚她抄书算了。"

这样偏心的处罚，小七心里难受，却捏着裙角不肯告饶。

周嬷嬷刚出门，又转了回来，她快走几步凑到了老夫人面前，嘀咕了几句。

听罢，老夫人立时站起身："快扶老身去门口迎接王爷。"她全然没有了刚才高高在上的感觉，眉眼都是笑。

周嬷嬷扶她出门，而小七与静姝仍跪着，也不敢起来。

静姝见屋内还有老夫人的丫鬟，也不敢多言。王氏倒是快速起身，跟着出去迎接了。

小七见她们如此，只觉得一阵恶心。这些人，当真是为了权势不要什么脸面了。她父亲成为小世子的先生，这些人不知道有多高兴，只觉得能够沾上大便宜。如今她父亲出事了，他们也是借由此事不断巴结忠勇王爷。可私下对她爹，并不十分上心。

不说她两个伯父，就连祖母亦是如此。

静姝见小七的表情有几分哀伤，小声道："十藤条，打死你这个贱丫头。"

小七瞥她一眼，不搭理她。

也不知过了多久，就听屋外传来一阵脚步声，两人都赶紧跪好。

老夫人回来，而同时过来的，除了大夫人王氏，还有小七的母亲，三夫人林氏。

林氏目不斜视，没看小七一眼，扶着老夫人坐到了上位。

老夫人心情不错，她薄唇抿着，扫了下首的两个姑娘一眼。

"其实，老身也不过是吓唬吓唬你们，娇滴滴的姑娘，真打了，伤在你们身上，疼在我这做祖母的心上。"

静姝立刻就要开口辩驳，明明要挨打的不是她，可是还没说话便被王氏瞪了回去。

"小七，我与你母亲商量过了。你父亲整日昏迷，也不见好转，虽然忠勇王爷请了薛神医医治，可是我们也不能只靠这一个。你这做女儿的，也该为你父亲做点什么，如此也好过你每日和六姐儿胡闹。"停顿一下，老夫人打量小七的神色，见她十分认真，继续道，"你就去城郊的安华寺为你父亲祈福吧！安华寺是京中有名的尼姑庵，里面的观音娘娘最是灵验，你去为你父亲祈福一个月，也算是为你父亲的病尽一份心。"

小七磕头应是。

"那安华寺可是有娘娘出家的地方，你去了那里，要小心低调，莫像在府里一样无状。若你胡闹惊扰了娘娘，我们郑家，可不认你这个女儿。"郑老夫人语气里仿佛带着冰碴。

小七也听得出来，她认认真真地答："我知道了。祖母放心，我会好好为父亲祈福的，父亲一定会醒过来的。"

郑老夫人颔首："行了，这一大早就被你们惊扰，我有些头疼，都回去吧，我也歇歇。老三媳妇，你安排小七明儿个出发。"

"是。"林氏恭敬地道。

回去之后，林氏看女儿耷拉着脑袋，一副"我错了"的样子，责备的话怎么也说不出口了。

她微微叹息一声，拢了拢女儿略显凌乱的发："你呀，快些回房收拾收拾，明早我让郑同送你。"

小七颔首："我知道了。娘亲，你在家要好好照顾爹爹，不需要理他们那些人。"

看她一本正经的样子，林氏忍不住笑了起来："你倒是叮咛起我来了。我哪里不知道该怎么做呢？只有你这个傻丫头才会和他们硬碰硬。你听话，去准备吧。出门在外，我不在你身边，你更要谨言慎行，把你那暴躁的脾气改一改。这次若不是忠勇王爷到了，怕是你就要吃亏了。"

小七诧异地问："去安华寺是忠勇王爷建议的？"

林氏温柔地笑道："是呢。王爷来得正是时候，我听说你被老夫人唤去正要过去，就见王爷到了，他见我神色焦急，便询问了事情经过，帮了这个忙。虽然让你一个小姑娘独自去安华寺祈福有些不妥，可是与其留在府里，倒不如出去走走，也能让你自己心情平和许多。"

小七握住林氏的手，靠在她的肩膀上，软糯言道："娘亲放心好了。寺庙里又没有六姐姐，我会好好生活的。若是爹爹醒了，娘亲要赶紧通知我哦。哦对，还有，如果找到了大白，也要通知我哦。"

小七歪着脑袋仔细琢磨自己还有什么忘了的事情。

看她一副小管家婆的样子，林氏笑得更厉害："好好好，不管有什么事，都通知你。"

小七认真地点头："通知我就对了。"

林氏忍俊不禁，小七这是第一次一个人出门，她到底有些不放心，还是亲自为小七准备起来。她娘家是盐城首富，自然是不缺银钱的，郑家的几房媳妇之中，数她的嫁妆最多，手头也最宽裕。

小七年纪小，不懂事，总觉得下人们见风使舵，却不知，虽然大家明里不帮着他们，但是私下，却对他们三房多有照顾。谁会和银子过不去呢？就连老夫人身边的周嬷嬷，其实也是对她们照顾有加的。

至于今日之事，委实是发生得太突然，一下子就闹到了老夫人那边，护院都被老夫人留在了院子里，这才没人通知她。不然，事情断不会如此发展。当然，林氏是不会与女儿说这些的，小七单纯又有些冲动，和她说多了，也不妥当。

这般想着，林氏往小七的行囊里放了些银钱，同时叮咛道："这佛门重地，银钱虽然不太能用得上，但是该添的香火可不能省。我们也不过是图个心安罢了。你懂吗？"

小七点头。

林氏微笑："那边有娘娘出家，不许男子上山，郑同送你过去就会回来。不过你也无须担心，那边有重兵把守，安全上不会有问题。若说有什么不妥，便是那边几位出家的娘娘，你离得远些。你这样的性情，闹不好就得罪人，也不怪你祖母再三叮咛。"

小七抱头："娘亲好絮叨！"

林氏白她一眼，为她整理衣裙："我能不担心你吗！在家都跟人吵架，出门还指不定能闹出什么花样。"

小七不好意思地挠头。

翌日。

随着马车缓缓前行，小七从轿中伸出头不断张望。林氏与她挥手，一直面带笑意。

直到看不见林氏的身影，小七才缩回头，嘟嚷道："这是我第一次一个人出门。其实，我心里是有点小忐忑的。"

丫鬟小桃扑哧一下笑了出来："小姐，原来我不是人呀！"

小七支着下巴，嗔道："你这不鸡蛋里挑骨头吗？我指的是没跟着爹娘。"停顿一下，她嘟唇，"也没有大白。"

马车里一时安静了下来，也不知过了多久，只听马蹄声停了下来，负责护送的郑同道："七小姐，安华寺到了。"

安华寺不算大，但是先皇身边没有皇子的妃子都在此出家，一直被重兵看守，安华寺也因此声名大噪。自然不是人人都能住进安华寺中，小七这次能来，也是因为忠勇王爷的缘故。

静音师太早已等在门口，见小七到了，将她引到了后院。

小七规规矩矩的，一派世家小姐的风范。虽然她在家是个顽皮的姑娘，可是出了门，代表的就是郑府，自然要谨慎守礼。

"郑小姐住在这一间院子。安华寺白日香客多，若小姐喜静，可以傍晚再去大殿祈福。三餐会有小尼过来送斋菜，小姐无须自己料理。安华寺不准私下生火，更不允吃荤，这点小姐要谨记才是。"安华寺自然有一些自己的规矩，静音师太悉数告知小七，之后便含笑离开。

待师太离开后，小七进了房。这房间只一进一出，室内也没什么摆设，简单的床铺桌椅，甚至连一面镜子都没有。摆设太过简单，原本不大的房间竟显得有一丝空旷。

小桃麻利地收拾起来，不多时，这房间便有了一丝女子的气息。

收拾立整，小桃道："房子小也有小的好处呢，若是在府里，哪会这样快。"

小七笑了起来："行了，就和在府中一样，我住内室，你住外室，有事我会唤你。平日里也没什么大事，我去大殿念经，你留在房中便是。"

小桃颔首："我可以去厨房帮师太们做饭。这样到时候可以直接带回来了，也无须她们过来送。"

小七并不在意这些细节，笑着点头。

也许是第一次自己离开家，离开按部就班的生活，小七一下子有些无措起来。若是让她做点什么，她一点都不知道。里里外外转了两圈，小七终于坐了下来。

往常她手足无措或是有心事的时候都会与大白说。可是现在大白不见了，她找了许久，也哭了几次鼻子，可是大白依旧没有出现。

她时常想，大白究竟去哪里了。

失去了最重要的朋友，小七难过地咬了咬唇，站起身子，交代道："我去前院大殿祈福。你也四下看看，熟悉一下环境。"

小桃应是。

安华寺格局简单，是个四四方方的大院子，而其中几个小院子也都十分规矩，纵然小七是第一次走，可也不怕走错，很快来到前院。

此刻已是下午，依规矩，下午是不拜佛的，因此殿里并没有什么外人，只有几位师太正在诵经。

并没有人问起她，小七也不惊扰旁人，学着她们的样子跪下，静静地跟着诵经。

也许诵经真的能够平复心神，渐渐地，小七摒弃了心中的杂念和不安，平静下来。

时间过得极快，等诵经结束，竟然已经日落西山，几位师太起身互相颔首后便离开，小七亦是如此。

夕阳西下，天空一片淡淡的金色，小七琢磨道：如果今晚能吃咸鸭蛋就好了。天空的颜色，颇像是腌渍得正好的蛋黄呢！

呃，当然，这是她想多了。

莞尔一笑，小七轻快地往自己的院子走。

"汪！"小小的狗叫声传来。

小七顿时呆住了，她停下脚步，站在原地，竖起了耳朵。

"汪汪。"

又是几声狗叫，小七顿时激动起来。不知为什么，她一下子就想到了大白。顺着狗叫声走，小七很快就来到了墙角的草丛间。草丛里发出浅浅的呜呜声，接着又是一声狗叫。

小七难掩激动，立时扒拉开草丛："大白，你去哪儿……"还没说完，小七呆住了。

哪里有什么大白？蹲在角落里汪汪叫的，分明就是一个与她年纪相仿的男孩子。他蹲在那里，对着她"汪"了一声，样子颇为欢快。

小七："……"

"汪汪，汪汪汪！"男孩子继续学狗叫。

小七努力平复心情，瞪着男孩子，只见他手脚并用地凑到她身边，用脸蹭她的裙摆："汪汪汪！汪呜！"

小七迅速闪开，她死死地盯着男孩子，问道："你是谁，为什么要学狗叫？不要以为自己装狗狗，我就会好性儿。我告诉你，我可不是好惹的。"

男孩子黑黝黝的大眼睛也紧紧盯着小七，他可怜巴巴地"汪呜"了一声，蜷缩在小七的脚边，一身白衣因这些动作，蹭得脏兮兮的。

不知怎么，小七觉得，男孩黑黝黝的大眼睛里，满是令她感到熟悉的乞求。

她上下打量他，惊讶地发现，他的颈项边，有个浅浅的伤痕。

小七顿时呆住了！

她记得那是大白还是小白的时候，它十分活泼，整日瞎跑，有一次弄伤了颈项，还是她给它包扎的。随着年纪的增长，大白的伤痕也逐渐淡了，就是这个位置，这个形状。

小七突然就想到了大白，好像……好像这个男孩子就是大白一样。也许是因为他的眼神，也许是因为他的熟悉感，也许是因为他的狗叫，也许是因为他和大白一样的习惯，一样的伤痕……

"汪呜！"男孩讨好地又蹭了小七的裙摆一下。

小七发觉，就在她走神的那一瞬间，他又靠了过来。她咬了咬唇，问道："你是……你是大白吗？"

问完小七便后悔起来，人怎么可能是狗狗呢！她一定是太想念大白了！

她正懊恼着，男孩子却欢快地吐了吐舌头，眉眼都是笑："汪汪！"那开心的样子仿佛是被人肯定了。

小七惊讶地看着男孩，她努力平复自己的心情，左右看了看，见四下无人，便蹲了下来，贼兮兮地将男孩子拉到一边。男孩子更开心地吐着舌头，任由她拖着走。不知怎的，小七有一种错觉，他若有尾巴，一定会摇起来。

待到角落，小七再次认真地问道："我问你，如果我说的是真的，你就叫两声，如果我说错了，你叫三次。如果你同意，现在就给我叫一次。"

"汪！"男孩叫了一声，抱住了小七的大腿。

小七使劲挣扎，却挣脱不开，挣扎到一半，她忽然停下了动作："你说汪，你真的说汪？"

男孩笑得更加灿烂："汪！"

小七使劲深呼吸，狐疑地问道："你该不会是只会叫一声吧？那么，我现在来问你，你……不是大白？"

男孩落寞地垂头："汪汪汪！"

小七惊讶，继续追问："那，你是大白！"

"汪汪！"男孩抬头灿烂地笑。

看他精准地与她一问一答，小七按着胸口，觉得事情超乎了她的想象。

这这这，这青天白日的，她抬头，好吧，也没啥太阳……

可是……可是大白是狗啊，怎么就成了一个人呢！

小七觉得，实在是太过不可思议了。

她揪着头发，继续问："如果你是大白，那你告诉我，你脖子上的伤，是几年前弄的？是几年前，你就叫几声。"

"汪汪汪，汪汪汪。"男孩得意地转悠。只是，只是他的动作有点特别，他不与正常人一样，而是手脚着地，使劲地晃屁股，间或还讨好地蹭一下小七的裙摆，这样子分明就和大白一样。

呃，虽然大白经常这样，可是小七还是觉得，一个男孩子做这样的动作，画面太美，她不敢看。

小七原本就觉得他是大白，这样的情形，越发让她相信自己的判断。大白的伤口，可不就是六年前造成的吗？这点他没有答错，而且好端端的人，没必要一个劲儿学狗叫啊！

哦对，大白是只小公狗，小七冲动之下简直想抓起他的两条腿看个究竟……她忽然反应过来，呃……那个，他现在是个男人，是不能这样的！

挠了挠头，她再次言道："那这样，我问你，我最讨厌什么人？我在地上写下几个人名，你知道是哪个人，就站在那个名字上，听明白了吗？"

"汪！"

小七找了一根树枝，在地上写出几个人名，道："好了，你去吧。"

男孩"汪呜"一声，哪个也不去，缩在她脚边。

小七推他："你去啊！"

他仍是不动，看着几个人名，低低地叫着。

小七挑眉，迟疑了一下，在地上多写了一个人名，最后一笔刚落，他就欢快地蹦到了字上，十分雀跃！

小七看着地上的"小世子"三个字，默默黑线了一下。

人人都以为她最讨厌的人是六姐姐静姝，可是实际上，她最讨厌的人当属小世子。小世子这个讨厌鬼害了她爹，可她除却自己亲近的人，对别人都不能说。她娘和小桃是不会将这件事说出去的，那么唯一知道的，只有时常听她抱怨的大白了。

这般想着，她来到男孩的身边，迟疑一下，问道："大白，你真的是大白？"

"汪汪！"男孩委屈地握住了小七的手，将脸贴在她的手上。

小七激动地抱住了男孩，哭泣道："大白，你真的是大白！你怎么变成这样了啊？太难看了！"

小七不住地喃喃，而男孩只是扁着嘴，不知如何是好的样子。

小七从来都不相信大白真的死了，她一直都觉得，大白一定还活着，而事实上，大白真的活着，可是好端端的，它怎么就变成一个人了啊，还是一个男人！

这样想着，她越发难过："你怎么变成这样了啊！我可怜的大白。呜呜！"

"汪呜！"被小七搂在怀中，男孩蹭着她，将脑袋搭在她的肩颈，显得十分可怜。

小七戳了一下男孩的脸，道："行了大白，我们不能在这里，免得被人看见。走，我带你回房，我得把你藏起来，不然被别人看见了，知道你不是一个人，而是一只狗，该把你当成妖孽烧死了。"

脑补了一下这可怕的情形，小七当机立断地站起来。男孩手脚着地，雀跃地晃动屁屁，高兴得不得了。

小七将他拉起来："你站好，对，就是这样。"

等男孩子站了起来，小七才发现，他比她高出一个头还多，再细细看他，应该与自己差不多的年纪，身形偏瘦，虽然身上脏兮兮的，脸上也灰扑扑，可是眉如墨画、双目明亮，唇红齿白，面冠如玉。一个男子长成这般模样，那当真称得上是好容颜了。

外人皆在谣传，忠勇王府的小世子是如玉一样的美男子，可小七觉得，如若让她家大白去比，一定是更胜一筹的，他漂亮得简直不似真人。

自然，现在不是比美的时候，男孩子也不需要比美，她家大白更不需要，躲起来才是正经事。

"你学着我的样子，不要用手着地，就这样，对，慢慢走，咱们回房去。以后你都要像我这样走路，可不能手脚同用，知道吗？这样最起码还可以唬一唬人。哦对，你也不要开口，'汪汪'是不可以叫出来的，只有和我一起时才可以，知道吗？"小七认真地交代。她觉得，好像回到了大白小时候呢！

男孩"汪"了一声，扭着跟在小七身后，小七扶额："你像我这样走，不要扭，对，慢慢走，别扭。走一步扭三下，这走路的姿势，真是和二伯母一模一样。真是的，好的不学坏的学。你说你一只小公狗，怎么不学我爹啊？竟然学二伯母……"

男孩大概是听懂了，稍微正常了一点，但是仍然同手同脚。

小七也顾不得那么了，拉着他快走了几步："我出来有些时候了，也不知小桃有没有回来。咱们得快点，你一个大男人，可不能在这儿出现。我的天，你说你咋不变成女孩子的样子呢？那我还能说你是我的丫鬟，成了男孩子的样子，真是不好整呀！唉，你是小公狗，变成男孩子的样子也是正常的……对，正常的……"

小七开始了碎碎念，看她这般，男孩依旧是雀跃的样子。

小七一回头见到他傻笑的样子，拍了他的额头一下，言道："傻狗！"

"汪呜！"大男孩使劲低头蹭小七，本就比小七高大很多的他，如此一来，真是一副可笑的样子。小七又拍了他一下，见他老实了，才贼头贼脑地四下张望，确认安全后，拉着他快速冲到自己住的小院。

拉着男孩子进了屋，还没等喘过气来，就见小桃错愕地看她。

"小……小……小姐，你……你怎么拉着……拉着一个男人啊！"小桃已经结巴了。她盯着两人交握在一起的手，觉得自己一定是出现幻觉了。

小七连忙将门关好，认真地说道："这是大白！"

小桃惊诧："啥……啥？大……大白？"如果她没记错，大白是一只狗吧？这上看下看，都不是啊！

大白晃着跳到小桃身边，笑眯眯地"汪"了一声

小桃顿时倒地不起了……

等小桃悠悠转醒，就见自家小姐和那陌生少年左边一个右边一个，跟童男童女似的，眼巴巴地看着她。

小七见她醒了，放下心来，将小桃扶了起来，解释了一番。

这人变狗的事，实在是匪夷所思，小桃狐疑地上下打量这个"大白"，见他无害地笑，一副"小天真"的样子。

她颤抖手指："你真的是大白？"

"汪！"少年扭屁股。

小桃捂脸。

小七觉得，她仿佛看见少年身后有一根隐形的尾巴在摇来摇去……长得好看归好看，只是，这画面实在是有点诡异。小七拉住大白，语重心长地说道："我知道没有了尾巴，你有点没办法发挥。可是，你不能这样随便晃屁股，实在是太难看了。要知道，你现在变成人啦，已经不是之前的模样了，懂吗？"

大白低低地"汪"了一声，乖巧地凑到她的身边，笑眯眯地仰头看她。

小七摸了摸他的头，大白快活地呲牙，真是笑得开怀。见小桃还是半信半疑的样子。小七问道："你小桃姐晚上会去几次茅房？去几次，你就叫几声。"

"汪汪汪汪。"大白得意扬扬，他微微眯眼看着小桃，那样子仿佛是在说"看吧，我都知道"。

小桃惊了一下，拉住自家小姐："他还真知道啊！我的天，这年头，狗真的能变成人？"

小七想了想，觉得其实也没什么不可能啊！她们之前看过的话本里，不是有一些美貌女子就是狐狸精变的吗？

"那你看，他长得这样好看，会是寻常人吗？"

小桃想了一下，摇摇头："好看的都是狐狸精，天呀，狗变成人都这么好看，那狐狸精该是怎样的绝色啊！"

小七点头："可不是！"

这对主仆越交流越觉得，这个少年必然是大白无疑。

小七觉得她很久都没有这样快活了。父亲昏迷多时，她身边也没有什么值得开心的事情。相依相伴的大白无缘无故消失了，这让她心情更差。虽然再三强调不会有问题，可是在内心深处，她还是十分担心的。虽然不知道大白为什么会变成了一个十四五岁的少年，可是她觉得，不管变成什么样子，都是自己的大白。只要大白活着，什么都好。

只要想办法，总是能变回去的。

这样想着，小七觉得，既然她是三个人，呃不，是两个人一只狗中最聪明的，她该多思考一下。

转过身，她拉住大白，问道："你是怎么来到这里的？"

少年的眼睛亮晶晶地看她，"呜"了一声，看起来也很不解。

小七拍头："我怎么也傻掉了，你是只狗狗，会知道什么啊！我慢慢想办法吧。"话音刚落，就听咕噜咕噜的响声传来。

少年吐舌头。

虽然知道他不是一个男孩子，而是一只狗狗，可是小七看他吐舌头，还是不自然地脸红了一下。除了自家亲人，她其实没有接触过什么男人，就连整日咒骂的小世子，也并没有见过。

"那个……你饿啦？"问完之后，小七又觉得自己这话问得多余，不饿肚子怎么会响呢！她笑了一下，交代小桃，"天色也不早了，别说是大白，我都饿了呢！你去厨房取些吃食。镇定点，就跟原来大白在的时候一样，千万不要被人看出不妥当。"

小桃应是，小心翼翼地出门了。看样子，她也信了这少年就是大白的事。她晚上上几趟茅房都知道，这分明就是大白呀！不然总不会是有人整日没事窝在她们房顶盯着她们吧？

如今天已经黑下来，往常这个时候，都已经用过晚膳了。

小桃离开，这屋内又只剩小七与大白两个"人"。

现在已经是戌时了，还真是不早了呢，小七四下看了看，就见外屋角落的洗手架子上有一盆水，再看脏兮兮的大白，她起身洗毛巾。

少年眼巴巴地瞅着她的动作，老实地坐在一旁，似乎很想过来，可是又有点担心的样子。

小七主动摆手，少年立时雀跃地蹦跶到小七面前。她将他拉到椅子上，认真地为他擦脸。洗干净脸，大白果真是个唇红齿白的男孩子。也许是他变干净之后十分开心，他晃荡自己的腿，笑眯眯地"汪呜"了一声。

"这样才像话啊！"小七很满意自己的劳动成果，喜滋滋地上下看，只是等视线落到他的衣服上，她微微皱了皱眉，这衣服实在是太脏了。她身边自然不会有男人的衣服，她暗暗提醒自己，明日要命小桃准备一下了。再看大白，他揪着衣角，傻兮兮的样子。

哦，对了，他一直都手脚并用，这手也不干净。

她伸手："大白，手手！"

少年立时将手伸了出来，小七捏着他的手细心地为他擦拭。他的手比她的大了很多，手指修长，待擦干净，就见他的双手白皙，手掌上有薄薄的茧。

她有些奇怪地自言自语："你的手怎么会有茧子呢？"说完自己又恍然大悟，"对呀，原来你的小爪子上就有小肉垫呀。现在你变成了人，小肉垫就变成茧子啦！"说罢，淘气地戳了两下小茧子。

等小七为少年打理好一切，小桃也端着饭菜回来了。大白"呜"了一声就冲了上去，直接就要把脑袋凑到碗里。

小七连忙拦住他："不可以！大白不可以！怎么可以这样吃东西呢？现在你是个人了，虽然不会说话，可你也要学着像我们一样吃饭。坐下。"

少年瞄了小七一眼，委委屈屈地坐下，可是眼睛却死死盯着饭碗，吧嗒着嘴。

小桃忧心忡忡，她看着少年，叹息道："小姐，你说这可咋办啊？他蠢头蠢脑的，一旦被人发现怎么办？还有……咦，他怎么干净了？小姐，你怎么亲自动手了啊？以后这样的事，交代奴婢就可以啦！以前都是我给大白洗澡的！"

少年嫌弃地瞥了她一眼，"汪呜"一声，缩到了小七身边。

小七笑了起来，她扬着下巴言道："我怎么觉得，他现在好像不怎么想让你帮他。"

小桃翻白眼，他不愿意，自己还不愿意呢！

再怎么说，他也是个男人呀，自己才不要……等等！小桃颤抖着手指指向了少年："小……小姐，我不能帮他，你也不能啊！你是千金之躯，他……它……"小桃不知道自己该说什么好了。

小七恍然反应了过来，她歪头望向了大白。大白无辜又带着几分讨好地笑了笑，转头看向了吃食。

"算了算了，先吃饭。"

只是这一顿饭，吃得委实是不太顺利，虽然勺子比筷子好用多了，可是对于大白来说，还是稍显困难了些。他笨笨地吃东西的样子十分可笑，可还是吃得很认真。小七觉得，他还真是饿坏了，也不知这几日是不是都没吃饭。

呃……等等！狗是吃屎的！他该不会……

小七的眼神顿时微妙起来，虽然大白从小就在她身边，被喂养得很好。可是不是有句俗话叫"狗改不了吃屎"吗？谁知道他这些日子饿极了，有没有吃"不该吃的东西"。这样想着，又看被他用勺子碰过的菜，小七顿时觉得自己不怎么想吃了……

小七用筷子戳着饭菜，思绪乱飞，眼神更是瞟来瞟去，大白不解地看她。

小七尴尬地放下了筷子，嘟囔道："你这几天没吃屎吧？"

"噗！"大白自己喷了……

小七看着大白喷出来的饭，同情地道："看他多可怜，还不习惯吃饭！"

小桃点头，真惨！

大白眸中的精光一闪而过，随即垂首继续吃！他果然是饿极了，将两人剩下的饭悉数吃光，虽然动作有点难看，可是碗却舔得亮亮的！

小七感慨道："你这是吃了多少苦啊！原来在家的时候，你可不会这样的。"

不过又一想，这么复杂的话，大白一定听不懂，看他，这个时候不就傻瓜一样地看着自己吐舌头笑吗？

在他还是狗狗的时候，吐舌头是很可爱的事，可是现在，总是有些奇怪。不过，小七觉得，只要大白好好的，这些都是可以克服的。也许有一天，大白会被她培养成一只什么都会的聪明狗呢！

要知道，它刚到她身边的时候，也是什么都不会啊！自己带着它满院子跑，它才逐渐熟悉的。虽然大白现在这个样子怪怪的，可是，也算是另外一种开始，小白到大白时她照顾得很好，大白到人形大白，她也会照顾好的。

"郑静好，你可以的！"小七给自己打气。

看她这般，大白天真地继续吐舌头。

小桃边收拾东西边道："小姐，大白突然变成了一个人，还挺奇怪的！"

小七点头，她也深有同感，但是为了不让大白太伤怀，她拉着大白的手，语重心长地说："其实你不用自卑的，我会想到办法让你变回去的。"大白低头用脸蛋蹭了蹭小七的手，小七笑眯眯地说，"一切都会顺顺利利的，观音娘娘会保佑我的。"

她刚刚祈祷完，大白就回来了，虽然样子怪了一些，可是又有什么关系呢？

"你莫怕！"

大白叫了一声，继续蹭小七，小七不禁笑了起来。

小桃出门送食盒，小七揉了揉大白的头："如果是往常，你一定就会很想跟着了。不过没有关系，你小桃姐姐很快就会回来的。虽然在这里有点不自由，但是没什么外人，不用担心你这个样子被人发现。只是……回府之后怎么办呢？"小七托着下巴，有几分惆怅。

大白黑黝黝的大眼睛看着小七，纯真地笑着。此时的他似乎特别爱笑，本就是好看的男孩子，这样笑，让人心里觉得暖暖的。

小七继续揉大白的头，狗狗大白是很喜欢有人摸它的头的。果不其然，小七见他眯了眯眼睛，低下了身子，将头枕在了自己的腿上，任由她摸，十分舒服的样子。

趁着大白老实地枕在自己腿上，小七细细看着大白，看够了才感慨道："你这样好看，当真是让人嫉妒呢！我想，如果六姐姐看见你，八成会讨厌死你的，六姐姐最讨厌比她长得好的人。你看，她就很讨厌我啊！"言罢，又笑了起来，其实小七也是一个爱笑又乐观的姑娘。

大白"呜"了一声，勾起了嘴角。

小七突然想起一个刚才自己十分在意的话题，她低头紧紧盯着大白的嘴。

似乎是察觉到了小七的视线，他睁开了眼睛叫了一声。

小七认真地问道："大白啊，你究竟有没有吃不该吃的东西呢？例如……便便？你知道什么是便便吧？"

大白用无辜的小眼神瞟着小七。

小七解释无能！

可是，这件事不弄清楚，简直是寝食难安。这样想着，小七推了推他，大白手脚并用地爬开，抱膝蜷缩坐着。

这呆萌的样子，分明就是不知道什么是便便。这可如何是好！

小七简直要抓耳挠腮了，她想了又想，觉得之前的大白就比较通人性，现在又更胜一筹了，也许，自己表述好了，他会明白呢！

这样想着，小七坐到大白对面，与他四目相对，看着他黑黑的眼睛里面有一个小小的她。她顿时觉得好像哪里怪怪的，可是这种怪异感一闪而过，她并没有抓住。想了一下，她盘腿坐好："现在我来问你哦！你知道你是怎么走过来的吗？知道就叫一声，不知道就叫两声。"小七只是想看，大白能不能懂。

"汪汪！"大白也是认认真真的样子，叫完了就吐舌头笑。

小七鼓着小包子脸，点头："好，你不知道。那我继续问你，你变成现在这个怪样子，就是这个好看的脸，几天了？知道就一声，不知道就两声！"

"汪汪！"大白继续吐舌头，欢快又灿烂地笑。

小七觉得有种面对地主家傻儿子的感觉！

"好，你都不知道。那么，这几天，你吃过东西吗？"问完，她紧紧盯着他。

"汪汪！"

小七拍胸，还好还好，他这几天没吃过啥东西，她总算是可以放心了。真是的，如果真的吃屎了，那她真是不知该如何是好了。若是狗狗吃了屎，她还可以勉强接受，可是现在的他不是平常的大白啊，虽然不会说话，可他是一个和常人无异的人啊！

虽然放下了了心，可不过是一转眼，她就又心疼起来，戳了一下大白的脸："你真是傻狗，饿了几天啊？怪不得今天吃这样多。"

大白吐舌头笑。

小七看他这样开心，也跟着笑了起来。只是，他们并没有笑多久，小七就彻底笑不出来了。

呃，现在的问题是，大白住哪里！

小桃觉得，相较于自家小姐，她还是有点理智的，总不能让大白住在小姐房里啊。原本大白住在外室，它有自己的狗笼子，可是现在不行啊！

大概是因为走失过的关系，大白蹲在地上，使劲抱住小七的腿，不肯撒手，分明是想和她住一起的样子。

如果是以往，也无所谓的。可是现在，想到少年模样的大白要和她住在一起，小七觉得，这事……略羞耻啊！

几人大眼瞪小眼，如果强迫大白住在外室，不现实。可是，如果住在内室，小七觉得，这绝对不对啊！

"大白，你住在外室好不好？"

大白"呜呜"叫着，不高兴的样子太明显。

小桃愤怒了，她又腰说道："说起来，我还是个如花似玉没嫁人的大姑娘呢，肯和你一个屋子，已经是我吃亏了好吗？你这坏东西竟然还嫌弃我。小姐是金枝玉叶，你休想和她住一个房间，休想！"

大白被凶了，"汪呜"一声，呲起牙！

小七扑哧一声笑了出来。

小桃委屈地说道："小姐，你看他，还对我呲牙。小人得势的样子！我要给他的牙一颗颗拔掉。"

小七笑着低头看大白，觉得小桃说的真是一点都没错呢！大白一脸得意扬扬，那狗仗人势的样子，表现得不能更显眼。

小七为难道："可怎么办啊！"

许是察觉到小七并不愿意和他住在一个房间，他落寞地扁扁嘴，黑亮的眼睛湿漉漉的，要哭了一般。

小七的心一下子就软了，她仔细想了想，道："要不让他和我住一起吧。"

小桃惊诧："天啊，小姐，这可不成啊。他……他……他是个男人啊！真和你一起住，将来被人知道了，可如何是好？这是大事！虽然我们知道他是大白，可是别人不知道啊！若被有心人察觉做了文章，是会害死小姐的。小姐，你可千万不能心软。"

大白委屈地用脸蹭小七的腿："呜……"

小七何尝不知道小桃说的话在理，可是看到大白可怜巴巴的样子，她就觉得，不能不管大白。

"我知道你说得对，但是我相信，你是不会出卖我的。反正你睡在外室，有问题你也会知道。小桃，大白突然变成人的样子，大概也是忐忑的，如果我们太坚持，会让他不知所措。就算是人，经历了大的变化也会患得患失，更何况是狗！这样……"小七停顿一下，低下身子，对大白认真地道，"你睡在床底下怎么样？"

大白乖巧地"汪汪"叫。

小七摇着小桃的胳膊："好小桃，就这样吧，我把它安置在床下其实也挺好，有人进来也不会看见他。你说对吧？"

小桃瞪了少年一眼，哼了一声，不过还是点头。

"小姐有事一定要第一时间叫我。我总觉得，我们对他太宽容了呢。"

小七笑道："他是我们的大白啊。大白最好了，不会有问题。"

话音一落，就看大白在地上打了一个滚，呼哧呼哧地笑，仿佛听懂了夸奖一般……

深夜。

大白真是乖顺又懂事，老老实实地趴在床下，很快就发出轻微的鼾声。

小七躺在床上，听到这声音，勾起嘴角，含笑进入了梦乡。

也许是今天经历了太多事情，小七也很疲惫，很快就睡着了。

在她睡着之后，少年大白睁开了眼睛，他悄悄地将自己的身子往外滚了滚，使劲抻着头看小七。小七睡着了也是秀秀气气的，安静又老实。看她如此，他也笑了，似乎是怕被别人发现，他默默地回到自己的位置上，睁着眼睛看床板，心里说不出的滋味。

如果说他有什么愿望，那便是装狗不被小七发现。

是的，他是装的，装成郑家小七姑娘郑静好的狗狗。

而他，正是她恨不能揍死的忠勇王府的小世子——顾衍。

顾衍与小七的渊源要追溯到四年前。那时，小七的父亲郑三郎成为了他的先生，没多久，他就知道郑先生家中有一个小姑娘，比他小一岁，有点顽皮。

虽然知道这个小姑娘，可是顾衍对她没有太多的印象。那个时候，他沉浸在无休止的痛苦之中，因为他的父亲续弦了。想想也是，他母亲已经过世了五年。人人都说，他父亲该再娶一个王妃了，可是他却不能忘记自己的母亲。在他看来，他只有一个母亲，忠勇王府也只有一个王妃。

可是他们不会听他的，更不会按照他的想法来。

他父王再娶了，是个只比他大三岁的世家小姐，一个他曾经唤作姐姐的人。若不是有所图谋，哪户人家会将如花似玉的姑娘嫁给一个中年男子？可是他父亲不这么想，欢天喜地地成了亲，婚礼的盛大，超乎了很多人的想象。

外人都说，父王是真的喜欢那个女子，两人冲破重重障碍才走到一起。而这个"障碍"便是指他。多可笑，在外人看来，他们是花好月圆，可是在他看来，却是父亲背弃了母亲。

母亲还在世的时候，那个女人不过是十二三岁的年纪，却时常来看他娘，现在想想，顾衍甚至怀疑，当时她和父王的关系已经非比寻常。他不想这样想，却又控制不住自己。一切巧合得让他怀疑。

父王续弦，让他们父子的关系雪上加霜。从此，他便越发不靠谱起来。王爷厌恶什么，他就一定要做什么，而学业则更是荒废下去了。

因着他的不好学，父王恼羞成怒，可他才不管那些，仿佛父王越是生气，他越觉得心情畅快了很多。

郑三郎是父王请过来的，父王对这个人赞誉有加。父王喜欢的人，他统统都不喜欢。自然，也不会给郑三郎什么好脸色，反正他也不止赶走一个先生了，又哪里会在乎呢！

可是郑三郎对他倒是很不错，甚至可以说是颇为欣赏他，并不在乎他的刁难，一直做了下来。

日子久了，他与郑三郎的关系也好了几分。毕竟，他不是真的憎恶这个人，只是想与父王作对罢了。

真正见到小七是在两年前。

那是两年前的夏日，与现在差不多的季节。

皇太后是他的祖母，因此她老人家的生辰之日，他自然是精心准备。可他精心准备的礼物，却被那位新王妃破坏了。虽然她再三道歉，声称并不是故意的，可是顾衍觉得，怎么会那么巧合？

这个女子，真是让他觉得恶心。细想当年她对自己的照顾，未尝不是勾引他父王的一种手段。这样一想，更是让他反感。

顾衍不是一个会委屈自己的人，他进宫求见了太后。儿媳总归是外人，孙子才是自家人。而且，太后本来也不是很中意这个小儿媳。因此，忠勇王妃被好一通敲打。

因此事，忠勇王爷与儿子闹了起来。顾衍负气离家。此时，他与郑三郎的关系已经好了许多，所以那时，他很想见见郑三郎，和他聊聊自己的烦恼。要知道，郑三郎的很多见解，都让他很舒服。

虽然是傍晚，可是顾衍还是毫不迟疑地来到了郑家，也是这一次，他见到了郑三郎的独生女小七。

郑三郎是家中的小儿子，而他的女儿也是家中最小的姑娘，行七，名唤静好，所以家人都叫她小七。

他并没有从大门进入，担心这样会被父王发现，很快找来。所以他翻墙而入，恰好遇见郑小七。她并没有看见他，可是她身边的那只大白狗察觉到他的气息，不断狂吠，也不知怎么，他突然就觉得不好意思起来。

他闪躲了起来，小七并没有发现他。

她巧笑嫣然地说："大白是笨蛋哦！没有人呢！"

说好的顽皮小姑娘呢？这分明就是个可爱到让人心里暖洋洋的小可爱啊！

小七只比他小一岁，却个子小小的，她扯着小裙子与大白排排坐，吃果果。

他就不明白了，大白是什么狗？一只狗，怎么会吃果子呢？太怪了！可是看小七与大白都吃得欢快，他竟然有一种奇怪的感觉，好像……好像觉得大白比他还幸福。

呃，他是忠勇王府的小世子，尊贵的太后娘娘是他的亲祖母，当朝天子是他的伯父，他的父亲是权倾朝野的王爷，他怎么会不如一只狗呢？这一定是幻觉，可是看他们吃得那么快乐，他真的……羡慕了！

他也想有疼爱自己的父亲和母亲，也想有一只会倾诉会和他一起玩的狗。

可是，这些他都没有。

从那以后，他多了一个习惯，总喜欢偷偷来郑家，他会窝在一个叫郑静好的小姑娘的院子里，看她和狗狗玩耍，听她和狗狗说话。

慢慢地，他知道，她有一个很讨厌的六姐姐，总是喜欢找她的碴。她的大白狗叫大白，是个喜欢吃果子，也爱吃核桃的怪狗狗。

他还知道，郑静好有个怪癖，无论是紧张的时候，着急的时候，还是高兴的时候，她都喜欢碎碎念。

原本他只是想看看的，真的没想别的，可是人总归是一种很奇怪的动物，也不知怎么的，他就看上了瘾，越发想要更多地见到她。

当然，他不会承认是因为他觉得小七唠叨的样子暖心又可爱，也不会承认是因为看见她浅笑时露出的淡淡梨涡，更不是因为她洗手时露出的白藕一样的小臂……

他才不是贪图美色的人，贪图美色的，是他父王那样的人。

他是……他是……他只是有点喜欢这个姑娘。

每个人都要成亲，偷看小七一年之后，顾衍做出一个决定，那就是，他想要娶她。

想要娶小七，必然要忠勇王爷请人过去提亲，也就在这个时候，出了另一件事。

顾衍好端端地说要娶郑家小姐，这让忠勇王爷有几分担忧，他不知道这事是否和郑先生有关系。细想郑先生的为人，倒不至于算计顾衍。可这毕竟是自己唯一的儿子，忠勇王爷如何能什么都不调查便同意？

父子俩关系本就不好，三言两语就又争吵了起来，顾衍一不小心说出了自己去偷看人家女儿已经一年有余的事情，当真是让忠勇王爷大吃一惊。

虽然他没有什么歹心，可是做出这样的事情，如何能够让忠勇王爷不生气？

他本是磊落君子，自家儿子却干出这么不着调的事，他哪里容得下？一番争吵，他第一次动手打了顾衍。

顾衍自小就是锦衣玉食娇惯着长大，哪里受过这样的委屈？

他一怒之下策马而去。而偶然撞见此事的郑三郎虽不知事情详情，但是因为担心顾衍，也骑马追了出去。可谁想，郑三郎在拦顾衍的时候，骑的马嘶吼之下竟将他甩了出去。

而这一下，确实不轻，郑三郎陷入了昏迷。

郑三郎的遭遇让顾衍一下子清醒过来，虽然忠勇王爷找了许多名医，可是郑三郎的病情却一直都没有什么进展。

忠勇王爷也想过这个时候提亲，却被顾衍拒绝了。

如果不是他，郑先生怎么会出事呢？他哪里有脸面去见原本快乐的小七？

而且，就算他现在提出来，他知道小七也是不会同意的。

顾衍想到此，微微叹息一声。

一切都是因为他太过任性，不然，就不会有接下来的种种。但他就算是内疚也于事无补。想和小七在一起，他自己都知道，现在就算他说了，小七也不会理他。

他每日都会偷偷来郑府看望郑先生，也偷看了小七。小七很讨厌他，他是知道的，越是这样，他越是没有办法站出来。他不敢想象小七厌恶他的样子。知道是一回事，面对又是另外一回事。因此，他一直都这样闪躲着，甚至不敢出门，不敢登门道歉。

人人都道忠勇王府的小世子顽劣异常，因为斗气伤了自己的先生，导致郑先生今时今日还不能苏醒。

可是实际上，除却老王爷和他自己，没人知道，他不会说话了。许是因为太过自责，他心情郁结，不肯说话，日子久了，竟不会说话了。

他不会说话，也不肯见人，除了每日偷偷去郑家，也不肯再做其他的事情。

忠勇王爷时常去郑家，不止是为了看郑先生，其实也是去找自己的儿子，他生怕小世子被人发现又不肯说话，会出什么问题。

而大白的失踪便是事情的契机。

大白不见了，小世子也并不知道大白究竟去了哪里，见小七伤心得不得了，他突然就觉得，自己也许可以去小七身边，假扮大白陪伴小七。

顾衍并不担心瞒不过小七，他已经暗中观察了小七的生活两年，不管她做什么，她的什么事，他都知之甚详。

虽然他父王再三阻拦，可他还是十分坚持，所以他的父王才安排了这次特别的相见。

他不会说话了，但是装狗竟是一点问题都没有。

他从来都没有这样近距离，也这样快活地靠近小七。父王说，这不是长久之计，可是顾衍想，不管是不是长久之计，他都要留在小七身边，他会保护好小七的，绝对不会让她遇到一丝危险，也不会让她有一丁点的不开心。

薛神医是天下闻名的神医，他一定能治好郑先生，只要郑先生好了，那么一切都会改变的。想到此，他默默给自己打气，一切都会好起来的，他只要好好守护小七就好了。

这般想着，他的心情竟也轻松了几分，慢慢地，也就睡着了。

小七习惯了早睡早起，原本她每日一大早就要起来去园子里给父亲采花，而今，就算是不需要采花，她也习惯早起。

只是，小七看着那个睡相差到不能再差的身影，恍惚了一下才想到，是呢，大白回来了。

他四仰八叉地躺在那里，如今已经不在床下，而是滚了出来，一身白衣越发脏了，原本洗干净的脸也因着乱滚变得脏兮兮的，头上更是缠着蜘蛛网，那样子简直令人不忍直视。

小七就这样看着大白，见他吧唧嘴，仿佛是吃了什么，越发觉得好笑。是呢，大白就是这个样子，睡没睡相的。

"小姐，你起了？"门外传来小桃的声音。

小七听了，应道："进来吧。"

小桃端着水盆进门，见大白睡相难看，鄙视道："小姐，你看他，好蠢。人家不都说狗是看门的吗？应该特别敏锐，可是你看咱们家这只狗狗，啧啧，我们都说了这么久了，他还熟睡呢！一点警惕性都没有！"

小七顿时笑了起来，她蹲在大白身边，见他睡得不知今夕是何夕，感慨道："我想他离了家，一定特别怕，特别忐忑。好端端地变成了一个人，他大概怕死了，现在回到了我们身边，自然放松了下来。"

小桃望向了大白，感慨道："看着是个好看的男子，不知道的姑娘见了，八成要喜欢上他了。可是你说说，见了这个样儿，谁还能喜欢得上？所以说啊，人真是不能只看外表。"

小七笑了起来："你的感慨还不少，行了，去厨房将早膳端过来吧。她们都要一大早做早课，我们也不能耽误人家的事。"

"是！"

"等一下。"小七看了一眼大白，道，"你稍微多拿一点，我看大白好像挺能吃的。"

"好！"

小桃离开，大白翻滚着，"汪呜"一声，伸懒腰。

小七长长的发垂了下来，穿着一身银白色的里衣，乖巧地支着下巴，眨着大眼看着大白。

大白爬起来，盘腿坐着看小七，两人对视，小七戳了戳他的脸。

"一个男孩子，脸比女孩子还细嫩，只是这样脏脏的，也太不像话了。"

大白将脸贴近了小七，凑在她身边，不断蹭："汪呜汪呜……"

小七笑着揉他的头，大白微微眯眼，十分享受的样子。

小七又捏了大白的脸一把，道："现在我要洗漱了哦。一会儿我们就可以吃早饭了。呃……"小七想了想，"虽然我很想带你出去遛，可是现在不是时候。毕竟你现在是这个样子，如果出去，是会惹来大麻烦的。"

"汪！"大白喜滋滋地叫了一声，仿佛自己知道了一般。

"你明白就好。等会儿我会去前院大殿祈福。你好好和小桃姐姐待在屋里。不对，小桃要去厨房帮助她们料理午饭。大白，来。"

小七将大白拉近了几分，盯着他的眼睛，认真道："一会儿你自己在屋里，不能乱跑，知道吗？自己一个人，你可以打滚，可以啃桌角，但是不可以乱叫，更不可以跑出去，知道吗？如果你出去，就会有大问题的。听懂了，就叫一声！"

"汪！"他欢快地叫了声，表示自己知道。

看到这里，小七总算是放心几分，好在，大白还不是很傻，最起码能听明白一部分内容。

想到此，小七放心几分。

"你要乖！"

"汪呜！"大白捏住了小七的手，咬了一下，他并不使劲，小七的手上只有淡淡的齿痕。

她笑着戳了大白一下，收回了手："乖！"

他们以前也经常这样玩，所以小七并不以为意。但是她却没看到，大白微黯的眼神。

"呜呜！"大白抱住了小七的胳膊，不撒手……

小七笑道："好啦好啦，我知道你不舍得我走，我很快就会回来啊，就跟之前去老夫人那里请安一样。我去给父亲祈福，父亲就会早点醒来。等父亲醒来，他那么聪明，一定会有办法帮你的。大白还是会变成以前那个可爱的大白。等你变回了之前的样子，你就可以出去撒欢啦！我也会每天都带你出去散步的。你都回来了，我爹一定也会好起来的。"

大白"汪呜"了一声，靠在了小七脚边。

郑先生会好的！

"好了好了，乖，呃……"小七想了想，将自己的本子递给了大白，一脸恩赐的表情，"看我多大方，这个给你玩，去墙角咬吧！"

大白盯着那个本本看。

小七催促道："去啊！"

大白只迟疑了那么一下，便一下子张嘴咬住。

小七不肯撒手，对他说："你用手，用手懂吗？像我这样，不可以用嘴咬。"

大白委屈地瞅着小七，可怜巴巴的。

小七拍自己的脸，算了算了："乖！去玩吧！我先洗漱，等我收拾好了就帮你哦！"

"汪！"大白摇屁股。

第三章 做狗好快活

　　小七去大殿念经了，小桃去厨房帮忙了。大白……顾衍默默看着手中的本子，这是让他撕着玩啊！他是那么不着调的人吗？好吧，在小七的眼里，他不是一个人，而是一只狗，还是一只喜欢啃桌角，喜欢撕纸玩的狗。

　　其实，如果能一直做狗狗，也是好的。这样他就可以永远和小七在一起了。

　　能和喜欢的人一辈子在一起，这才是最美好的事。

　　顾衍将本子咬住，摇脑袋，呃，小七不在的时候，他也要不断练习，只有这样才能不被发现破绽。

　　小桃匆忙回来，就见大白叼着本子甩，她感叹地想：她如果将来成亲，一定不能只看脸，一定不能！

　　顾衍倒是没想到小桃会回来，不过这样也好，倒是显得自然。

　　小桃瞅了他一眼，说道："你这玩得还挺好，做狗就是比做人快活。"

　　听到这话，顾衍倒是在心里默默点头了。这话说得有几分道理，像是他，做人的时候真是觉得人生没什么意思，而现在则不同，有趣多了，也快活多了。虽然装狗有点不像话，可是，他会和大白一样贴心的。

　　顾衍继续撕纸，小桃不管他，也不知收拾了什么便出门了。

　　小桃走了，又是顾衍一个人。他垂头看自己嘴里的书，拿了下来，待看清这个本子，顾衍默默为自己掬了一把辛酸泪，这个本子，分明就是自己送给小七的。呃，也就是身为小世子的顾衍送给小七的。他记得……那是郑先生还好好的时候，他察觉小七很喜欢写字，而大白不知怎地撕了她的本子，她恼火极了。他便故意找机会送了郑先生很多本子。果不其然，这些本子都出现在郑小七的书桌上。

郑家不会缺几个本子，但是他的心意总是不同的。

而现在，小七把他送的这个本子递给了自己，让他"咬着玩"……

想到此，顾衍觉得，自己有点惨！

小七是很珍视东西的，这般不在意，也许正是因为是他送的，如若不然，她怎么会这么大方地这样做呢？

顾衍落寞地趴在了桌上，地上还是有点凉啊，他也是有追求的。

等小七进门，就见到了这样一幅画面，她的"大白"蜷缩在桌上，本子掉在地上，而他发出轻微的鼾声，口水则顺着嘴角流了下来。

总结来说，不管是作为一个人还是作为一只狗，这睡相都太难看了些。

听到开门的声音，顾衍一骨碌就想爬起来，万一不是小七而是其他人呢？虽然他在外面安排了暗哨，若真有问题，会有人知会他的。可是不怕一万，就怕万一。

但他忘记了，自己是躺在桌上的，一个翻身，他直接摔在了地上。

小七惊呆了。

顾衍揉着自己的屁股，坐在地上，可怜巴巴地对小七"汪呜"一声。

小七连忙将门关好上前，她看顾衍惨兮兮的，莫名想笑。她忍着笑意，扶顾衍起来："你要小心哦，我知道你笨，可是你也要知道自己是睡在哪儿的啊！"

顾衍不断地蹭她，小七今日穿了银白色的衣衫，被他这么一蹭，脏脏的痕迹清晰可见。他忐忑地抬头看小七，一副怕她生气的样子。

小七微笑地拍了怕灰尘，道："大白要乖哦！不可以这样的，你给我衣服弄脏了，我还要换衣服，多麻烦。我们现在是住在寺院里呢！"

顾衍"汪"了一声，表示自己知道了。

小七鼓励地点头："乖哦！"

她拉着大白坐下，大白同手同脚的走路方式逗得小七一直笑。对小七来说，大白不光是一只狗，还是她一起长大的小伙伴，是会在六姐姐欺负她的时候保护她的小伙伴，会听她抱怨的小伙伴。

"我觉得，你比以前精明了。"小七感慨道。

顾衍心里一惊，顿时有点担心，要不要做点什么让小七确信他是大白的事呢？例如，咬人？呃，算了，还是不要了，免得小七更担心。

这样想着，顾衍挠了挠头。

看顾衍一脸愁绪，小七顿时笑了起来，她捏着他的脸，认真地问道："你怎么了？我是夸奖你呀，你难道不高兴吗？我知道，你一定是不懂，来，我告诉你，'精明'是一个好词哦。"

顾衍看着小七，他不知道自己是从什么时候喜欢上她的，但是他每次看她的眼睛，都觉得自己要被吸进去了。顾衍就这样呆呆地看着小七，看够了，红着脸垂下头。

小七看他这样，觉得有点不明所以，她奇怪地问道："你怎么了？"

顾衍低低地"汪"了一声。

"也不知道你怎么了。不过真奇怪，你明明已经变成了人的样子，怎么还是不会说话只会叫呢？如果你像话本里那样就好了，变成了人就会说话，这样我们也能沟通了。最起码，我能知道你是不是不舒服，是不是饿了，是不是渴了，是不是害怕了。"小七继续说道。

顾衍抬头，见小七脸上带着温柔的笑意。其实小七是个奇怪的姑娘，你说她温柔，她并不，很多时候刁蛮任性得紧。可是你说她是个刁蛮任性的小姑娘，也不是的，她也会在很多时候展现自己温柔可爱的一面。实在有些让人看不懂。

大概对于男孩子来说，每个女孩子都是让人看不懂的。只是，有些女孩子让你想要一直看她，直到看懂；而有一些，则是让你一点都不想继续探究。对于顾衍来说，小七是第一种，也是唯一的一个。

他的目标是，抱紧小七的大腿！

不，他的首要目标是，装狗不被小七发现！

顾衍在极短的时间内思绪不断，小七看他变幻莫测的脸，深深觉得，这是一只心情变幻莫测的狗。

她语重心长地道："大白啊，你不用想太多的。"

顾衍"汪呜"一声，靠在小七身上，吐舌头！

小七笑眯眯地戳他脸："你乖你乖！不准吐舌头啦。"

顾衍用头不断拱小七，小七怕痒，左右闪躲："讨厌讨厌，你干吗啊！讨厌鬼！"

顾衍越发撒欢，狗狗做这样的行为看起来可爱，可他一个大男人做了，真是蠢到不忍直视。

小七不停地笑，声音大了几分："你老实点，老实点啦，不然我不给你吃东西哦！"

顾衍睨她一眼，觉得小七太看不起他了，他是那种只会吃的人吗！必须不是啊！

大抵顾衍的表情太过明显，小七叉腰："你有意见？"

必须没有！顾衍讨好地继续蹭小七，叫声不断。

小七又被他逗笑了。

顾衍觉得，小七是他见过的最爱笑的女孩子，不管什么时候，很小的一件事，她都能笑个不停，十分快活。

他很喜欢小七的笑容，每当看见这笑容，他就觉得，再多的烦恼都可以忘掉。敛了敛神色，他站起来来到外室中间，毫不犹豫地打了两个滚，表示自己的喜悦，小七顿时更加开心。

她支着下巴，盘腿窝在椅子上："如果把你的球带过来就好了，这样就可以让你玩了。现在好像不太方便呢！总是在地上打滚也不行啊！"

小七觉得，自己得好好教育一下这个家伙，呃，怎么有一种养了儿子的感觉？不对不对，自己不可以胡思乱想，绝对不可以！被自己的想法惊到，小七忍不住笑了起来。

见她又笑了，虽然不知道她想到了什么，顾衍还是凑到她身边，仰头看他。

小七盘腿坐在椅子上，而顾衍则是学着她的样子盘腿坐在椅子下，他仰着头，就那样看着小七，仿佛她是自己的全部。

小桃进门，有那么一瞬间的恍惚，清朗隽秀的少年与甜美可人的少女，两人互相对视，这般看着，竟这样相配。她揉了揉眼睛，给了自己一个小耳光，瞎想什么呢！

人狗殊途啊，虽然大白现在是人形，可还是一只狗，这点毋庸置疑。她竟然能将小姐和一只狗狗想到一起，真是太不应该了，该打！

"小姐，大白的衣服找好了。"

原来，小桃不是去什么厨房，她是出去给大白准备衣服了。

只是这衣服找来了，两个人倒是犯了难，她们面面相觑，小七吞咽一下口水，道："那个……大白不可能会自己换衣服吧？"

大白不可能会，而她们……她们也没有办法替大白换啊！要知道，大白现在是一个男人的样子。就算知道他骨子里是一只狗，她们也没有办法说服自己为他换衣。

这可咋办？现实总是太残忍。

小七眼巴巴地看着大白，这个时候，她多么希望大白能够无师自通，只是这家伙摇着屁股不断晃着，分明就是说，他根本就是个天真不知愁滋味的小动物。

小七拿着衣服蹙起眉头，不知如何是好，眼前的少年，好看是真好看，动作也是真蠢，不能直视呀！

顾衍自然看出小七的为难，她皱着眉头的样子真是让人想帮她做好所有的事情。可是……小世子内心对手指，如若他真的无师自通了，小七也会怀疑吧？你啥时候见过自己会穿衣服的狗，这不是擎等着穿帮吗？

顾衍觉得，自己也挺不容易的。他默默看着小七，让小七为难的事情，他是不会做的。这么想着，他冲了上去，一口咬住新衣服，转身就要往外跑。

小七被顾衍突如其来的动作弄蒙了，等她反应过来，门外已经没有了顾衍的身影。小七顿时脸色一白："小桃，我们分开找，一定要快点把大白找到，他这样跑出去，是要出事的。"

小桃立时点头。

两人分开在院中找大白的踪影，在外人看来，大白是个货真价实的男人，尼姑庵里有男人，这是怎样的大事！更可怕的是，若大白被人发现之后不说话，反而狗叫起来，那可更是雪上加霜了。

想到这里，小七胆战心惊："快找！"

小七所住的院子十分简单，几乎是一下子就能从头望到尾，若大白在院子里，一下子就能被发现。

小桃几乎要急哭了，她问道："小姐，咱们怎么找啊？"

小七镇定了一下，大白刚才的动作太过迅速，她一下子慌了神，可是在她看来，大白不是一只蠢蠢的狗狗了。虽然并不聪明，但是也不至于傻到什么都不知道。这般想着，她倒是冷静了几分，大白能够找到她，能够迅速地分辨出她是小七，会回答她的话，这就充分说明，他绝对不是那么傻的。

她冷静地道："我觉得，大白应该是找地方换衣服去了。"

啥？小桃不可置信地看着自家小姐，迟疑了一下，问道："小姐，你怎么知道的？"

"你想啊。大白那么聪明，比一般狗狗聪明多了，虽然我总是叫他傻狗，但才不是真傻呢。他一定是不想我们为难，自己想办法去了。"

虽然没有啥依据，但是小七就是这样笃定，相信大白不会随便乱跑，她现在担心的是他会不会被人看见。

"你去院子里找，我去后山找。千万不要让人看出不妥当。"

"往后山走不安全，还是我去吧。小姐，你去院子里。"小桃说着就先出了院子，往后山方向跑，小七也不再迟疑，现在拉扯也没什么意义。

两人分散开来，小七往院内走，不时遇到几个小尼姑，她们见到小七，俱是弯腰，小七也微笑回礼。虽然她着急找大白，可是不能如无头苍蝇，照她看，大白那么机灵，就算是往院子里跑，也不会找人多的地方。

"施主。"温柔的女声响起，小七回头，就见一个老尼站在离她不远处。老尼微笑看她，道："听闻郑家小姐在寺院中修行，不知小姐可是？"

小七并不认识此人，但是看她艳光四射，想来也未必就是寺院中原本的尼姑。临行之时，母亲再三提醒她处处小心，说过寺院之中有前朝皇妃，马虎唐突不得。虽然此人未表明身份，但是小七看她容貌便猜想，她应是前朝皇妃之中的一人。这般艳丽出色的容颜，如若不是才是奇怪。

想到此，小七微微一福，垂首回道："小女正是郑家七娘子。"

老尼上下打量小七，见她一身锦衣罗裙，头上绾着双髻，本朝少女成亲之前均是如此装扮。双髻俏丽，就算是一般女子，也是青春可人，郑家七娘子虽年纪不大，但已然姿色过人，如此打扮，更是仿若天上下凡的小仙子。

她勾起嘴角，道："贫尼法号慧善，七小姐可称呼贫尼慧善师傅。我住在东跨院，小姐如果有事，可去那边找贫尼。"

小七虽然疑惑，不过还是笑着应了："多谢大师。"

慧善再次打量小七一眼，双手合十，含笑离开。

慧善如此，倒是让小七觉得有点怪怪的。这样子好像她是认识自己的，可是小七并不认识这位大师。就算她原本是宫中的娘娘，小七也是不认识的，真是有点奇怪呢！

只是现在她没有心思想太多，她满腹心思都是赶快找到大白，这样才能真的放下心来。

小七虽然是在院中散步的样子，但是实际上心神都放在草丛墙根那些角落里，按照以往的情形，大白最喜欢往这样的地方钻。这样想着，小七就专注在这些地方。

只是她转了两个院子，仍没有找到大白的身影。

"小姐，小姐……"倒是传来了小桃的声音。

小七回头，就见小桃对她挤眼睛，小七明了，这是说找到了大白。

主仆二人连忙回去，甫一进门，小七就见大白坐在床边吐着舌头笑，那一脸的无辜，当真好像刚才一下子跑掉的不是他。

小七拒不接受他的卖萌，她虎着一张小脸喝道："你刚才去哪里了？"

顾衍无辜地眨眼，眼神左右飘忽，仿佛小七说的不是他。

看他这样不乖，小七更生气，她将顾衍的脸扳正，紧紧盯着他再次问道："你不要左顾右盼，不要企图推卸责任，你和我说，你刚才为什么要跑掉，为什么要调皮？"

"汪呜！"顾衍低低叫了一声，随即讨好地笑。

看他这样，小桃忍不住笑了出来："小姐，你这样和他说话，也没啥用啊！他都听不懂。"

小七认真地道："他听得懂！大白，你听得懂对不对？他如果听不懂，衣服怎么换好的？还有，这身衣服是谁给他换的啊！"

大白身上已经从原来灰扑扑的白衣，变成了藏青色的衣衫。而这身衣衫，正是之前小桃准备好的。也就是说，他带着衣服跑掉，很快就找人帮他换好了。

小七不是傻瓜，这样不合情理，她才不会相信这件事是偶然。

看小姑娘鼓着脸蛋愤怒地看着自己，顾衍又"呜呜"了两声。他伸手轻轻搭在了小七的胳膊上，呲着牙笑。

小七被他弄得无奈，不过还是坚持："那我问你哦，是就答应一声，不是就回答两声。"

"小姐，"小桃弱弱地举手，"我能说话吗？"

小七回头看她，小桃解释道："我是在后山找到他的。当时还有一个老伯，那个老伯以为大白是傻子，我过去找他，老伯还和我搭话了呢！"

小七诧异，问道："说他是傻瓜？"

小桃点头："正是。他叼着衣服直接跑到了老伯那里，我问过了，老伯是山下的村民，时常上后山采药，他说大概几天前就看到了大白。大白也不说话，傻傻呆呆的，他就猜测是个憨子，因此便时常给大白些吃食。这次大白也是直接带着衣服过去找他。我央了老伯，给他换好了衣衫。"

小七总算是解了自己的疑惑，她感慨道："我说大白这些日子怎么过来的，原来竟是如此。"小七望向大白，"你听懂了我的话，所以去找老伯给你换衣服对吗？"

大白眼睛亮亮的，坚定地"汪"一声。

小七带着笑意继续问："你变成了人之后，没有轻易叫？"

"汪！"大白真是一副什么都懂的样子。

小七高兴起来，搂住了大白的脖子，与他额头抵着额头，低低地道："我们家大白，是天下无敌的聪明狗狗！我最喜欢大白了！"

顾衍与她靠在一起，也勾起了嘴角……

顾衍知道，在小七的心里，他是她养的那只又乖又听话又会保护她的狗狗，并不是顾衍这个人。而顾衍这个人是她被讨厌的。纵然如此，他还是很高兴能够和小七亲近地在一起，他觉得这就是最好的事！至于小七有没有讨厌顾衍……这一点都不重要啊，顾衍是谁啊，他不认识。他现在是大白啊！

顾衍觉得，自己是被小七喜欢的，对，没错，他这么好，小七没有道理不喜欢他。只要他好好表现，小七会忘记所有关于小世子的蠢事，从而喜欢上他这个贴心的"大白"，这般想着，顾衍表示，自己前途一片光明。

顾衍联想得太过得意，一不小心，竟然笑了出来。

小七看他高兴，也很欣慰："这一不小心，我们家大白就长大懂事了，我竟有种'吾家有女初长成'的喜悦呢！"小七歪着脑袋，说得一本正经，但是这话让人听着好笑得不得了。

顾衍自己都觉得好像哪里怪怪的。

他将脑袋靠在小七的肩膀上，"汪呜"了一声，十分贴心。

"大白啊，你是不是知道我们因为给你换衣服的事情为难啊！"小七含笑问道，她也没想让大白真的回答，不过是自言自语。只是大白倒是很利落地"汪"了一声，一声的含义就是回答是。

小七惊喜："你果然是知道的。"

小七与大白"聊天"，小桃觉得，她家小姐一本正经地说话，而旁边的大白一本正经地回答，让她嘴角都在抽搐。她还是去扫扫院子吧，真是看不下去了。

顾衍换好衣服，俨然是一个翩翩佳公子，可是他"呜呜"个不停，小七也不觉得哪里不对，嘀咕道："大白啊，我刚才突然想到一件特别好的事耶！"

顾衍不解，等她继续说下去。

小七笑眯眯地道："其实，我可以带你出去玩的哦！傍晚或者是清晨的时候，人特别少，我们可以去后山啊。我带你去林子里，那样你就可以撒欢跑啦。对，我还可以给你准备一个毛线球，你觉得棒不棒？"

顾衍想到以前他时常偷偷看小七遛狗，她会将一个绿色的球扔出去，然后大白跑过去将球接住。看大白快乐的样子，似乎很喜欢小七这样做。这么想着，他也露出笑脸，渴望地看向了小七。

小七被激励了，起身道："我现在去给你做毛线球。"

顾衍跟在小七身后。

小七回头："你喜欢什么颜色的？"

顾衍无辜地眨着大眼睛。

小七歪头想了想，觉得对一只不会说话的狗狗问这样的问题，有点难。

"你也只认识黑白灰吧，那……我还是给你找一个我喜欢的颜色好了。我喜欢……我喜欢什么颜色呢？"小七碎碎念，"我喜欢湖蓝色，看着特别清新呢。呃……绿色也可以的。夏天嘛，青青葱葱的，也不错。等等，玫红好像也不错的，显眼。"

听小七这样念叨着，顾衍觉得，没有比这样的她更可爱了。他看着小七，脸上带着笑意。

小七察觉到他的视线，对手指："你觉得烦吗？"

顾衍立刻"汪汪"两声，表示不是。

小七高兴起来，念叨着："我就知道你不会觉得烦，大白是我最好的朋友了，一定不会嫌弃我。其实我一直都觉得自己是个很体贴的小姑娘啊，也不知道六姐姐为什么那么不喜欢我，明明我们俩年纪相仿，应该更能玩到一起的。我想，这大概就是所谓的缘分吧。我和六姐姐虽然是堂姐妹，但是没啥姐妹缘分，和大白倒是很有主仆的缘分。"

小七找出小笸箩，开始动手给大白缝制小球："我女红很好的，我爹说，不为了别人，也是为了自己，学学女红，算是打发闲暇的时间了。"

顾衍连忙点头，小七所有的事情他都知道，想到这一点，他微笑，这样的感觉真好呢，就好像距离小七很近。

小七并没有看见顾衍点头，继续道："以前我都会给爹爹缝荷包的。"

顾衍想到郑先生带着的那个针脚仿佛蜈蚣一样的荷包，抽搐了一下嘴角。不过，他是知道的，那是小七很小的时候缝制的第一个荷包，因此就算是并不好，在郑先生看来，也是最好的。

小七笑眯眯地道："我爹爹说，不管缝得好不好，都是我的心意，这才是最难得的。所以我一直都很努力，让自己做的东西好看一些，不让爹爹丢脸。可是爹爹很坏呢！他总是不肯将我第一次做的那个荷包还给我，要一直挂在身上。爹爹还说，那个讨厌的小世子说我的针脚不好！他行他上呀！哼！我明明都有继续努力的，我现在可以做得很好了。"

顾衍发誓，当时他是年少无知，若知道今日他会这样喜欢她，那个时候，他一定不吐槽，一定夸她，将她夸得比仙女还好。

可惜，人生没有如果。

所以，他现在只能默默后悔，后悔之后，又生出一丝庆幸，庆幸还有一个这样的机会。他会好好表现，就算是继续装成大白也没有关系。

"汪汪汪汪汪！"我是真的喜欢你！真的真的！顾衍真诚地表达自己的想法。

小七笑容甜甜的，她停下手里的动作，道："你也觉得他很讨厌吧？"

如果他觉得自己讨厌，那才是真的傻了！

小七，总有一天你会知道，顾衍是一个好人，他人特别好！

小七给顾衍做了几个球，说是球，其实与一般的毽子差不多，小七原本很纠结做成什么颜色，最后干脆做成了彩色的，每个颜色一小块布料，显得很可爱。

他还分别做了几个不同颜色的，顾衍看到绿色的，想起之前大白玩的那个，不禁笑了起来。

小七看他又笑了，感慨道："你真是很爱笑啊！若说你不是大白，我都不相信。不是大白，怎么会这样爱笑呢？不管是狗狗的时候还是现在的人形，你都爱笑得紧。"

顾衍"汪呜"一声，靠在小七的肩膀上，蹭了两下，他喜滋滋地笑了起来，一副讨喜的模样。

"大白真是太可爱了。"小七感慨。

"你能不能不作？讨喜一点不可以吗？为什么非要闹事？"顾衍突然就想到了他父王的话。父王在乎的，是新娶回来的妻子，而不是他。所以，不管他做什么，父王都是带着挑剔来看的。若不是郑先生出了事，若不是他突然就不会讲话了，还不知道他们父子俩的关系会走到什么样的地步。

在外人的眼里，顾衍是一个不好相处的人，可是……只有小七知道，他并不那样的性格。只能说，发出这样感慨的人，都是不懂得他的。

他捏了捏小七的衣角，只有小七最好了。

小七看他脏兮兮的爪子，不，是手，顿时笑了起来，她抓起他的手，打量了一下，很肯定地问道："你是不是又用手走路了？"

如果不是这样，好端端的手怎么会这样脏呢？虽然从四条腿走路到两条腿走路有点困难，但她还是希望大白能够习惯，只有他习惯了，才能更像个人，对他自己也更安全。

顾衍眼神游移，左看右看，就是不看小七，那心虚的样子让小七忍俊不禁。小七拉着他来到水盆边上："我帮你擦手，干干净净的才是最好看的大白。"

顾衍稍微低头就能看见小七的发旋，她认真地为他擦手。顾衍怎么会不知道小七最喜欢干净呢？可是他又有自己的考量，若不装得像一点，小七这么聪明，发现了怎么办！

而且，顾衍内心也有小小的窃喜，能够得到小七的喜欢和温柔。他咬唇，其实他不知道等事情真相暴露出来，小七会怎么样。他一点都不敢想，可还是贪恋这一丝的温暖。

"汪呜！"千言万语，顾衍只能这样叫一声。

小七以为他着急地想出去玩了，道："你等会儿，去早了也不成的。"

顾衍乖巧地点头。

小七欣慰："你越来越能听明白我说什么，真是太好啦！"

小七既然答应了要带顾衍出门，自然是不会骗他。晚饭过后，小七给他好一通收拾，没办法，他吃得太脏了。

大白垂着头，做忏悔状。

虽然他不会用筷子，小七却并不在意，她觉得慢慢练习就好了。看大白内疚的样子，小七笑了起来，她拍拍大白的肩膀道："没关系啦！"

小七带大白出门，自然是左右闪躲，她交代小桃先出门检查。

小桃其实觉得这样不安全，但是看小姐这样高兴，也不便阻拦。自从三老爷出事，小姐虽然仍是笑容满面，十分坚强的样子，但她知道，小姐心里是难过的，现在这样，也算是散心吧。

小桃探头探脑地检查了一番，摆摆手。

小七拉着顾衍，蹑手蹑脚地往外走，那贼眉鼠眼的样子，简直是好笑得紧。顾衍看她如此，也学着她的动作，两人就这样左顾右盼，蹑手蹑脚地往外蹿。

小桃见他们两人的身影，并不觉得有什么奇怪，也跟着跑。

三人很快来到了后山。这个时候已经晚霞满天，后山没什么人了。小七嘘了一口气，张开双手仰头望天："有没有感觉到大树的气息？"

顾衍看她这般，也含笑学着她的动作。小七用余光看到了大白的行为，笑眯眯地问："你在和我学吗？"

顾衍点头。

小七俏皮地说："那，我教你说话吧？"

顾衍诧异地看向了小七，小七盘腿坐在地上。顾衍发觉，小七很喜欢这样，总给人一种十分乖巧的感觉。

他学着小七的样子坐下。

小七指了指自己，开口道："郑静好。"

顾衍使劲张口，如果可以，他是愿意和小七说话的，可是不知怎的，就好像嗓子里有什么东西，怎么也开不了口。他使劲，却不得要领："呃……唔……呜啊！"

小七看他急出了汗，握住了他的手："没关系，没关系的，我们慢慢学，我也叫小七，小七，七……"

顾衍看小七温柔的面孔和带着笑意的真诚眼神，顿时就觉得，自己不能让她失望。他嗫嚅着，使了半天的劲儿，就在小七以为他说不出来的时候，他终于开口："七……"

小七顿时呆住了，她惊讶地看着顾衍。顾衍单纯无辜地笑着，他将手搭在小七腿上，再次开口，十分认真努力："七……小七……"

小七激动地握住了顾衍的手："大白，你好聪明，你会叫我的名字啦！"

顾衍垂首腼腆地笑，小七一骨碌爬了起来："好棒好棒！大白会说话了，小桃，大白会说话了呢！"

小桃看太阳，今天是从西边下山的吧？狗变成人已经很奇怪了，竟然还会说话了。这……这也太玄幻了啊！

小七跳来跳去："好高兴，好高兴！"

顾衍看小七这样高兴，比他这个学会说话的还高兴，满心欢喜，只觉得没有比小七更好的女孩子："喜……喜欢……喜欢小……小七！"

小七停下了动作，不可置信地看他。

顾衍微笑："汪！"

第四章 会说话的狗

　　小七傻乎乎地看着顾衍，整个人都呆住了，大白会说话已经让她很震惊了，但是万万没有想到，他竟然能说这么长的句子。这……小七惊讶地看着大白，好半晌，她一把抓住了大白，颤抖着问道："你……你给我说清楚，你刚才说什么？"

　　大白就这样看着她，认真地眨眼，长长的睫毛忽闪忽闪的，终于再次开口："喜……喜欢你！"

　　顾衍也不知道自己怎么突然就会说话了，可是能说话他很高兴，能够和小七说话，更好！

　　顾衍眼睛深邃，小七仔细看过去，仿佛会被吸入其中。小七突然紧张起来，她抿了抿嘴，认真地道："大白！"小七指了指他，眼睛弯弯，"你是大白！"

　　顾衍张口："……白……"

　　小七点头微笑："大白，大白就是你。我是小七，喏，这是小桃，桃子的桃哦！"

　　小桃也凑了上来，她眼巴巴地看着顾衍，顾衍使劲，终于道："套！"

　　小七笑了起来："不是套，是桃哦！"

　　小桃拉着小七，激动地喊道："小姐，这样我已经很感动了，真的很感动了。他竟然会叫我的名字，呜呜呜，一只狗竟然会叫我的名字，我好感动……"

小桃这样激动，小七也跟着更加激动起来。她不想大白太累，拉着大白说："好了好了，我们不说了，我们玩球球。"

顾衍看着那个翠绿的球，欢快地跑到了远处。

小七扯着裙子往后跑了跑："我要丢了哦！"说完，她使出最大的力气丢了出去。

顾衍看着球就这样飞了过来，轻轻一跃，灵巧地咬住了球。他快速跑向小七，脸上有得意的笑容。

小七高兴地拍手："好棒！"

她伸手接过他的球，指挥道："大白太厉害了，继续继续……"

小七和顾衍就这样玩了起来，两人一扔一接，配合十分默契。小桃在一旁看着，也跟着高兴。

快乐的时间自然过得特别快，不知不觉，天已经渐渐黑了下来，小七在大白将球带到她身边的时候，拍了拍他的肩膀："好了，天黑啦，我们回去好不好？"

顾衍"汪呜"一声，吐了吐舌头。

小七拉住大白的手，道："那我们回去哦！你渴了吧？我给你准备水！喝点水，好好休息一下，晚上也能睡个好觉。很可惜呢，你不能洗澡，如果能洗澡，一定会更舒服。"

小七碎碎念，顾衍静静听着，他自然是知道小七的性格，她这样令他有一种被信任的欢喜。

此时月亮已经升了上来，月光将他们的身影拉得长长的，不管是什么人见了，都会觉得他们三个人走在一起是那么温馨。

而站在阴影深处的慧善师太便是这样想的。她在角落里静静看着他们，直到他们离开，才从阴影处走了出来。她望向了树上："既然来了，何不现身呢！"

忠勇王爷从树上一跃而下，抱拳道："见过太妃。"

先皇儿子众多，但是一奶同胞的，也只有皇帝和忠勇王爷两人。当年章太后经历了许多危险艰难，几起几落，为了救自己的姐姐，章太后最亲近的小妹自愿进宫。在后宫的争斗之中，她始终帮着自己的亲姐姐，甚至为了章太后失去了做娘亲的机会，不能拥有自己的孩子。

待到皇上驾崩，章太妃本来是可以留在宫中，却坚持来到寺院出家。

对于这个姨母，就连皇上都十分尊敬，忠勇王爷自然也是如此。

章太妃含笑道："王爷其实无须担心太多。"

虽然他们的关系是姨母与外甥，可是现在章太妃出家，也不便称呼得太过亲近。

忠勇王爷叹息一声，道："我是真的担心顾衍。顾衍自小便骄纵惯了，而现在他因为这件事已经不能说话了，还装成了一只狗……如若这件事被人知道，他该如何自处？他年轻，可以不考虑，我是他的父亲，我不能不考虑。"

慧善师太微笑摇头："许多事情，你到底是看不开。正是因为你的看不开，才有今日的果。儿孙自有儿孙福，你无须想太多。"虽然已经没有了他们三人的身影，可是慧善师太还是看着他们离开的方向，"我倒是觉得，他与郑家小姐在一起，很是快活。其实人活着，就是快活才最重要！"

忠勇王爷感慨道："我自是知道这一点，可是知道又如何呢？我这么大年纪都看不破，他还年轻。"

章太妃摇了摇头，不再多言，而是直接离开。

忠勇王爷想再说点什么，却最终都没有开口。

而回到房间的小七已经洗漱妥当，她与身边的小桃聊天："今天我找大白的时候碰见了一个师太，她长得特别美，你知道她是什么人吗？"

小桃想了想，说道："这里的师太很多都是美人啊！"

小七抚额："超级美！大概年过五旬的样子。"

小桃继续道："这里的师太很多都是年过五旬的大美人。"

"呃……那是……"还不等她说完，就听到笑声。

她望了过去，就见顾衍坐在桌子上，晃荡着腿，笑得很快活。

小七嘟唇："你笑话我！"

顾衍眨眼看小七，脸上都是温柔的笑意。虽是如此，小七还是知道他在笑话自己。小七鼓着包子脸，嗔道："大白，你刚才笑我，难不成……

难不成你知道那是谁？"

顾衍觉得，自己今天已经表现得很好很聪明了，如果太聪明，那可是会露馅的。这么想着，他"汪呜"一声，从桌子上跳了下来，径自来到小七身旁，坐在她的脚边。

小七拉他："别坐在地上，很凉的，这样对肠胃不好。"

原来他是只狗狗的时候自然是无所谓的，但是现在既然成人的样子了，还是注意一点身体比较好。

顾衍瞅了瞅小七，再次"汪呜"一声，一口咬住了小七的裤脚，小七笑了起来："不准咬啦，乖！"

一个大男人，还是一个好看的大男人，就这样坐在地上咬住了少女的裤脚，这场面让小桃来说，那就是四个字：不忍直视！

不但小桃觉得不忍直视，身为他的主人，小七也觉得这感觉怪怪的！虽然她是将他当成大白，可说到底他还是个少年的模样，一个男子这样做，委实有些怪异。

"乖啦，起来起来。"

小七摸着顾衍的头，语气中暖暖的安抚意味让顾衍微微眯上了眼睛。过去他蹲在墙头偷看时，见过小七这样摸着大白的毛，软软糯糯地讲话，而大白则是趴在地上，微眯着眼睛，十分享受的样子。那时他是不懂的，不理解这有什么舒服的。

可是现在他总算是懂了，被小七软乎乎的小手轻抚，真的有种安宁的感觉。虽然小七让他起来，可是顾衍不仅不肯起来，反而直接倒下了。他躺在地上，抱住了小七的脚踝，蹭蹭蹭！

我最喜欢小七了！

小七简直是哭笑不得，她戳顾衍的头："你不要这样，快起来，着凉就不好了。"

顾衍不肯，我不起来我不起来，现在我是狗，随便怎么样都可以的。他觉得他是可以破罐子破摔的，谁让他是狗狗呢！狗是有特权的。这样想着，他越发不老实，满地打滚！

小七见他不听话，使劲拉他："不听话我可是会打人的哦！今天白天刚表现好了一点，现在又开始作。这样可不好哦！惹火了我，我可是会不客气的。"

顾衍看小七俏丽的脸蛋，可能是真的有点生气了，她的脸红扑扑的。他说过自己不会再让小七难过，这样想着，他乖巧地坐了起来。

小七点头："对，不准闹哦！天色也不早了，我们洗漱睡吧。大白乖一些。"

大白会说话了，这件事让小七更加觉得，只要心诚，那么他们所祈求的，一定可以实现。连大白都回来了，虽然有些差错，而且不仅回来了，还会说话了。那么她爹一定也会好的。

深夜，小七翻来覆去地睡不着，起身披着衣服来到院子里。院子里一片寂静，她坐在台阶上，靠在了门口的柱子上。今夜月色正好，繁星点点，小七就这样仰头看着，原本的焦躁也逐渐平复了。

开门的声音很轻，可是小七还是感觉到了，她并未回头，微笑着道："小桃，我已经出来好几天了，你说家里怎么样了？也不知道爹爹有没有好一些。"

身后十分安静，小七回头，来人并不是小桃，竟然是大白。只见大白站在门口，带着温暖的笑意，其实大白变成人之后的样子，在小七看来，并不是那种温暖型的，与他原本的性格也有一点不同。原本的大白憨厚温暖，傻乎乎的。而现在若不说话，站在那里，一身高冷的气息。虽然如此，但是只要她在，他就会变成原本那个活泼、憨傻、喜欢粘着她的大白。

想到这里，小七摆了摆手："你来！"

顾衍看小七的神色从迷糊到坚定，也不知是想到了什么。他来到她的身边，静静坐下，歪着身子将头放在了小七的腿上，静静躺着。

小七摸着他的头，就像原来那样，她低低地说："你变得很没有安全感，是因为曾经走失过吗？大白，你究竟是怎么来到这里的呢？"

顾衍不说话，只静静躺在小七的腿上，感受她温柔的抚摸。

"我总是觉得，一切事情冥冥之中自有定数，我以为你丢了，就在我越发无助的时候，你又回来了。大白，这样真好，好像一切都是命中注定一样。"

小七这样软软的低语，只让顾衍更加心疼。若不是他造成了那次意外，小七现在还是个天真不知愁滋味的小姑娘，可是如今她会难过，会伤心。一切都是因为他不好。

　　他握住了小七的手，小七停下摸他的动作，问道："怎么了？"

　　顾衍露齿一笑，虽然年纪不大，可是他现在的笑容已经能让人感到迷惑。小七有那么一瞬间的晃神，不过很快恢复正常，她念叨："你担心我吗？"

　　顾衍低低地"汪呜"一声。

　　小七笑了起来，她低语："你不用担心我的，我很坚强。大白，有你在，我一定会坚强的，你是我的小伙伴，不是吗？"

　　顾衍微笑起来，两人之间十分温馨，只是……

　　小七被顾衍握住手，悄悄地挠他手心，笑道："其实啊，说起来，最讨厌的就是小世子了。大白，你说那个小世子怎么不出现了呢？该不会是知道错了，在闭门思过吧？"

　　顾衍默默黑线，小世子现在躲在你身边啊！

　　小七也没指望大白能够回答，她继续念叨："他很讨厌的。如果不是他，我爹怎么会受伤？可是他连亲自上门看一看我爹都没有。不是我小心眼啊，我只是为爹不值得，教这样一个学生，难道不是白眼狼吗？"

　　顾衍："……"

　　小七去大殿拜佛了，房间里只留下顾衍一个人。他趴在桌上，百无聊赖。准确地说，他心情有点小郁结。怎么能不郁结呢？他喜欢的小七是那样讨厌他。可是就算是心情再沮丧，他也要继续下去。

　　这样想着，顾衍抬了抬头，也许……他可以打扫屋子呀！总是闲着，一定会胡思乱想的，对，他可以干活。

　　这么想着，他站了起来，他记得，小时候曾经听奶娘讲过故事，叫田螺姑娘，对，他就是小七的"田螺姑娘"，他会将房子收拾得干干净净。这么想着，顾衍露出了笑容，该从哪里做起呢？

　　虽然想着好好收拾一下房间，可是他确实不知道从何入手。仔细回想之前，竟从没注意过那些丫鬟、小厮是如何收拾房间的。这样想着，他不禁有些懊恼。不过顾衍不是一个悲观的人，他很快就打起了精神。虽然他平日里并没有注意过这些事，但是这两日小桃打扫他倒是看到了。

他这么聪明能干，还不是一下子就学会了吗！只是……他不能四下乱走倒是个问题。打扫卫生，可是需要水的啊！

不过这也不是大问题，谁让他武艺高强又聪明呢！实在不行，还有帮手呢！这般想着，他一下子来了精神，精神抖擞地准备先擦桌子，嗯，不对，应该先扫地，不然灰尘起了，桌子不是就又脏了吗？

说干就干，顾衍马上开始扫地。扫到一半，他停下了手里的动作……不对啊！今早小桃已经收拾过了，他现在再做完全没有意义啊！顾衍觉得，自从来到小七身边，他的脑子明显不太好用了。大概是用情太深，才会如此。

这地人家扫过了，桌子人家擦过了，他就算是想做"田螺姑娘"，也没机会了。或许……他还可以做其他的？

小七又见到了慧善师太，她看得出来，慧善师太似乎对她很感兴趣。

"见过大师。"小七微微福身。

慧善师太勾起了唇："你也这么早。"

小七笑眯眯地说："早点来，没那么多人。等会儿来参拜的人多了，我就不添乱了。"

慧善师太摇头，她看着小七，认真地道："其实没有什么事是添乱。在旁人看来，你也是与他们一样的信徒罢了。既然都是来参拜，谈何添乱不添乱？"

小七微笑颔首："多谢大师的指点。"

慧善师太若有似无地笑了一下，似乎有话要说，小七有几分疑惑，不过慧善师太只是默默地越过了她。她的声音很轻："谈不上添乱，更谈不上指点。我也不过是身在一团迷雾之中的凡人罢了。"

小七看她的背影，疑惑地问道："可是大师不是凡人啊！"

慧善师太停下了脚步，回头看她，见她单纯地站在那里，皱着眉头再次问道："大师既然是大师，就不是凡人呀！您也是身在一团迷雾之中吗？"

慧善师太突然就笑了起来："难不成你觉得每日念经，就能抛弃一切烦恼？"

小七嘟了嘟唇，道："我觉得，心情很安定！"

慧善师太看小七认真的样子，忍不住来到她的身边，手指轻轻划过小七的额头，道："你是一个单纯的好孩子，只要不那么执著，凡事看开，豁达一些，一定会获得最终的幸福。其实不管是什么人都会犯错，给别人一个机会，也是给自己一个机会。也许你给了别人机会，就会发现柳暗花明又一村。"言罢，慧善师太静静离开了。

小七不清楚师太为什么要说这些，她看着她的背影，静静思考。那个，大师说的是啥意思？

不过她向来是个不求甚解的人，她歪头想了想，随即耸了一下肩膀，跟上了慧善师太的脚步。

大殿里已经有很多师太，小七跪在了她们身后，低声诵经。

其实这个寺院的人并不是那么多，因为有重兵把守，还是有许多不便，所以也算是安静。

诵经之后，小七起身回房，她脚步轻盈，心情不错。她坚信，只要自己每日诵经祈福，她爹就一定会好起来。

穿过院子，小七来到自己的小院，这里是整个寺院之中偏后的位置，她心里挂念大白，脚步自然也变得轻快。

待回到院子，她立时觉得好像哪里有点不对。

顾衍听到脚步声，立刻出了门，他含笑站在门口，一脸"求表扬"。

小七看着院子里水淋淋的衣服，颤抖手指问："这些……是你做的？"

顾衍连忙点头，喜滋滋地扭着手指。

小七使劲平复心情，却怎么都不能平静下来，她拍胸，问道："你……你为什么要做这个？你……你竟然洗衣服！"

她好端端的衣服，怎么就成了这个鬼样子呢？！

顾衍想，果然他的决定是对的，看小七高兴的，都不知如何是好了！他抿嘴含笑："汪呜！"

小七使劲拍胸！她要冷静，要冷静啊！绝对不能和大白闹别扭，他只是想做好事，对，自己要肯定大白的行为，不能发火。

看小七变了又变的脸色，顾衍咧嘴笑了，感觉勤劳的自己很值得！

而小七觉得，即便是她努力想要平复自己的心情，也压不住即将爆发的怒火。她好端端的罗裙，只是放在床边啊，他怎么就给拿出来了呢！没有比这更让她暴躁的事情了。

而且，更让她不能忍的是，这家伙竟然一脸得意扬扬！难不成，他真的觉得自己做了一件大好事？果然，虽然他变成了人，学会了说话，可是在骨子里，他还是一只蠢狗，蠢得不能再蠢的狗。愤怒！

顾衍咧嘴笑，他觉得小七一定会表扬他，谁让他这么善解人意呢！要知道，一个大男人会洗衣服，真是太不容易了。更何况，在小七心里，自己还是一只狗狗。一只狗都会给主人洗衣服，这是多么难得啊！谁家狗狗会聪明伶俐到这种程度。所以说，小七一定是欢喜得傻掉了。

顾衍觉得，自己既然做了好事，一定不能主动求表扬，这样就落了下乘。要不动声色，要故作寻常，只有这样才有范儿。什么是范儿？这样就是了。

小七平复再平复，总算是缓和了几分，她看着湿淋淋几乎没拧的衣裙，努力"微笑"着问道："大白，这些都是你帮我洗的？"

顾衍故作沉静地点头。

"那个……多谢你啊！你真是太聪明了。只是，只是你怎么想到给我洗衣服呢？以后不用这么做了，小桃会做好的。你只需要好好待着就行了。"

不能打击他的积极性，毕竟他的心是好的，即便那个裙子是她最喜欢的，也不能发火。

顾衍哪里看出小七内心的挣扎，只觉得自己做了好事，小七已经欢喜到表情扭曲，不会说话了。

他来到小七身边，低头蹭她的胳膊，讨好技巧升级，自己真是太聪明了！

小七看他眼睛亮亮的，突然就笑了起来，不是之前勉为其难的笑容，而是十分真心的。也许，大白真是想对她好，虽然他没有把握到要领。

这样想着，她揉了揉顾衍的头，温柔地道："你回房休息吧，谢谢你哦！"

顾衍使劲张嘴，动了半天，说道："七……"

小七将他拉到屋里，将他推在椅子上坐好，自己则是蹲在他的腿边，问道："我才想起来，你是从哪里找来的水？"

　　顾衍眼神飘呀飘。

　　小七扳正他的脸，再次问："你哪里来的水？"

　　顾衍想了想，指了指门口。

　　小七望过去，问道："井？"

　　顾衍立刻点头，原来他以为，从井里打水有力气就能做好，没想到也是需要巧劲儿的。他手都破皮了，比当年练武还辛苦。

　　还没等顾衍脑补完，就被小七拉住了手，她翻过他的手掌，见上面几块擦伤："很痛吧？"

　　顾衍连忙摇头，小七垂首，嘟囔道："怎么可能不疼呢！你这个笨蛋，你……"小七看他亮晶晶的眼睛，竟然觉得怎么都说不下去了，在她心里，大白其实就像是一只小雏鸟，什么都不会，什么都需要她。现在这样，让她觉得心里酸酸的。

　　"你是个笨蛋！以后不准做了，知道吗？谁稀罕你给我洗衣服啊，连水都不会拧！你只要好好待着，不让自己受伤就好了。而且你这样在院子里打水，一旦被旁人发现怎么办呢？你又不会说话，连解释一下都不能，一旦他们把你当成妖怪抓起来，我怎么救你呀！大白，你不要让我担心好吗？"

　　虽然小七语气里满是嫌弃，但是顾衍觉得心里暖洋洋的。

　　他垂首看小七，就见她一副认真的样子。顾衍抬手摸上了小七的脸。小七眼中闪过一丝迷惑，不过很快就笑起来："你的手……干净吗？"

　　顾衍忍不住失笑。

　　小七随即又说："哦对，你刚才洗衣服了，手一定是干净的。"

　　顾衍的手在小七的脸上划过，她的脸嫩嫩滑滑，就好像是上好的真丝缎面一样，他爱不释手，同时心里也在窃喜，他摸到了小七的脸呢！他曾经无数次地想，摸小七的脸是怎样的感觉，现在，终于摸到了。

　　这时，小七捏住了他的手："你乖！"

　　顾衍无辜地挑眉看她。

顾衍一派清朗少年的模样，眼神清澈，笑容和动作都傻兮兮的。小七每每看到这样的大白，都觉得眼睛果然是心灵的窗户，不管大白变成什么样子，可是骨子里，都是那个单纯清澈的大白！

"乖！"顾衍跟着小七的语气，说了这么一个字。

小七惊讶了一下，随即更开心了："真好呢，大白会说更多的话了，真是太棒了！"

顾衍呲牙笑。

小七道："其实说不说话不重要，可是你知道的，若你总是'汪汪'叫，一旦被有心人看见，是会把你当成妖怪的。也许你一辈子都会是人的样子，学会说话能安全一点，这才是最重要的。"

顾衍含笑看着小七，认真地点头："说、话、说、小、七！"

小七的衣衫被小桃重新洗过了。小桃的内心是崩溃的，他这是典型的好心办坏事啊。

看小桃气鼓鼓的脸，小七安抚她道："你别生气了，大白年纪还小，他也是好心。虽然……虽然我也郁闷，但是我们总归不能因为这件事说他，不然会伤害他的。相信以后他会越做越好的。"小七这样说其实也是安慰自己。

小桃看自家小姐说话时纠结的样子，忍不住笑了起来："好啦，小姐放心，我知道的。"

小七嘘了一口气，她自己细想起来都觉得有些好笑，嗔道："你有没有觉得，大白现在就像是一只雏鸟，我们就是他的娘亲。现在他还小，正处于热爱学习的时候，所以我们不能打击他的积极性。虽然他行动力差了点，可是我们也应该是鼓励的态度。"

小桃笑了起来，"嗯"了一声。

顾衍趴在窗口看墙角里说话的小七和小桃，喜滋滋地想，她们一定是在背后表扬他。

小七哪里知道，这个人在屋子里脑补了这么多，只想着，不能打击他的积极性。可她不知道，这是她做的最差的一个决定。

在以后的日子里，小七每每想起今天，都悔不当初。从这天以后，大白陷入了痴迷劳动的状态。

打扫卫生或洗衣服，他都做得很快活。可是小七的内心，已经彻底崩溃了……

大白做得……真的不咋地啊！小七一万次骂自己，她怎么就没在大白第一次做这件事的时候阻拦他呢？果然人不能随便心软，不仅给别人带来困扰，也会让自己纠结到死。

大白每天都特别勤劳，可是他的忙碌也给小七和小桃带来了很多的困扰。

小七默默捂住脸，她真的错了！嘤嘤！

小桃趁大白不注意偷偷拉住自家小姐的袖子咬耳朵："小姐，以后我们增加傍晚玩耍的时间吧，等他累坏了，也许就不做了。你不知道……他昨天给我的衣服洗了一个洞。小姐，那是人家今年的新衣服呢，他就给我洗出了一个洞，呜呜……"小桃真是委屈。这几天她都不怎么给大白好脸色了，可是他一点没看出来！这可如何是好？

小七连忙点头："就这么办。"

主仆俩望天，十分惆怅。

她们这样的心情，顾衍却是全然不知道。

他现在想的是，很快就要一个月了，小七说好了一个月就会回家的，到时候，他要怎么跟着去郑家呢？小七单纯好糊弄，但是不代表所有人都好糊弄，这样想着，他越发着急。

若躲在小七的房里，自然也是没有问题的。他自认为自己武艺不错，可是现在他装狗，必须有狗狗的样子啊。你见过谁家的狗窝在屋子里不需要遛的？

一时间，这屋里的三个人竟同时都有小心事了。小七想的是，怎么和大白说让他不要再这么勤劳了。小桃想的是，虽然小姐又给了她一套衣衫，可是能不能在大白的手下保住还是两回事，为自己掬一把辛酸泪。而顾衍想的则是，怎么继续跟着小七呢？为什么薛神医那边还没有起色呢？

伴随着夏日里知了的叫声，三人终于都睡了过去。

也不知过了多久，顾衍听到一阵哨声，他立刻睁开了眼睛起身来到窗外。

窗外正是他的属下张三，那次小桃见过的老者就是张三假扮的。

张三单膝跪地："属下参见世子。"

顾衍脸色并不好，他皱眉道："我说过，只有她们都不在的时候你才能出现。"

张三迟疑一下，道："事情有些紧急，王爷让我赶紧过来知会世子。"

"什么事？"顾衍不解。

"郑家六小姐明日会过来祈福。王爷有些不放心，命属下一定要先过来和世子打个招呼，避讳一些才是。这不管是对您还是对七小姐，都是好事。"

顾衍听到郑静姝要来，冷笑道："她要来祈福？我看她是要来看小七过得怎么清苦吧？当我会怕她不成？"

张三连忙道："世子自然是不会怕一个小小的郑家小姐，只是这也是为了七小姐好。"

顾衍的面色果然缓和了几分，他颔首道："我知道了，我会小心的。郑先生那边，还是没有任何起色吗？"提到此事，他才是真的焦心。

张三如实回答："若说没有进展也不尽然。薛神医称已经找到了一些法子，只要持续用药，相信过不了多久，必然会治好郑先生的。"

顾衍听了，惊喜道："真的？"

"属下自然不敢欺瞒世子。"

顾衍觉得自己的心情一下子就春暖花开了，若郑先生好了，那么他就可以名正言顺地站在小七面前，与她说"我就是顾衍，我是真的喜欢你"。

想到此，他忍不住开始转圈圈。

张三看着自家世子这个新习惯，非常无语……

第五章 静姝来找碴

小七每日的生活都是按部就班的，即便是对大白这事发愁也是一样的。思来想去，她觉得还是应该和大白谈一谈，不能让他这样继续下去了！

一大早，小七将睡得四仰八叉的大白戳醒。顾衍迷迷糊糊地醒来，虽然他是作为一只狗睡在床下，可那也是跟小七在一个屋子里呢。想到这里，他喜滋滋地"汪"了一声！

小七继续戳，看他迷糊地看自己，道："大白起床啦，我有事情要和你说。"

顾衍"汪呜"一声，爬了起来，他学着小七平日里的样子盘腿坐着，双眼亮晶晶地看着她。

"汪！"

小七想了下，道："大白越来越聪明，也越来越像个人了。"

顾衍连忙点头，他本来就是个人啊！

小七看他认真又理所当然的样子，笑了起来，忍不住轻轻地捏了大白的脸一下，小七感慨道："你说你一个男孩子，这脸比女孩子还嫩，让不让我们活了？我都要嫉妒了。"

顾衍连忙蹭小七的衣袖，一副乖巧的样子。

"既然大白这样聪明，都能听懂我的话，那么咱们打个商量可好？"她揪了揪衣角，琢磨怎么说会更好一些，能不伤害大白的自尊心。

顾衍不解地看小七，不过不管小七说什么，他都一定会答应的。这般想着，他勾起嘴角，"汪"了一声。

小七笑："那个……大白啊，你能不能不收拾房间了？不用洗衣服，不管是我的还是小桃的，都不需要啊！"

顾衍的笑容僵在脸上，不过很快他就感动地看着小七，一脸"我懂你"的表情。

大白变化得太快，小七表示自己有点不了解。她解释道："你这样进进出出，很不安全的。而且你没怎么干过活，水都拧不干净。呃，当然，我不是说你干得不好。我的意思是……反正，反正作为一只狗狗，你只要每天开开心心的就可以了，真的不用做这些，我会心疼的！"

果然！顾衍更加感动，他就知道，小七必然是心疼他。

"你，听明白了吗？好不好？"小七期待地看大白。

顾衍连忙点头，他懂的，他都懂，他是天底下最懂小七的人！顺势打了一个滚，他又吐舌头笑。

看大白听明白了，小七嘘了一口气。

原来，事情可以这样简单就解决掉。小七觉得，自己以前真是白忍了。呜呜！因着大白的懂事，小七一早心情都很好！

只是，这份好心情并没有持续太久，她没有想到，会在大殿里看见六姐姐静姝。

静姝一早便赶了过来，虽然说是祈福，其实她心里确实是想过来看小七的，也是想在小七面前炫耀一下家中已经在为她议亲了。那人是朱尚书家三房的公子，虽然不是长房长孙，可到底是三朝元老朱尚书的公子，这点哪里是别人比得了的？

如今这件事基本已经定了下来，她倒闲下来，若不来和小七炫耀一下，总是觉得少了些什么。

静姝见小七只身一人，勾起嘴角："七妹妹怎么一个人呢？在家的时候上个园子不是都要带着丫鬟吗？你不是怕被人欺负？在自家怕被人欺负，出来倒是不怕了，七妹妹真是奇怪呢！"她声音不小，引得旁人疑惑地看了过来。

"六姐姐说笑了。佛门净地，还是小声点为好，免得扰了别人参拜。"小七一身素色衣衫，不施粉黛，与静姝的浓妆艳抹自然是不同。在这样的场合看着，显得她更美，仿若一个不食人间烟火的小仙子。

小七温柔和气，让静姝一拳打在了棉花上。静姝看小七的表情，更觉得她是在内心里嘲笑她，越发不高兴。她冷下脸："妹妹才住了几天，倒是学着这般淡定。哼！"她压低了声音，"你装给谁看啊！"

小七微笑："姐姐，你不是来参拜的吗？难道不进去？"

静姝察觉周围的视线，明白自己刚才那样不好，她调整了一下心绪，皮笑肉不笑："自然是要进去的。我这次来，要好好谢谢佛祖。若不是佛祖保佑，我怎么会觅得如意郎君呢？哦对了，妹妹这段日子住在这边，想来还不知道吧，我已经定下亲事了，稍后就要双方过彩礼了呢！"

小七在家的时候，六姐静姝就已经在商讨议亲的事情，但是那时还没有敲定，现在看来，倒是已经定下了。小七也为她高兴，虽然两个人有矛盾，但是到底一笔写不出两个郑字，而且她也不愿意在外人面前让人看笑话。

小七真诚地道："那恭喜六姐姐了。"

静姝一怔，随即继续说："其实啊，也不怕告诉你，是朱尚书家三房的公子呢！听说朱尚书家的老夫人特别喜欢我！看了我的画像便称我是个有福气的好姑娘，让我有些羞得不知如何是好。想来这也是极好的人家，不仅身份显赫，难得的是人还十分和气。"

小七笑："对呀，很好呢！"可是，把这些告诉她干啥呢？小七有点不懂，六姐姐来见她，只是要说成亲的事？难不成……这是炫耀？

小七仔细想了想，觉得大概是这样，可是，她一点都不嫉妒啊！

静姝看小七完全不像在府里那般一点就着，更是郁结。不过也只那么一瞬间，她换上一副温和的表情，笑着问道："对了，我听说，你们还没找到大白呢！这么多日子了，大白……怕是寻不着了吧？"

小七惊诧地抬头看静姝。

静姝得意地道："一定是死了。"

小七觉得，静姝是见不得她有一点点好。她其实很想告诉静姝，大白没有死，他好端端的，不仅变成了美男子，还会做家务呢！虽然做得不好，可是在她心里，他还是最棒的。

只是这话不能对别人说。小七缓了缓心神，微笑着道："六姐姐说什么呢，我家大白就算不在我身边，我相信它也一定好好的。"

静姝挑眉冷笑："你倒是心宽。之前不是特别担心它吗？我觉得你这人啊，看着长情，实际还真不是。"

静姝真是句句话都要找碴。小七不想在外人面前难看，但是静姝并不懂这个。这一刻，她觉得，自己才是姐姐。

也不说更多，小七微福一下，转身进了大殿。

静姝看她这般，气得哆嗦，她对身边的丫鬟道："你看这个死丫头，真是气死我了，竟敢无视我。"

虽然寺院清净，可偶尔也有人路过，看静姝原本好看的脸有几分扭曲，俱是快走几步，离她远远的。丫鬟见这样的情形，也知道不好，劝道："小姐，咱们还是上香吧！莫要在这里和七小姐做些无谓的争辩，现在不在府里，免得让人家看了笑话。"

静姝冷哼了一声："她就是这样会掩饰。"言罢，她也跟着小七进了大殿参拜。

窝在墙角偷看的顾衍看静姝这般，暗想：真是一个老巫婆。

他支着下巴往寺庙里张望，侍卫远远见了，默默叹息。他们小世子就是这样接地气的呆萌，偶尔……犯点二。

顾衍此时哪里知道别人的心思，他心中暗想：郑家的女孩除了我们小七，真是没啥好人。这个六小姐，脸上的粉能掉下来二斤，人还刻薄，真是不知道朱尚书他们家怎么选的人，难道是被骗了？不过仔细想想，其实他们家那个浪荡子也不怎么样，果然是什么锅配什么盖。世上像我这样的好男人委实不多了。小七如果找我，绝对是捡到宝了。

顾衍心里活动太多，在旁人看来，只觉得他面部表情又生动了几分。

从墙头上根本看不见大殿里的情形，顾衍觉得，这么看下去也没啥意思，他顺势滑下墙头，悄然潜回了自己的院子。

顾衍习惯地爬上了桌子躺着，其实这个屋内除了床铺，还有一个小炕，可是顾衍装狗习惯了，不怎么愿意去小炕上，只觉得在桌上更是舒爽。

也不知过了多久，就听外面传来一阵脚步声，顾衍认得是小七，所以并不起来，只眯着眼偷瞄。

小七推门就见到了他这个怪样子，忍不住笑了起来。

顾衍"汪呜"一声，翻了个身，讨好地笑道："七……"

小七摸了摸顾衍的头，问道："你今天都在家里做什么了啊？"

家！不知不觉，小七也将这里当成了自己的一个家。她的无心之语，听在顾衍耳中，却是分外动听。

他嘴角噙着笑意，使劲说话："滚！"

小七可不会认为大白是在骂她，她连忙问道："滚来滚去吗？"

顾衍重重点头："滚……滚来……滚去！"

自从开始说话，顾衍就说得越来越顺，他自己倒是没有什么特殊的感觉，只是觉得这样甚好，以后能更好地和小七沟通，她也会更高兴的。

而对于小七来说，意义更大。顾衍知道自己是受了刺激不能说话，而小七并不知道，在她心里，顾衍是一只狗狗，而一只狗狗能够学会说话，是多么不容易。

她摸着大白的头，打量他："大白，你看你都瘦了，这里没有肉吃，你特别忧伤吧？"小七想到这里，叹了一口气。

顾衍一怔，随即微笑摇头。

小七笑盈盈地说："真乖！这里是佛门重地，我们要吃得清淡一些。其实啊，我有时候也想，你平日里那么喜欢吃肉，现在怎么能这么久都没有反应。不过你一定明白这里是不能吃肉的。"

"明……白！"

小七点头："大白是天底下最聪明的狗！"话音刚落，就听见他"唔"了一声，好像是不太对，小七连忙看大白，"你怎么了？"

顾衍红了脸，他……他突然肚子疼，很想去茅房……

他扭捏地瞅了小七一眼，望向门口，这些日子，他倒是趁小七不在或者不注意的时候出去解决。可是现在……怎么突然肚子疼了呢！

小七焦急："你怎么了？看起来表情有点奇怪啊！"

顾衍没辙，只能说："后……后山！"

小七疑惑："你想去后山？去后山干吗？"

小七想不起来其实也是有原因的。顾衍自从来到小七身边，一直都装得极好，也并没有提到过去茅房之类。因此，小七才没有意识到这个问题。

小七盯着大白，见他表情变化，恍然道："你是不是想去茅房？只是现在这个时辰……"小七有点迟疑，现在是大白天，静姝又还在此地……小七忧心忡忡地皱起了秀气的眉毛。

顾衍可见不得小七担忧，他立时道："我……我……自己……"他努力表达自己的想法。

小七歪头看顾衍，突然笑了起来："你要自己去？"

顾衍连忙点头，小七问道："你可以自己吗？"

虽然她不怎么放心，但也不是不能让大白自己去。大白刚回来时，她自然是不放心，但是现在大白已经明白了"人应该怎么做"，所以她放心很多。

"你去的时候，要千万小心哦，防备着些，知道吗？"

顾衍连忙点头，他捂着肚子，蹿了出去……

小七想了一下，跟在他身后。但顾衍的动作特别快，等她追出去，已经看不见他的身影。

"这个家伙不管什么时候都走得这样快，原来就经常一溜烟就没影了，现在也是如此。"想到大白会去后山，她径自往后山走去。

而小七没有发现，就在她疾步离开院子的时候，静姝已经到了不远处，她看着小七行色匆匆，心存疑惑，追了上去。

她本想直接离开，但是又觉得没有在小七这里占到便宜，因此便想过来讽刺几句她住的地方。没想到见小七行色匆匆地往后山方向而去。

丫鬟见了，低声道："小姐，我们对这里也不熟悉，就这样跟上去，许是会吃亏，不如我们等在这里吧？"

静姝白她一眼，斥道："不跟着她，怎么知道她搞什么鬼？难得有这样一个机会，我可不能平白错过。再说了，我们两个人在一起，难道还会吃亏不成？她只有一个人，你这丫头，平日里就没什么用，现在又是如此胆小怕事，若不是你从小便跟着我，我定要将你发落走的。"

静姝冷着一张脸斥责丫鬟，丫鬟讨好道："小姐明鉴，奴婢是担心小姐的安危！小姐，不如……不如您等在这里，由我一人过去跟踪，您看如何？虽然两个人更好些，但是一旦七小姐那边还有旁人呢？奴婢一个人去，就算有什么事，也不会有大问题。您觉得呢？"

静姝迟疑，丫鬟继续道："小姐，您身份贵重，自然要注意安全，我们平日里都没有来过，后山什么样子我们也不知道啊！让奴婢一个人去吧，您在这里等我，我很快就会回来。"

静姝想了想，越发觉得丫鬟的话有道理，摆手道："那你快点追上去。"

丫鬟点头应是。只是她追了没有多远就躲了起来，谁知道后山是怎么回事，她的话不过是为了安抚住她家小姐而已。万一是七小姐故意引她们去，作弄她们呢？她才不要冲到后山去！小桃不在，谁知道那丫头是不是提前在后山设置好陷阱。再说，七小姐明知她们在还神神秘秘地离开，这根本就不合情理啊！

越想越觉得是个陷阱，丫鬟窝在角落里静静等待。

小七哪里知道这些，她只是想找到大白的身影，却一直都没有找到他。后山果然没什么人，安华寺很多后宫妃嫔出家，前院、后山均有官兵把守，就算是拜佛，男人也是不许上山的，女人也要经过详细的盘查，所以可见……等等，小七突然停下了脚步，她觉得好像有什么不对的地方一闪而过，只是，是什么呢？

小七疑惑地想，刚才她觉得不对劲的地方到底是哪里呢？

顾衍看小七站在树林中发呆，知道她必然是过来寻找自己，于是潜到她身后，拍了她的肩膀一下，随即一下子跳到她前边，笑呵呵地道："七！"

顾衍冷不丁出现，吓了小七一跳，她拍着胸口："你也太皮了啊！"看他笑嘻嘻地站在自己面前，小七上下看了看，迟疑地问道："你这是好了？"

顾衍连忙点头，吐了吐舌头。

小七放下心来："那我们回去吧！"她拉了拉顾衍的衣袖，见他不动，疑惑地问，"怎么了？"

顾衍无辜地眨眼，嘟囔道："你……人……"

小七上下检查自己，她好好的呀，她人怎么了？

顾衍使劲：“交代……”

小七冷不丁想起自己之前在房里和他说的话，她交代大白，要小心一点，不要被别人发现。难道，大白是这个意思？仔细想想，也确实有可能。

“你怕被人发现吗？”

顾衍立刻点头。

小七仔细想了一下，觉得大白在这里这么久了，应该也熟悉了，不会有问题，便应允了。她交代说：“那你先回去，我稍后再走。”

顾衍不肯，嘟着嘴不动。

小七踹他一脚：“快走！”

顾衍知晓张三躲在后山，料准小七不会有事，于是快速离去。虽然这里已经有人打点过，但还是小心为妙。

小七望着顾衍飞快离开的身影，感慨道：“大白的动作好快！果然狗变成人就是不同。”小七哪里知晓，虽然顾衍武功一般，但轻功极好。

丫鬟并没有跟着小七去后山，自然也错过了小七与顾衍的会面。可虽然错过了两人的会面，她却没有错过顾衍回来的身影。

丫鬟为了避免被静姝看见，躲在角落，因此顾衍并没有看见她的身影。他只发现了静姝，快速地躲过静姝，从侧边的围墙跳回了院子。。

丫鬟远远地看到他的行为，惊讶不已。万万没想到，七小姐的院中竟然有男人，只是，七小姐呢？就在丫鬟疑惑的时候，小七也回来了。小七看静姝等在院门口，有几分担忧，只是很快她就平静地微笑：“六姐姐怎么过来了呢？”

静姝没有等到丫鬟却等到了小七，挑眉道：“难道我不能过来看看你？还是说，七妹妹有什么秘密不能让我看？”

两姐妹互相对视，却没有一丝的温馨。

“六姐姐说笑了，难不成我有什么不能见人的？我和六姐姐可不同。”

静姝被小七刺了一句，冷下了脸：“你什么意思？”

小七不甘示弱：“六姐姐觉得我是什么意思呢？”

静姝气结。

"七小姐是什么意思我们家小姐不知道，但是我倒是知道我们家小姐的意思。七小姐在院子里藏了一个男人，我们家小姐是您的姐姐，自然是不能坐视这样的事情发生。"静姝的丫鬟赶了过来，呛声小七。

小七顿时变了脸色。

丫鬟凑在静姝的耳边耳语几声，静姝惊讶地抬头，冷笑着看向小七："七妹妹，原本让你在这里是给三叔父祈福，倒是不想，你竟然做出了这种事！"

"六姐，你有什么证据就这般胡言乱语，难道凭她一句话就可以信口雌黄地冤枉人？你的丫鬟，这么多年倒是一点都没变。"

话虽如此，小七心里却忐忑起来。难不成，大白回来的时候被她们撞见了？

果不其然，就听那丫鬟道："我亲眼见到一个男子跃入了院中，而且，他正是从后山的方向回来的。七小姐不就是去后山了吗？你们一前一后，可见你们必然是商量好的。小姐，您要相信我，我亲眼所见，如若不信，您可以进去看一看，那个人必然还躲在院中。"

小七脸色微变，静姝见了，越发觉得自己抓住了她的小辫子，得意扬扬地道："七妹妹，你竟然在屋内窝藏男人，你对得起三叔吗？今日我非要将那个奸夫找出来，让你不能继续执迷不悟地错下去。"

小七站在院门口，虎着一张冷冰冰的脸："六姐姐胡说什么呢？难道你的丫鬟说什么就是什么？这样未免也太过好笑了。不分青红皂白就诬陷自己的妹妹，若你找不出什么人呢？你要怎么给我一个交代？还是说，我回府找祖母主持公道？"

小七这个时候心中极为忐忑，要知道，大白刚才确实回来了，虽然她没有亲眼见大白进屋，但是想来六姐姐的丫鬟说的应该不是假话。可是不管是不是假话，这个时候她都要有气势。从气势上压倒她们，才能避免她们真的进屋。若大白还在屋内，那她便是怎么都说不清楚了。

小七瞪着眼睛，一副愤怒的样子，倒是让静姝有点拿不准，她并未亲眼所见，自然是有些迟疑。她身边的丫鬟却一口咬定："小姐，您相信我，真的有个男人。"

小七一偏身子，冷笑道："既然六姐姐相信，那进去吧。可是若没找到什么人，那可别怪我不客气。我倒是奇了怪了，六姐姐站在门口都没有看到人，你的丫鬟却说见到，不知是真的有这么一个人，还是你们存了心让我难堪。难道我难堪了，你们就能得了什么好？六姐姐，这么多年，你说别的，我不与你一般见识，但是这件事，可不能这么算了。现在你就进去搜，如若搜到了，我跟你回府，任由祖母处置。如若不然，小七定要回府，让祖母好生问问，谁给这丫鬟的胆子，可以这样红口白牙地诬陷于我。"

这么一说，静姝更迟疑了，她自然是相信自己的丫鬟的。可是看小七这样不假辞色的样子，她心里动摇几分。倒不是说丫鬟会看错，可她进去如果没有搜到人，回去也不会有什么好果子吃，谁知道这是不是小七的另一个计策呢？现在她定亲在即，可不能有什么差池。这个小七，最是嫉妒她，说不准会挖个坑让她跳呢！这是极有可能的。

小七将门的位置让了出来："六姐姐，请吧。"

小七也算是了解静姝，她越是这般，静姝越是会心存疑惑。

果然，静姝并不动，只是盯着小七的眼睛，似乎想从她的眼中看出一二。

静姝纠结，小七则是心中忐忑。可饶是如此，依旧微微扬着下巴，一脸挑衅。若是往常，她这个样子必然要和静姝闹起来，但是现在的情形又另当别论。她这是要赌一把！

静姝的丫鬟见场面僵持下来，知道这事不是她想的那般简单，她也纠结起来，虽然她很肯定自己看见一个男人进去，但是若搜不到人，别说七小姐不会善罢甘休，就连小姐也会因为她害自己丢了面子，而不会轻易绕过她。这般想着，她倒是不知道该如何是好了。

"阿弥陀佛。"就在僵持的时候，慧善师太行到此处，见几人似乎有些不妥当，她含笑道，"原本是想着来寻郑小姐一同讲禅，不想这里还有客人。贫尼告辞！"

小七连忙微微一福："大师不必，我想，我六姐姐就要走了。"

慧善师太打量一下："原来这位便是六小姐。贫尼慧善，你称呼我慧善师太便可。"

静姝虽然骄纵，可是也清楚这里不是能随便乱来的。

"小女郑家大房静姝，见过师太。倒是不知师太与七妹妹交好，家中希望七妹妹过来为三叔父祈福，我身为自家姐妹，也自然要过来看看七妹妹过得如何。"说到此，她甜笑，"虽然是第一次见师太，小女却觉得与师太一见如故，不知小女能否有幸和七妹妹一起听师太讲禅？"

静姝眨眼看着慧善师太，这是她脱身最好的法子。她想，她自己进去不妥当，可是若是"陪着"慧善师太进去，那就不同了。即便是小七想回家告状，也无从告起。可同样的，若真的有男人，师太也是板上钉钉的证人。

她从来不在乎小七的名誉会不会受到无可弥补的损失，这一点都不重要。小七不开心了，她才开心。

慧善师太恬淡微笑："不知七小姐欢不欢迎我们？"

静姝不给小七拒绝的机会："七妹妹自然是愿意的。对吧，七妹妹？"

小七见几人都看着她，知道此事已经避无可避，她只盼着，她们在门口这么大声说了许久，能让大白有些警觉。不都说狗狗是最警觉的吗？

"小七自然是愿意的，请吧。"

几人进了院子，小七紧紧攥着拳头，将手缩在袖子中，却还要面带笑意。

"今日天气正好，不如我们就在院中吧。"慧善师太先行坐在院中的石椅上，手中捻着佛珠。

小七浅浅笑道："小桃去厨房帮忙了，我进屋泡茶。"

"我陪你。"静姝不管三七二十一，率先推门进屋，这样的情况下，小七没有其他办法，只能迅速跟了上去。

屋子并不复杂，简简单单，静姝迅速冲到内室，并未发现有什么人。她看没人，随即望向床下，仍是什么都没发现。小七本已是心都提到了嗓子眼，这个时候终于放下心来。

她似笑非笑地道："六姐姐找什么呢？你的好丫鬟，对你可是真好。对了，男人呢？"

静姝瞪视小七，不过一个转眼，她看到柜门中露出一块蓝色的布料。她以为抓到小七的把柄，飞快地冲了上去，只是当柜子打开的一瞬间，她却呆住了。

柜子里并没有什么男人，只有一个小笸箩，笸箩里有几个圆球，是大白常玩的那种，郑家没人不知道。静姝脸色一变，颤抖道："大白……大白的球怎么在这里？"

小七失笑："我带什么出来，还要和你报备吗？"

静姝白了小七一眼，连忙出门，不多时便离开了。待慧善师太和静姝她们离开，小七看着球，疑惑地皱眉道："静姝怎么就突然变了脸色呢？"

不过小七马上想到一个更加关键的问题：大白去哪里了？

虽然该走的人都走了，可是小七还是十分焦急，她怎么都找不到大白了。原本以为大白是听见声音躲了起来，可是她遍寻一圈，都找不到大白的身影。小桃回来之后也十分担心，按照小七的吩咐，她去后山转了一圈，却一点线索都没有。

到了傍晚，小七还是没有找到大白，她越发着急，急得直掉泪："大白究竟去哪里了？他那个样子四处乱跑，是很容易出问题的啊。都是我不好，我当时拦住六姐姐就好了。"

小桃也跟着哭，不过还是劝慰道："小姐也别太担心的。大白如今是人的样子，又会说话，不会有人将他当成怪物。你别担心那么多了，你别哭啊！就算是被人发现，也只会当他是坏人，没事的，一定没事的。"

小七眼巴巴地看着小桃："当成坏人是小事吗？被人打死怎么办？门口那些守卫特别吓人！他们都拿着刀，呜呜呜，怎么办？大白这个笨蛋，他去哪里了啊？在门口等我不就好了吗？如果他再走丢，我可怎么找他啊！"

小七越想越怕，脑补了无数恐怖的情景，本就瘦弱的身子越发颤抖起来。小桃看自家小姐摇摇欲坠的模样，连忙扶她："小姐，你别想太多了，不会有事，一定不会的。"这话不光是安抚小姐，也是告诉自己。

小七看她，缓和了情绪，坚定起来："我出去找他。我相信他不会乱跑，刚才是我乱了分寸，他必然是听到我六姐姐的声音才躲开。也许……也许他又怕有人搜查，才躲远了些。大白那么聪明，刚才是我们乱了分寸才没有发现端倪，或许……会很容易就找到他。"

言罢，小七起身推开房门，自言自语道："他一定是翻墙出去了。"

墙边并没有什么痕迹，小桃跟在她身后，抽泣道："小姐，这儿没有……"

话音刚落，小桃脸色微变，小七顺着她的视线望过去，就见大白蹲在墙头，对她呲着牙笑，一派天真无邪。

小七虎着脸看他，俏丽的小脸冷冰冰的。她越想越气，一拂袖，直接进了内室。

顾衍从墙上跳下，虽然看出小七不高兴，顾衍却不知小七为何不高兴，疑惑地看向了小桃。定是小桃让小七不高兴了，一定是这样！他冲小桃翻了个白眼。

接收到顾衍的白眼，小桃觉得自己简直是比窦娥还冤，有她什么事啊！分明就是这个家伙到处跑，才惹小姐和她这样伤心。如今他就这样回来，还一副没事人的样子，太过分了。

哼了一声，小桃也狠狠瞪了顾衍一眼，进了门。

顾衍不解，难道不是因为小桃？那一定是因为郑静姝那个讨厌鬼。真不知道，一个女子为何要那般刻薄。

这样想着，顾衍觉得，自己应该越发得小七喜欢了。你看，小七现在不开心都会和他闹别扭了。只有对最亲近的人，她才会这样使小性儿呢！

顾衍越想越开心，跟着进了屋子。

小七瞄他，见他欢快地进屋的样子，拍拍桌子："大白，你给我过来。"

顾衍连忙冲过去："七……小……小七……"

小七不为所动，绝对不能因为他卖萌，自己就要买，不买！

"你今天跑到哪里去了？你知道我有多担心你吗？而且，你看看都什么时辰了，你竟然才回来！你说，你究竟跑到哪里去疯了？"

小七重重拍了一下桌子，样子很愤怒。

顾衍愣住，呃，她是因为他生气？可怜见儿，他可是为了躲避郑静姝那个讨厌鬼啊！这……他被发脾气也太冤枉啊，呜呜呜！他是无辜的啊！哎，也不对。小七对他发火，才说明他的重要啊！顾衍顿时又心花怒放了。

看他又皱眉又傻笑的，小七扶额，她真不知道，自己怎么就跟狗狗计较起来，可是……可是她还是生气啊！

她板着脸，瞪着大白，原谅他，觉得气愤；不原谅他，又觉得自己和只狗狗置气，实在丢人。这样纠结之下，她倒不知如何是好了。

顾衍看小七怪里怪气的样子，忍不住道："你怎么了？"

小七扁嘴回答："生气！"

"为什么生气啊？我不会走丢的。"

"难道你没有走丢我就不可以生气吗？你说你，你怎么这么晚才回来？你知道我有多担心你吗？你知道我想过多少可怕的情形吗？我生怕你被人发现，你一只狗狗，如果被人发现变成了人，那么大家哪里会饶过你？怕是直接就把你当成妖怪烧死了。好，退一步讲，就算你没有被人发现是狗狗，你一个男子，擅闯尼姑庵，又怎么解释得清楚？你知不知道我多怕啊！你都丢了一次了，我可不想你再丢一次。你自己一只狗狗，怎么生活啊！"小七愤怒地咆哮。

顾衍安抚她说："别气！"

"我知道你都是为了我好，一定是听见了六姐姐的声音才躲了出去。可是你躲归躲，你跑那么远干吗！而且，还迟迟不归。你知道我有多自责内疚吗？我怕极了，我怕你再也回不来。你好讨厌，你好讨厌，呜呜呜……"虽然大白回来了，可是压力解除了，她倒是更觉得想哭，那种怕怕的心情，旁人哪能理解？"你如果丢了，我上哪儿再去找大白啊！你这么笨，在外面一定活不下去！你还不会用筷子呢，你用勺子都用不好，人家就算不把你当妖怪，也是当傻子……你会很惨的，呜呜呜……"小七号啕大哭。

顾衍完全没有想到，小七想了这样多。可是看她哭得仿佛一只小兔子，他竟觉得——特别可爱。

"不哭不哭！我以后都听话！"

小七愤怒地抬头说："你说啥？"

"以后都听话！你让我向东，我绝不向西。"

小七抽泣："你说你一只狗，怎么还油嘴滑舌……呃！啊啊啊！你话说得好顺！"

第六章　一起看星星

　　小七震惊地看着大白，颤抖地道："你……你会说话了？"

　　顾衍一怔，他自己都没发现他现在竟然可以一下子说这么多话。他挠头，不可置信地看小七，嘟囔道："我……我会说话啦？"

　　虽然有些结巴，却很清楚明晰。他原本也会说，可只能蹦出几个字，并不像今天这样。如今这样当真是出乎他的意料，他自己都不知道为什么就突然能说话了。也许是看小七哭了他就着急了……总之他会说话了。

　　顾衍呆呆地看着小七，只觉得这事发生得毫无征兆。

　　小七喜极而泣："我的天呀！你竟然能一下子说长句子了，真是太好了！呜呜呜！这算是因祸得福吗？"

　　顾衍总算反应了过来，他微笑着轻轻拉扯了一下小七的手，低语道："嗯，因祸得福。"

　　竟然完全没有结巴。

　　小七更高兴，揉着眼睛说："真讨厌！我又想哭了。"

　　顾衍原本就听说女孩子都是水做的，他并没有很深的感触，现在才觉得，果然是如此。小七真是生气也哭，高兴也哭，总之就是哭哭哭！若是别人这般，他定然觉得此人很烦。可是小七做来，他只觉得可爱至极。这大抵便是旁人说过的情人眼里出西施。

　　顾衍支着下巴，眼巴巴地看着小七，长长的睫毛忽闪忽闪的："小七，别哭！"

小七白他一眼，抱怨道："我哭还不行吗？"

顾衍举手投降："可以！"

有什么怪异的感觉一闪而过，快得小七根本就抓不住。她本就是个单纯的人，偶尔冒出的小精明全然不够看。这个时候，她也一如既往地单纯，并没有细细琢磨这里的不和谐是从哪里开始。

而做完这个动作，顾衍就觉得自己做错了，你什么时候看过一只狗会做人的动作？就算他"变"成了人形，就算他是会说话的高级狗，可是你什么时候见过狗举手投降的？这合乎常理吗？顾衍在内心进行了深刻的检讨，检讨够了，他摇晃着屁股，这个时候他必须做点什么挽回一下。

"小七小七……"他使劲扭屁股。

小七被他滑稽的样子逗笑，她戳了戳大白的脸，教导他说："不能这样随便扭屁股。你现在是个男人，一个大男人做这样的动作，别人会把你当成傻子的。"

顾衍心想，傻子有啥？现在他们都以为他是疯子。这个"他们"包括他爹忠勇王爷、章太妃，甚至还包括天天跟在他身边的张三。

正常的人哪里会学一只狗，但是，他们没有装过狗，绝对不知道装狗的好。他们能在地上打滚吗？他们能用手抓饭吃吗？他们能贴在小七身上吗？必须不能啊！他这样简直不能更幸福。

"傻瓜……没关系！"顾衍蹲下来用脸蹭小七的腿。

小七怕痒，笑个不停。她歪头问道："被人当成傻瓜没关系？做狗狗的时候你就是只糊里糊涂的狗狗，现在做人了，你还是糊里糊涂的。你这样傻，我可怎么能放心啊！"想到离回府的时间越来越近，小七越发为难起来。

她自然是希望能够回去，这样就可以回到爹娘身边。可是，大白怎么办呢？

总不能带一个大男人回去，然后说："这就是原来我养的那只大白狗。"这……没人会信的啊！

这般想着，小七突然又意识到，也许大白是安全的，最起码不会被人当成妖怪烧死。他是个男人，会说话，就算行为怪异点，人家也只会当他是傻子或者疯子，不至于被当成妖怪。看来，果然会说话还是有很多好处的！

想到这里，小七摇了摇头，她怎么又乱想了，这走神的毛病，真是改不过来啊！

现在要想的是，她该怎么才能将大白带回去。而且带回去之后，怎么藏起来！府里想要藏一个人，实在是太不容易了。

小七这个时候又想到了小世子，若不是那个坏蛋，她怎么会陷入这样两难的境地？

"千错万错，都是顾衍那个讨厌鬼的错。"小七忽然说。

顾衍被点名，茫然地看小七，他……又干啥了？这种不时被人拎出来挂在墙上的感觉，充满了心酸！

小七愤怒地握拳："总有一天，我要揍他，狠狠揍在他的脸上。如果不是他害我爹爹昏迷不醒，我爹爹那么聪明，一定可以很快想出办法带你回去。说不定还可以让你变回狗狗呢！原来的大白狗多威风啊！当然，我也不是说你现在不好看。你现在的样子很俊朗，可是那又怎么样呢？一只狗，要什么外表！"

小七继续挥舞小拳头："揍他揍他！"

顾衍一头黑线地看她，终于无奈地点头："揍揍揍，揍死他！小七一定会如愿！"

小七"嗯"了一声，点头："揍他脸上！"

"脸上！"

小七这个时候只当自己是过嘴瘾，顾衍也只是没过心地敷衍。可是谁都没有想过，在不久的将来，两人俱是一语成谶。

深夜，小七与顾衍坐在院中看星星，两人的坐姿有点让人看不懂——顾衍将头枕在小七的腿上，自己屈膝躺着。

若是女子枕在英伟的男子腿上，那画面定然美不胜收，让人遐想万千。可是现实情况正好相反，顾衍丝毫不以为意，他啃着手指，絮叨着：

"星星真多。"

突然会说话，这种对说话的渴望一下子就冲破了天际。

小七仰头看，黑线，反问道："多？"

今天是阴天，满天的乌云，天空中几乎看不见什么星星，若说有，也不过那么一星半点。这个"多"真是无从说起，果然他的认知是有问题的。

顾衍忍不住笑了出来，他只是心里欢喜，因此看什么都是极好的。

"我会说话了呢！"顾衍喃喃道。

往日不会说话不觉得有什么，可是在小七身边，他是很希望自己可以说话的，能够和小七交流最好了！

小七一下笑了出来："你大概是这世上最奇怪的狗狗了，只是不知道，还有没有别人也如同你这般。我想天下之大无奇不有，应该是有的吧！"

小七长发垂下，落下顾衍脸上，他打了个喷嚏，小声地"汪"了一下。

小七连忙将自己的长发绾成一个简单的发髻。她笑眯眯地说："虽然会说话了，但是你还是很喜欢'汪'！"

顾衍连忙笑着"汪汪"两声。

小七捧着脸看着天空，问道："你为什么就突然会说话了呢？是因为太急了吗？你突然就变成了人，突然就会说话了，还说得这么流畅，真是让人奇怪呢！唉，看我，问你这些干吗，你自己又怎么知道呢？对了，白天的时候你跑掉，是去了哪里呢？"

顾衍咬唇，编瞎话说："我……我听见坏女人的声音，就翻墙出去了。"他坐起身子，挠了挠头，"我想，不能被人看见。我是狗啊，怎么能被人发现呢！于是就走啊走，呃，不，是跑啊跑。我跑得很快的，很快就跑没影了。可是我这么大，很容易被人发现，于是我就躲到了佛像前边的贡台下，那里特别安全。"

顾衍眨巴眼睛，小七，你要相信我的话哦！

小七坚定道："一定是因为你躲在那里，才会说话的。呃……不行，我明早要早早起来去给我爹祈福。我相信，他一定会醒过来。你都能说话，我爹自然也能醒来。佛祖会保佑我爹的。"

小七这样虔诚，顾衍倒是生出一股愧疚。小七那么相信祈福会让郑先生好起来，可是她哪里知道，这一切，都是自己胡编的呢！他不过是为了取信于小七而编出一个相对合理的理由罢了。

而此时的小七还在憧憬着说："等我爹好了，所有的难事都会迎刃而解的，我爹可好啦！"

顾衍颔首，认真地附和道："嗯，最好。"郑先生是一个好人，一定会好起来。

"大白，我过几天就要回家了，我该怎么给你带回去啊？我挺着急的，但是又不知道该如何是好。你说我是不是特别没用，什么主意都想不出来，真是笨死了。"

顾衍迟疑一下，握住了小七的手，小七不解地看他。

他扬起嘴角，笑得十分灿烂："小七别担心。"

"我哪里能不担心呢！"小七惆怅。

"别担心！"顾衍认真道，"小七放心，你回家，我……我自己回去。"

小七惊讶道："你自己回去？"

顾衍连忙点头，他真诚地睁大了眼睛："我能的。小七忘记了吗？我是狗狗啊！我是天底下最聪明、最能干、最厉害、最无敌的狗狗。我可以闻着小七的味道，自己找回家的。"

就算说自己是一只狗，也该是最特别的。

咚！外面传来响声。

小七立时站了起来问："什么人？"

小七不知道那是什么人，但是顾衍是知道的。他立刻冲到门口，作势四下看了看，回来道："没人！"

小七疑惑道："真的没有人吗？"

顾衍点头："有人我能闻到，也能看到。"

小七放下心来："那大概是什么没放稳掉下来了吧。"

顾衍笑眯眯地点头。内心却想道：该死的张三，在门口做守卫不能有点分寸吗？竟然还发出声音！

此时的张三缩在墙角，觉得自己真是可怜，他这么大年纪了，又是高手，竟然还从树上掉下来，这说出去，没法见人了！只是……他们家小世子这么变着法子地夸奖自己，真的没问题吗？大男人这样，真是不能看啊！看郑七小姐，温柔甜美又可爱的一个小姑娘，根本就不是难缠的样子，一定是他们小世子太奇葩了！

这对主仆各自在内心默默吐槽着对方，丝毫不留情面。

不过顾衍可没想更多，这个时候，他该多安抚小七的，他可见不得小七愁眉苦脸的样子，心疼得都要死掉了。

"小七先回去，我会偷偷跟上的。我能找到回去的路，小七在府里等我就行。"他扬着头拍胸，信誓旦旦的样子。

小七顿时笑了起来，她吐槽道："如果你有说的那么厉害，为什么走丢的时候没有找回去呢？"

顾衍顿时黑线，他挠头："呃……"

小七盯着他："你说呀！"

顾衍腹诽：这样打脸，真的好吗？

"第一次太吃惊，吓到了。这次……不会！不会不会！"顾衍双手交握，认真地道。

"是吗？"

"一定找到家！"

虽然大白信誓旦旦地保证一定能够找到回家的路，小七还是持怀疑态度，这个家伙如果真的那么聪明，怎么会傻呆呆地窝在寺院的角落里？如果不是他们之间很有缘分，他现在还不知道过着什么样的生活。想到这里，小七越发觉得他不行。

顾衍此时正在用勺子挖饭吃，看小七皱着眉头看他，只觉得心中暖暖的。小七会越来越觉得他好的。

小桃端着盆进来，就看自家小姐盯着大白，而大白正在吃饭。如果……如果他能吃得好看一点，而不是这样吃一半洒一半，然后把洒出来的用手抓到嘴里，就更好了。

小桃的嫌弃如此明显，顾衍觉得，她就是个愚蠢的人，如果他不这样表现，怎么会更像狗呢！做狗和做人，总是不一样的，你什么时候看见过狗优雅地吃饭呢？这样才是正常的啊！看，正是因为他学得像学得好，她们才一直都没有怀疑过他的身份。

要知道，一般人怎么会相信狗能变成人呢！所以说啊，还是他演得好！

顾衍自我肯定，觉得有点飘飘然。

他转头对小七笑。可不笑还好，一笑，一口饭喷了出来，小七的脸上被他喷上了一个醒目的米粒。

小七一脸呆滞。

顾衍连忙伸手将小七脸上的米粒摸下来，没有一丝的犹豫，他直接把米粒塞进了嘴里，吃掉了！

小七目瞪口呆，直接冲到门口，吐了……

等小七再次进门，就看顾衍委屈地看她，那大眼睛水汪汪的，透着一股可怜。

小七尴尬地道：“那个……那个，我不是故意要吐的。只是，只是你有点恶心啊！”

顾衍更是委屈，呜呜呜，小七嫌弃他了……

小七连忙过去搂住他，安抚道：“我不是嫌弃你啦！大白不要难过哦！其实我心里是喜欢大白的啊！不要难过好不好？”

小七担心大白幼小的心灵受到创伤，而大白……不，顾衍则是红着脸，呆掉了！

他……他被小七搂在怀里了！呜呜呜！这感觉好激动！

“天呀！”就在小七好言安抚，而顾衍呆若木鸡的时候。小桃眼尖地发现，大白流鼻血了……

她连忙提醒道：“小姐快放开大白，他流鼻血了。”

小七低头一看，果然如此。她白了一张小脸，忐忑道：“是我给他闷的吗？”她又犯错了！

顾衍任由小七给他洗了脸，又堵住了鼻子，一张脸已经红得不能看了。这太丢人了，他一个王府的小世子，竟然这样没见过世面，被喜欢的女孩子搂一下，直接就流鼻血。这事如果传出去，他真是不用见人了。

他垂着头，一脸“我想静静”的表情。小七看他这样，原本有些忐忑的心情竟慢慢平复下来。她又仔细想了一下刚才的事，觉得还挺有意思的，忍不住笑了出来："我本来是想安慰一下大白的，结果把你闷得流鼻血了，真是太有意思了。"

顾衍垂着头，也不说话，整个人呆呆的。

小七摸他的头："都是我不好，你原谅我好吗？"

顾衍的脸更红，小声地答："好！"

顾衍这个扭捏的样子，比女孩子还羞涩。小桃抖了一下身上的鸡皮疙瘩，赶紧将碗筷收了下去。这么看下去，她的早饭都要吐出来了。

小七顿了一下，道："你能不能有点男人的样子？来，跟我学，就是这样——好！"小七响亮地喊了一个"好"字，"你要说得响亮一点，懂吗？"

顾衍："好呢！"

小七感觉自己要仰天长啸了，说好的顶天立地的大男人的样子呢！不知道为啥，养大白有种养儿子的感觉，而且这个儿子还是个娘娘腔！

小七捏着大白的脸："既然你是男孩子，就要有男孩子的样子！"

顾衍现在还处在"我被小七搂住了"的喜悦中，哪里知道她究竟是什么意思。不管小七说什么，他都觉得好！

小七见大白这副傻呆呆的样子，深深觉得，孺子不可教也！她现在教导不好大白，以后自己有了孩子，连孩子也教不好怎么办？她已经想到将来，自己的孩子小小的，却和今日的大白一样笨笨的。她顿时觉得，人生没啥希望了。

不对，大白是狗狗变成人，所以才比较笨。她将来的孩子一定不会的！

看小七垂头丧气的样子，顾衍好心地问道："你不去念经了吗？"

每天这个时候，小七都会去念经。今天已经过了时辰，难道她不去了？

小七拍头，对啊，她还要去念经！怎么一耽误就把这事忘了呢！

顾衍看着小七冲了出去，勾起了嘴角。他家小七，就是慌张的时候，也像仙女一样好看呢！

门外恰好传来了哨声。

顾衍立刻出了门，就看张三站在院中。他为人十分小心，此时站在这里，说明必然是安全的。顾衍抿了抿薄唇，问："什么事？"

"世子爷，李四那边已经查到了一些问题。昨晚他过来与我碰过了，当日郑先生骑的马，被人做了手脚。"

顾衍的脸色一下子沉下来，他蹙眉问道："被人做了什么手脚？"

"属下调查过，马背上被人浅浅地刺了一根毒针。刚开始的时候马是没有问题的，但是随着这毒针的毒侵入马的身体，会让马焦躁失控，进而发狂。药性只能持续一段时间，之后这些毒药就会被吸收掉！若不是李四找到的高手心细想到了这种毒，怕是我们就要忽略了。"

顾衍看着他，冷笑起来道："毒针？"

说起郑先生坠马这件事，顾衍原本没有太多的怀疑，若真的有人要害人，也该是针对他，而不是郑先生。之所以开始全力调查，其实源于小七的一句话。

那是郑先生出事一个月后，他瞒着众人去看望郑先生。那时，小七正在郑先生的房间里插花，她边修剪花枝边喃喃自语，说不知道是不是有人看不上小世子要教训他，而她爹不过是被殃及池鱼了。

顾衍回去之后想了很久，觉得这种可能性也是有的。不说旁的，那位新王妃，就希望他赶紧去死。因此，小世子才将身边的李四派去调查。

张三、李四，他们虽是忠勇王府的人，却也是他娘亲留下的人，因此他们绝对值得信任。他提醒过他们：若这件事真的是王妃所为，那么不能走漏任何消息。

就算他父亲有心隐瞒，他皇祖母和圣上也不会看这样的蛇蝎女子留在忠勇王府。可是这一切都要瞒着他爹，不然她哭一哭闹一闹，他爹就会原谅那个女人。

想到此，顾衍道："这件事可有其他人知道？"

张三赶紧回道："并无他人知晓。这件事情李四十分小心，请来的人也是与咱们忠勇王府没有关系的人，您大可放心。李四已经去调查毒的来源，可如今当务之急是将这件事的证据留下。您若不回去做这件事，我们的能力……"

毒素会随着时间的流逝渐渐消失，若他们没有找到更多线索，那么这条线索也将渐渐失去。他们必须要找到强有力的证据，这样就算是毒素消失了，他们也可以证明，当初是由于毒素的关系，马儿才发了狂，导致了郑先生受伤。

张三知道，这件事对他们小世子太重要了。

找到真凶，虽然不能让他们小世子的名声好听一些，但是最起码，小世子不会觉得愧对郑七小姐。而且，谁又知道那个得手的人会不会再次加害他们世子爷呢？

想到此，张三抱拳道："郑七小姐固然重要，可是还请小世子下山先将此事处理妥当为妙。"

顾衍看他，冷笑道："我怎么做，还需要你来教我吗？"

张三立时单膝跪下，诚恳地道："属下不敢。属下只是觉得，要快些处理此事，不然时间越久，此事越难查清。不将那歹人揪出来，往后也是个祸害。"

张三说得有理，顾衍皱眉想了想，道："其实我这里有个人选，比任何人都合适的人选。"

张三不解。

顾衍微笑道："我想，慧善师太应该会乐意帮我们这个忙。"

"慧善师太？"张三想到慧善师太的身份，了然。只是他也有自己的担忧，慧善师太会愿意帮助他们吗？

他将自己的疑问提出后，顾衍微笑着说："自然会！就算是遁入空门不问世事，该有的正义感也会在的。"停顿一下，顾衍继续说，"这件事交给我，我会去找慧善师太，交代好一切，你们负责善后。"

"是。"张三回道。

顾衍摆了摆手，张三退出出去。

顾衍将门关好，躺到了小七的斜椅上。这个椅子很小，小七躺在上面正好，可是顾衍躺上，样子就有些滑稽了。他使劲将自己挤了进去，塞得十分难看。

顾衍觉得自己本身十分消瘦啊，本想着小七能躺下，他也能的，但是现在看，好像还真不是那么回事。男人和女人，还是有很大区别的。

顾衍决定，还是放弃好了。

呃……只是，他塞在里面出不来了！这……这是闹哪样！

顾衍使劲往外拔，只是，这卡得有点紧，竟然真的出不来了。他再次抹汗，继续往外拔！

就在顾衍奋力的时候，小七回来了。她一推门就看到这样的场景，揉了揉眼睛，就见大白一脸挫败，满头是汗地看着她。

小七站在门口，不知如何是好。

顾衍见她没有上前帮忙的意思，继续低头努力想把自己弄出来。

小七突然笑了起来，她指着大白，问道："你是出不来了吗？"

难道不是很明显吗？顾衍觉得，小七是个坏孩子，她一定是要笑话他。垂下头，他继续努力！

小七忍不住，用帕子掩面笑得浑身颤抖，这样的场景，实在是太好笑了啊。

小七笑个不停。顾衍越发觉得自己可怜，他急红了脸，只是，这个椅子好像是存心和他作对，怎么也拔不下来。

他一个大男人，这样实在是太难看了，呜呜！

顾衍觉得，他是要脸的人，于是乎，他一手挡脸，一手继续拔。

小七看他滑稽又可怜的样子，只觉得他果然是一个活宝。

"来，我帮你！"

顾衍放下手，眼巴巴地看小七，她肯帮忙？

"来，我们一起，我帮你。你要使劲，懂吗？"

顾衍点头！他必须懂！

"好，来，我喊，一二三拔萝卜，你就使劲。"小七认真。

啥？顾衍目瞪口呆地看着小七，喊……喊啥？

一二三……拔萝卜？

顾衍很想哀怨地蹲在墙角画圈，他就不明白了，这年头打脸的事怎么就这么多。他只是觉得小七躺在摇椅的样子超级可爱，自己也想试一试啊。但是卡在里面拔不出来是怎么回事？好不容易被小七拽了出来，她已经笑瘫在桌上，而自己，只能哀怨地蹲在墙角……

顾衍觉得，丢人不要紧，关键是，他在小七面前丢人了，这就是大事了！呃，等等，好吧，他在小七面前本来也没啥高端大气上档次的形象。狗都装了，其他的也不算什么了。

顾衍是个十分善于自我安慰的人，这样想着，立刻就晴转多云了。他扭动屁股，来到小七身边。

小七捂脸，大白别的地方还好，就是这个动作，真是让她不忍直视。好好的大男人，扭屁股真的不能看。她都说了多少次了啊，可是大白还是改不过来……真是一个可怕的现实！

而顾衍想的是，自己装狗狗真是太赞了，就是扭屁股有点累。可是没有关系，能让小七相信自己是一只狗狗，做出这点牺牲没有什么！而且，长得好看，做的动作必然也是极美好的。做人，就要这么自信。

顾衍自我感觉良好，他靠在小七的肩膀上，道："小七不要笑话人家！"

小七直接喷了，她捏住顾衍的手，认真道："好好说话。我看啊，你就是和我们接触得太多了，说话才这个样子。你要有点男子气概，不能学姑娘家说话。还有，'人家'这个词是你能随便用的吗？语气也不可以这么娇嗔！"

小七觉得自己照顾大白心好累！

顾衍的笑容僵在脸上，不过他立刻讨好地用脸蹭小七的胳膊。顾衍比小七高许多，这样蹭来蹭去，更是滑稽。

小七再次被他逗笑。

将大白拉到自己面前坐下，小七语重心长地说："我说你都是为了你好，才不是不喜欢你呢！"

顾衍含笑道："汪！知道！"

"大白最乖了！"

顾衍想，如果有一天小七知道大白是顾衍假装的，会不会也说一句，顾衍最乖了！希望将来的某一天，他能听到。他会让小七知道，其实真实的顾衍是个特别好的人！

"小七小七，汪呜！"

小七看他灰扑扑的脸，起身洗了一个毛巾，为他将脸擦拭干净。

顾衍脸红地看着小七，眼里是满满的喜欢。

"小七回家，我也回家！"顾衍知道小七心里一直担心这件事，他想让小七安心，"我能找到，闻着小七的味道，就能找到。"

小七不想大白还记得这件事，感动得眼泪汪汪："大白真是太聪明了。"

顾衍伸手戳了小七的脸一下，戳完之后笑眯眯地说："小七棒棒！"

小七琢磨了一下，掏出手帕："现在也没有什么更好的法子。喏，你看这个帕子，等走的时候，我把这个帕子给你。你闻着这个找我，知道吗？我也不能就这样贸然相信你，这几天，我们去后山练习吧？"

顾衍："汪呜汪呜，练习！"

从这日起，每天傍晚，小七都要带顾衍去后山，她会将顾衍领到不同的位置，有时候也会远一些，然后和小桃先回来。

对于小七的不放心，顾衍表示醉醉的，不过，其实他是可以理解的。这说明，小七不放心他呀。想到这里，顾衍就觉得喜滋滋的，这种心情，别人不懂的！

他支着下巴望天，日子过得真是极快啊，还没有什么感觉，就已经一个月了，小七明日就要回府了。想到这里，他叹了一口气，等回了郑府，他和小七就不能像现在这样玩。虽然他可以潜入郑府，但是总是多了很多限制。而且，郑家的人也并不都像小七这样单纯好骗。这件事，是万万不能让别人知晓的，郑先生的夫人都不行。

顾衍盯了郑家许久，深知每一个人的性格，郑夫人是典型的外柔内刚的女子，而小七对她母亲又十分尊敬。他现在最担心的便是小七会将他的事情告诉她娘。

因此他希望小七明白，绝对不能将自己的事情告诉任何人。可是他还说不准小七究竟会怎么做。

"你怎么啦？"小七掀开帘子来到他身边。其实说起来，小七的心情也不怎么好，她更加担心，大白找不到回家的路。

顾衍露出笑脸，他勾着唇，轻轻挑眉："小七等我！"

小七扑哧一声笑了出来，她本来是很担心的，但是现在看他这样，倒是放心了几分。

"你也不想和我分开，对不对？"小七扯着顾衍，一脸不舍得。

顾衍何尝想和小七分开？可是小七现在喜欢他，是因为他是她养的乖巧懂事的大白。如果知道他是小世子，可真是要捶死他了。

想到这里，他默默地叹息。说起来，今天叹的气，比往常真是多了不知道多少倍！只是，现在看到小七的笑脸和不舍得，仿佛一切都没有那么重要了。

他什么都可以做得很好的！

他最见不得小七不开心，所以他突然就站了起来。

小七不解："怎么了？"

顾衍拍手跳起舞来："啦啦啦，啦啦啦！"

跳舞什么的，他也是会的，只要小七能开心，做什么都可以！

小七呆住……

这，这是跳舞？

左扭扭，右扭扭……顾衍得意地想：看吧，小爷多才多艺什么都会，喜欢我，是不会吃亏的！

第七章 回府心慌慌

　　小七和顾衍在门口玩闹，小桃在屋内将一切都收拾妥当。明日上午府里就会差人来接他们，说实话，小桃心里也觉得不怎么舒服。大白虽然又不靠谱又白痴，却也是和他们一起长大的，她真的很怕大白找不到回去的路。不光是她，看小姐这段日子的忧心忡忡，她便也知晓，小姐比她更加担心。

　　只有蠢蠢的大白，这个时候还嘻嘻哈哈的。她支着下巴靠在窗边，听小姐发出银铃般的笑声，而大白则是努力跳着舞，如果他那种胡乱扭动能够称得上是舞蹈的话！

　　也不知怎么，小桃突然就觉得，若大白是个人就好了。如果他是一个人，就可以娶他们家小姐了。大白和小姐，看起来好相配！想到此，小桃拍了自己的头一下，胡思乱想什么呢！竟然将小姐和一只狗拉郎配，真是要挨揍！想到此，她微笑道："小姐，都收拾好了。"

　　小七并没有回头，只是应道："知道了，小桃出来看大白跳舞。"

　　小桃觉得，这样美好的场景，若她出现在其中，就会破坏画面的美好。她立时回道："我在这里一样可以看的。"

　　小七并没有多说，只是看着大白这样扭来扭去的样子笑个不停。顾衍觉得，小七高兴就是这世上最好的事，至于其他的，一点都不重要。

　　等小七下山，他也会跟着下山。不过有些事他要先处理一下，只希望小七不要着急。

算起来，这是他们在这里的最后一个晚上，一时间，顾衍心中竟也有些舍不得。这样无忧无虑和小七一起简单生活的日子，就要过去了，等回到郑府，必然又有很多事情，也要小心谨慎很多。

很多事情不是忽视就会没有的，郑先生的病情虽然有了起色，却没有醒过来。而那个幕后黑手，顾衍也有很多担忧。虽然他觉得那个人应该是他父王的"好王妃"，可是没有证据，他也不能诬赖一个人。若不能用铁的证据钉死她，以后再想找证据，就很难了。

其实，顾衍内心里不希望那个真凶是新王妃，虽然他很厌恶她，可是他更担心自己的父亲伤心，父亲该是真心喜欢那个女子的。可是……

顾衍摇了摇头，和小七在一起的时候，想那些又有什么意思呢？

"小七小七是支花，大白大白是爱你的……"顾衍觉得，自己自创的歌真是太完美了！

小七忍不住嗔道："你瞎唱什么呢？你知道什么是爱吗？你肯定不知道，这么笨的大白，只会胡言乱语。"

顾衍对手指，他哪里有胡言乱语，他说的都是真的啊！

小七安抚道："好了好了，可别做出这么委屈的表情了，我说错话还不行吗？"

顾衍认认真真地说："我一点都不笨，天底下最聪明的就是我。"

本是好笑的话，他偏要这样一本正经地说，小七忍不住笑得更加厉害："好好好，你最聪明。可是，不对呀，我倒是觉得，最聪明的是我呢！"小七扬着小脸，巧笑倩兮。

顾衍忍不住也笑了出来，他甜滋滋地凑到小七面前，将头靠在她的肩膀上："我们都是最聪明的人。小桃笨！"

小七掩面笑得更厉害。

小桃望天，她这是招谁惹谁了啊！

时间过得飞快，转眼便到了第二日。因昨晚睡得晚，小七起晚了些，她一大早并未看见大白，随口问道："大白呢？"

小桃正在布置早饭，道："一大早就出去了，说是去后山一趟，也不知道做什么。不过小姐放心便是，如今这后山就像是他第二个家，大白不会走失的。"

小七颔首，这点她是明了的。

人最禁不住念叨，刚说完，就看大白捧着一束花进门。他脸上还沾着露珠，俊朗如玉的男子风尘仆仆地抱着一束花，让人看了，只觉得很难移开眼睛。小七是个寻常姑娘，自然也不例外。

她喃喃问道："你出门，是去采花？"

顾衍点头微笑，应是。又想了下，他继续道："给……给你爹！"

顾衍去后山采花已经出乎她们的意料，更加让小七意外的，这花竟然是送给她爹的。这样一想，小七一下子就红了眼眶，她咬唇，十分认真地说道："大白，谢谢你，谢谢你还想着我爹。"

顾衍见不得她难过，哄道："大白回去，跳舞给他看！棒棒的舞！"

小七扑哧一下笑了出来，原本有些伤感的气氛消失无踪。

"大白，等你回去，我偷偷带你去见爹爹。不过你要躲好哦，我暂时不打算将你变成人的事告诉娘亲他们。我知道你是大白，相信你，可是他们不一定啊。而且，就算是相信了，娘亲也不能让你一个男孩子和我住在一起。所以啊，这事我得从长计议。"

这正是顾衍不断给小七的暗示，而现在小七真的这么做了，顾衍又有几分内疚，好像是他骗了小七一样。

顾衍咬唇抱住了小七的胳膊，将头靠在她的肩膀上。

小七低声安抚："你是难过了吗？没关系啊！我会对你好的！"

顾衍默默摇头，不肯继续说什么。

小七叮咛道："我走了之后，你要快点回府来，不能乱跑，知道吗？"

小七到现在还是十分忐忑，这点顾衍知道，因此他十分坚定地回答："好，小七相信我，我能找到家。"

小七微笑："乖！"

虽然相信大白，不过小七还是又叮咛了一番。小桃见自家小姐这样啰唆，忍不住感慨道："小姐放心好了，你再说几次，大白都能背出来了。"

小七拍手："对呀，我怎么没想到呢！大白，来，你给我背一遍！"

大白："……"

马车缓缓远去，顾衍站在墙边，看着马车上的如玉少女掀开帘子往后看，他却并没有现身。这里人多眼杂，他不会犯这样的错误。

待到马车越走越远，几乎看不见影子，顾衍终于回身，对身边的张三说道："我们下山。"

张三提醒道："世子爷，我们不需要和慧善师太打个招呼再走吗？"要知道，慧善师太帮了他们许多。

顾衍听了，颔首道："自然应该，倒是我的不对，竟忘了这件事。"

他满腹心思都在小七身上，险些失了礼数。

小七走了，顾衍也不用再装模作样，他光明正大地去看慧善师太。

此时慧善师太正在院中清扫，说实在的，第一次见到她的时候，他十分吃惊，想不到慧善师太那样显赫身份的人会自己清扫院落。可是想必别人看他也觉得奇怪，好好的世子不当，竟然去装狗，那才是奇怪。

"顾衍见过大师。"

慧善师太抬眼微笑："原来是小施主，小施主也要离开了？"

顾衍理所当然地接过扫帚开始清扫，慧善师太由着他，并未拒绝。

"嗯，我一会儿就走了，过来和您打个招呼。我们走了之后，您一个人在这边好好照顾自己，若有事，就差人来忠勇王府寻我。"顾衍叮咛。

"关键是，我能在忠勇王府找到你吗？"慧善师太说话之时带着笑意。

顾衍倒是没有丝毫不好意思，他理所当然地说："嗯，我现在装狗装得正好，哪有时间回府，有事您找李四，他在府里。他知道了，必然会立刻通知我。"

慧善师太摇头微笑："你这小子，明明是奇怪的事，偏让你做得理直气壮。若让你皇祖母看见你这无赖泼皮的样子，怕是要直接将你关起来，哪儿也不能去。"

顾衍挑眉："我又不是傻子，在我皇祖母面前啊，嘴甜才是正道。"

"你呀！"

说话间，院子已经扫好，顾衍将扫帚放好，道："你们有没有觉得，我做得极好？我告诉你们，别看我在小七那里装狗，其实我也不是白装的。平白练习了多少技能啊！你们看看这地扫得干干净净！啧啧！就一个字，棒！"

　　顾衍自吹自擂，慧善师太微笑："确实不错！"

　　这样一说，顾衍更得意了，如果有尾巴，真是要翘上天了。

　　张三默默低头，跟着这样的主子，注定了要在丢人这条路上越走越远！

　　"我是什么人啊！自然什么都会！"

　　慧善师太勾了勾嘴角："行了，我想你也有事情要处理，没必要在这里耽搁时间，走吧！"

　　"姨奶奶是撵我走吗？这样，我可是会伤心的。"顾衍眨着眼，他现在和小七相处久了，性情更是活泼得紧。

　　听到姨奶奶这个称呼，慧善师太怔了一下，含笑道："我倒是忘记了，按理，你该叫我一声姨奶奶的。"

　　顾衍委屈地说："您竟然连这样重要的事都记不得，真是太伤我的心了。"

　　慧善师太微笑摇头："我已遁入空门，凡尘之事，已是与我无关。"

　　顾衍才不相信呢！他撇嘴道："那之前您还去替我做了见证，证明郑先生骑过的马确实是被动了手脚。这又怎么说呢？"

　　慧善师太微笑："此事也是应当。就算是寻常人找我，我一样会同意。虽遁入空门，可是这等歹人若不揪出来，他日或许还有其他人受害。揪出坏人，也是救人。既然是救人，便是大好事，不管遁入空门与否，都是该做的。"

　　顾衍抱拳道："我真是说不过您。"

　　慧善师太叮咛说："万事小心！"

　　顾衍颔首："多谢姨奶奶关心。"他嬉笑，"虽然您说自己遁入空门不问俗世，可是您就是我姨奶奶。行了，我撤了。"顾衍挥了挥手，带着张三离开。

　　看着他的背影，慧善师太双手合十："阿弥陀佛！"

顾衍并没有打算直接去郑府，小七刚刚回家，正是忙的时候，他贸然过去，被发现的概率太大。而且，顾衍决定趁着这个时间，去调查一些该由他亲自调查的东西。

　　郑先生的事情，他必须查清楚。

　　顾衍已经许久没有回忠勇王府，一回来，门房都很吃惊。

　　待他进了门，就看忠勇王爷已经等在了厅中。顾衍停下脚步："父王。"只那么淡淡招呼了一声，就继续前行。

　　忠勇王爷开口："现在想见你一面，真是比见皇上都难。"

　　顾衍回身说："父王说的这是什么话？见我一面，哪里有这么难。或者说……皇上也太不矜持了，哪能随随便便就让人见到。"

　　忠勇王爷被儿子气笑了，他冷着脸说："休得胡言乱语。圣上是你能随便编排的？追求一个姑娘竟做到那个地步，你当真是给我们顾家丢脸。"

　　顾衍不以为意："是吗？我倒是觉得，自己与父王有几分相似呢！父王续弦之前不也是不管不顾的吗？都说儿子随爹，我看这话倒是不假。我这可都是跟您学的。哦对，我这还没成功呢！我还忙，就不陪您了。"

　　"你的忙，是因为要找对马做手脚的人？"忠勇王爷突然开口。

　　顾衍愣住，随即微微眯眼："您什么意思！"只一思索，他就变了脸色，气急败坏道，"原来您早就知道有人给马动了手脚，但是您隐瞒了这件事。"

　　顾衍万万没有想到，事情竟然是这样。他的声音里仿佛淬了冰碴："难不成此事真的是您的王妃做的？而您为了掩盖她害人的事实，竟将此事瞒了下来。"

　　越说越觉得可笑，顾衍继续道："我说张三、李四都能查到的问题，您怎么就查不到。原来不是查不到，而是能查到，只是您的儿子没有您的女人重要。在马上做手脚不会是针对郑先生，只会是对付我的。好，你们真是好！"顾衍冷笑，"有您这样的父亲，我顾衍真是三生有幸，几辈子修来的福气。"

　　"顾衍！"忠勇王爷厉声道，"你够了。"

　　"够了？我说什么了？"

　　"你就一定要这样曲解我的意思吗？我之前确实什么都没有查到，我更不会袒护什么人。若真是她做的，我定然不会饶了她。我还没说什么，你就炸锅了。你也不是小孩子了，能不能沉稳点？"忠勇王爷十分难过，他也不知自己与顾衍怎么就闹到了这样的地步。

顾衍疑惑道："您不知道？"

忠勇王爷叹气说："我不过是刚刚知道此事。你以为，我就不担心你的安危吗？那安华寺是清静之地，你偏要在那样的地方装狗，我若不安排人盯着，一旦出了状况，该如何是好？慧善师太那样的身份跟着李四下山，我如何能不察觉？你是我的儿子，没有什么比你更重要。只是，你知道了这件事，从来就没有想过要来告诉我吗？"

说到这一点，忠勇王爷是伤心的，顾衍不信任他，这点他感受得十分明显。

顾衍被自家老爹说得尴尬，声音低了几分："我没有旁的意思，只是不想打草惊蛇。"

他这解释十分牵强，不过忠勇王爷也不会和自己的儿子计较。

"你年纪小，做事情也比较冲动，有些事情，我不愿意与你多争辩。但是我要你知道，伤害你这件事我是怎么都不允许的，我会继续详细调查。你安排人调查，我不拦着，但是我希望你知道，我是你的父亲，不是你的仇人，就算我的一些作为让你看不惯，你也要知道，我爱护你的心情是好的。"

顾衍迟疑了一下，随即点头："我知道了。"

忠勇王爷叹息一声："你呀，之后在郑府可要小心点。若被人察觉，说你和郑七小姐有什么说不清的关系，你倒是可以全身而退，却会害了郑七小姐，毕竟人言可畏。郑先生在我们王府出事，又是你的先生，我不希望他的女儿再受伤害，你懂吗？"

这话说到了顾衍心里，他点头，认真地道："父王放心，我一定会小心的。就算是我有事情，也不会让小七受到伤害。"

有那么一瞬间，忠勇王爷想说，你现在这种欺骗其实就是一种伤害，不过他终究没有开口，只起身拍了拍顾衍的肩膀，软下声音说："回房换件衣服，休息一下吧。"

顾衍微笑颔首。

虽然小七离家一个月才回来，却没有人等她，她娘三夫人都不在。

小七下了马车也不回房，直接去了三房所在的小院。她自然要先去看她父亲。果不其然，她娘也在这里。小七飞快地跑了过去，一把抱住三夫人："娘，您都不来门口接我。"她委屈地嘟囔。

林氏带着笑意道："我不去门口迎你，你不是一样过来了？"

小七挠头，回道："是啊！"不过又一转念，"娘亲好坏，那怎么一样啊？"

林氏笑了起来，自家女儿这样单纯，她自己都觉得好笑："我若不在你爹房里，你怎么可能直接过来呢！"林氏微笑。

小七不解。

看她单纯的样子，林氏无奈地摇头："看过了你爹，去和你祖母请安吧。"

小七这才明了，她拍头："对哦，若您在门口等我，我一定不能先来看阿爹。"

林氏看她终于明白了，揉了揉她的头："你这一个月过得怎么样？怨娘亲了吧？一个月都没有去看你。"

小七连忙摇头："没有啦！怎么会呢？娘亲还要照顾爹呢！"小七坐到床边，拉住郑三郎的手，"爹，小七回来啦，小七有在安华寺好好为您祈福，您一定会好起来的。"

林氏含笑："你乖！"

小七仰头："我觉得爹爹这些日子胖了几分呢！薛神医怎么说的啊，是不是有好转了？"

薛神医名扬天下，小七坚定地认为，他一定能够治好自己的父亲。

林氏看她期盼的眼神，点头应是。

小七激动，立时起身道："爹真的有好转？太好了，那他什么时候能醒过来啊？"

林氏拉了拉她的裙摆，开口道："只是有些好转，什么时候能醒，哪里知道呢？不过我想，既然有好转，那么总是会一点点好起来的。你说对吗？"

小七蹙眉，随即乖巧点头。

林氏拍了她一下，交代道："行了，你一会儿再过来和你爹说话，先去和你祖母请安，再回房间梳洗一下。你风尘仆仆的，莫要沾染到你爹身上。"

小七愧疚道："都是我不好，我刚才还握阿爹的手了呢！"

"没关系，那么一下子又有什么关系。再说，你爹若有知觉，也希望他的宝贝女儿赶紧来看他的。好了，我们去你祖母那边吧，不然，你祖母该不高兴了。走，娘现在陪你一起过去。"

小七"嗯"了一声，与林氏出门，她边走边念叨："前些日子，六姐姐去安华寺了。我看啊，她大概是为了炫耀自己定亲的事，真是不知道有什么可炫耀的，讨厌死了。"

"莫要论人是非。有些话，在房里说也就算了，在外面哪能胡言！"林氏告诫小七。

小七吐舌头："知道啦！"

两人来到主屋，听屋内发出一阵阵笑声。

小七暗暗挑眉，果然，静姝在这边。

周嬷嬷将三房的母女引进了内室，小七瞄了一眼，请安。

郑老夫人只瞥了一眼便道："起吧。"

小七乖巧地起身，站在林氏身边。

郑老夫人上下打量小七，打量够了，道："倒是没什么变化，只似乎晒黑了些。"停顿一下，郑老夫人微微勾起嘴角，说道，"不管是住宿还是念经，都该是在屋里。你这倒好，竟还能晒黑，该不会是有了机会，便整天乱跑吧？"。

小七连忙回道："回祖母的话，小七上山是为父亲祈福，怎么会到处乱跑呢？而且那里是佛门圣地，各位师太也并非寻常人等，小七万不敢在那里乱来的。若乱来丢了郑家的脸面可如何是好？小七虽然年幼，这些道理还是懂的。"

她一番解释果然让郑老夫人的脸色好看了几分，可饶是如此，她还是道："那老身怎么听说，你大白天便往后山跑呢？"

　　小七不用多想都知道说这话的人必然是静姝。想到此，她毫不犹豫地跪下，眼泪汪汪地咬唇言道："小七离家，十分想念父母，更是挂念父亲的病情。原来在府中时我每天早晨都要去花园采些父亲喜欢的花，虽然去了安华寺，可是这个习惯并没有改变，每日都会采些花放在屋内，就有种还在府里的感觉。可是每天早上我都要去做早课，自然不能去采花，便是不拘时间，趁着有空便会去后山采些野花，每日不落。"

　　郑老夫人的脸色好了许多："你这孩子，不过是问问，怎么还哭了。"

　　小七委屈道："小七只是想到了另一件事。想来这去后山的事必然是六姐姐说的。"她瞥了静姝一眼，不给静姝说话的机会，继续道，"启禀祖母，这事我本不想多言，倒是不想，六姐姐竟然被丫鬟欺骗，还要无中生有地告诉祖母。若我不解释清楚，他日六姐姐怕是又要和其他人多言，我这名声，可就洗不清了。"

　　静姝恼怒道："你胡说什么！"

　　郑老夫人看一眼静姝，制止她："你让小七说。"

　　"几日前六姐姐去安华寺上香。当时我诵经结束便去了后山采花，回来的时候就碰见六姐姐在院门口等我。她声称，我在院中藏了一个男人。而当时气势汹汹鼓动六姐姐的，就是她的丫鬟翠桃。翠桃说她亲眼看见有男人翻墙进入了我的院子，并且提出搜院。我自然不会这样平白被人冤枉，当时我同意了搜院，可是我也说了，如果搜不到，我就要回府找祖母做主。"小七娓娓道来。

　　郑老夫人看静姝问道："她说的可对？"

　　静姝急忙解释："我不是，我……"

　　不等她说完，被郑老夫人打断："小七，你继续说。"

　　小七点头："当时事情就僵持下来，正在此时，安华寺的慧善师太过来寻我，六姐姐故意将大师引进了院子，还进屋进行了搜查。虽然没有搜到人，可是六姐姐连一句道歉都没有。当时就冤枉我，现在难道还要再冤枉我一次不成？"

小七落下泪来。

郑老夫人静静地听小七叙述完，问道："慧善师太？可是章太妃？"

小七并不确定。

郑老夫人眼光一闪，厉声道："静姝，你说，小七说的是不是真的？"

静姝和小七经常闹别扭，可是祖母像这次这般严厉还是少有，她心里一惊，也跪了下来："祖母，我……我……我也是担心妹妹被人骗了，那里毕竟不是我们郑府……"

郑老夫人皱着眉头，十分严厉："胡说什么！什么被人骗，那里是一般地方吗？佛门净地，也容你胡言乱语。谁人不知，安华寺根本就不准男人上山！你的丫鬟说什么就是什么吗？周嬷嬷，去把翠桃那个死丫头叫过来，老身倒是要看看，是谁给她这个胆子，敢胡乱编排府上小姐。再说，看见男人还要带着别人进门，若真的有问题怎么办？你有为郑家考虑过吗？这个脸，是你丢得起，还是你爹丢得起？"

郑老夫人最看中的便是郑家，若是静姝真的带着翠桃搜到了人，也是丢郑家的人。小七不好了，她也是一样没好处。

静姝这个时候才明白过来，她咬唇哭道："祖母，我错了，我知道错了。我当时没想那么多，只是担心妹妹院子里有坏人，所以我才一时冲动的。而且当时小七的样子怪怪的，现在细想想，也是她故意误导我的啊！祖母，您最知道我了，我这人没什么坏心思，又冲动单纯，七妹妹就是看准了我这点，才骗了我。"

小七涨红了小脸，愤怒地看着静姝道："是不是你的丫鬟说我的房间藏了男人？是不是你自己将慧善师太引进了门？是不是你第一个冲进房里到处翻找？你那个样子，还真不像是为我好，倒像是恨不得我房里真的有个男人！现在说我诱骗你，真是太可笑了。"

"好了，你们两个一人少说一句，当我不存在吗？"老夫人敲桌子。

小七委屈地指控道："祖母，平日里六姐姐说别的我不和她一般见识，可是您看她现在说的这是什么话！这事能随便开玩笑吗？这可是大事，不光是我自己，也牵扯到了咱们郑家啊！我不好，她就能嫁得好了？"

"小七！"林氏斥道，"让你不要说了，你没听见吗？谁给你这样的胆子，这出去了几日，你的心都野了不成？好好听你祖母说的。"

小七随即低头，不再言语。

郑老夫人睨着两个姑娘，她们都长得出色，她本是觉得，这是郑家的大好事，将来也能帮衬家里。但是现在看来，这两个都是烂泥扶不上墙。这样一点小事就能闹个天翻地覆，根本就不知道什么更重要。

想到此，郑老夫人倒是不乐意多说什么了，她冷言道："你们两个，没有一个懂事的，大没有大的样子，小没有小的样子，整日就会争些没用的。我也懒得与你们说了，都回房去反省吧。"

"我……"

静姝还想讨好一下，结果被郑老夫人呵斥："滚！"

小七跟着林氏出门，林氏也不说什么，只带着她回三房的小院。

小七扯林氏衣角："娘亲，我错了。"

林氏一直板着脸，回了房，林氏才瞪着小七问道："你给我说，到底是怎么回事？"

小七对手指，讨好道："娘亲，我错了，也不是啥大事，我刚才就没和你说。别生气了好不好？"

林氏将几个丫鬟都遣了出去，问道："那好，你现在说，到底是什么事？"

小七垂着头："我没怎么啊，就是六姐姐存心找碴。"

知女莫若母，林氏如何不知道自己的女儿是个什么性格，她盯着小七，道："你给我好好说清楚，别拿糊弄他们那套糊弄我，你当我傻？说，到底是怎么回事？娘相信你不会藏什么男人，可是我也相信，她不会平白就冤枉你。静姝敢，翠桃也不敢。"

小七好半晌才嘟囔道："就是……就是一大早六姐姐就来找碴，先是炫耀定亲的事，炫耀够了就挤对我。我没搭理她，我都想过了，按照她的性格，肯定还不算完，我就……我就故意让小桃穿了男装爬墙来误解她们，然后再说她冤枉我。你看，她回府果然找祖母了，我就知道必然如此，故意恶心她呢！"

小七根本不敢看林氏，这个谎，是她和小桃两个人商量的。若不然，根本说不清楚啊。总不能说：对呀，她说得对，只是她们看见的那个男人是我们养的那只大白狗呀！

如果说了，她娘信不信尚且不说，不会让大白留下是一定的了。因此小七早就想好了回府可能会有的状况。这也是她第一次欺骗她娘，想到这里，她有些难过地开始掉眼泪，她真是太坏了！

小七边说边哭，倒是让林氏相信了，她叹息一声，道："你这个丫头，你六姐姐不懂事，你不理她就是了，这叫什么事？闹大了对你也不好。娘与你说过多少次了，不要理她。你越是理她，她越是没完没了。都是一家人，和和气气才是正经。"

小七抽泣道："可是就算是我不理她，她也不客气啊，而且还变本加厉了。我就不明白了，她干吗整天针对我？我才不想有这样的一家人。小时候我就想和她成为好姐妹，差点被她推到水里淹死。从那时起，我就知道，我和她永远都不会是好姐妹。"

小七哭得委屈，林氏面色变了变，叹息一声，终究没说什么，搂住了女儿……

傍晚，小七坐在床榻边，整个人呆呆的。

小桃为她倒水："小姐，夫人相信你的话了吧？"

小七点头，她有些难受："我娘问你什么了？"

小桃回道："夫人什么也没问，我想夫人很相信小姐的。我知道小姐难受，不过小姐，等大白变回原来的样子，一切就都过去了。"

小七抿了一口水，点头道："我知道的。你去门口看看大白回来没有。他虽然说自己能找回来，但是我总是有点不放心。"

小七最担心的就是大白找到了郑府却进不来。要知道，郑府的护院也不是绣花枕头。

小桃见自家小姐忧心忡忡的，连忙出门。不过傍晚时分，除了知了的叫声，并无其他声音，小桃四下张望，并没有大白的身影。

而此时，顾衍正在赶来的路上，他回府处理了一些事情，之后没休息便着急地往回赶，同时跟着他的，还有他的护卫张三，两人疾步而行。

突然间，张三停了下来，一脸防备。

顾衍蹙眉问："什么事？"

张三压低了音量："有人跟踪我们，而且不止一人。"

顾衍余光扫了一下周围，并未发现什么异常，但是张三武功极高，他这样说，便是确有其人。

"约莫几人？"

张三沉思一下，道："五人以上。世子爷，这么多人必然是要动手的。您先走，我来应战。"

话音刚落，几个黑衣人迅速冲了上来，团团围住顾衍、张三二人。

顾衍微笑道："看来，我是走不成了。不过这样倒是不错，走不成了就打吧！"

他并不追问这些人是受何人指使，甩开腰间的软剑，直接冲了上去。

主仆二人与黑衣人迅速缠斗在一起。顾衍从小习武，武艺自是不弱。虽然黑衣人人数上占优势，却并不占什么便宜。张三挥剑刺倒一个黑衣人，反手又将一人用剑柄击倒。

几人打斗的声音不小，终于引来京中巡防侍卫。看着侍卫冲了过来，剩下的三个黑衣人立时撤退，不过顾衍却缠住其中一人，让他脱不开身。

顾衍的剑法快，那人左右闪躲，一下子被顾衍晃倒。张三立时用剑抵住他，生擒此人。

就在此时，巡防侍卫赶到："你们是什么人？"

张三掏出令牌："忠勇王府。"

顾衍看天色不早，担心小七着急，交代道："将人带到别院交给李四审问，其他人不准插手。我先离开。"

张三拦住顾衍："主子，现在情势未定。您这样一人离开，属下实在不放心。不如您先和我回去，或是安排护卫护送您过去。"

顾衍拉下脸："难不成我还会怕那些鸡鸣狗盗之徒？而且既然已经擒获他们，我们便无须担心太多。"

"可是有两人逃掉了。不如这样，差人去将李四寻来，待他赶到，我与您一起离开。"张三并不相让，他对侍卫首领说道，"我是忠勇王府的张三，这位是我们世子爷，有刺客行刺世子，立刻差人去忠勇王府报信。"

那侍卫首领听了，连忙吩咐人去办。

顾衍没有说话，看不出在想什么。

不多时，就见李四快马加鞭赶到。

李四翻身下马，单膝跪下："属下李四见过主子。"

顾衍把玩手上的小布球，漫不经心地说："给人带回去，不要假他人之手。"

李四瞬间明白："属下知晓。"

顾衍冷笑道："想来这人还真是等不及了，既然她自己愿意将这杀手送上门，那么也别怪我新仇旧恨一起算。"

将人悉数交给李四，顾衍带着张三离开。张三主要是负责顾衍的安全。顾衍刚才之所以没有坚持自行离开，还有另外一层原因。他虽然武艺不弱，但是与张三比起来，还差上不止一筹。

有张三在，也可知有没有其他的尾巴。他去哪里，除了他父王，便只有张三、李四知晓，如今有杀手追杀他，顾衍会更小心，他绝对不会让麻烦牵扯到小七身上。

郑先生已经因为他昏迷不醒了，若再伤害到小七，他可真是不知如何是好了。

"世子爷，您这衣服……"因打斗，顾衍的衣着凌乱，且沾了不少灰尘。

顾衍低头看了一下，笑道："如此更好。只有这样，小七才会更加心疼我。你看，我可是经历了千辛万苦才找到回家的路呢！"

张三尴尬地笑，黑线中……

"小七一定等着急了，我说过我很快就能找到她。如果我今天不过去，她会哭鼻子的。"顾衍继续说道。

张三无语。

"虽然有刺客，不过并没有影响我和小七即将见面的好心情。你知道吗？我和小七真的是一日不见如隔三秋。呃，对，你是光棍，体会不到这样的感觉。不过张三，真的，你该成亲了，自己这样一个人，真是不像话，你看看你邋遢的。"顾衍嫌弃地瞅了一眼张三，道，"需不需要我给你介绍一个？"

张三差点摔倒！他什么时候邂逅了？有小世子您邂逅吗？您说这话，好不好意思？而且您能介绍什么人！您根本就不认识什么女人啊！

果不其然，顾衍否定了自己的话："哦对，我也不认识什么女人。你还是自己去认识吧。不过不要认识坏女人啊！这年头，坏女人也是很多的。当然，你也不要找太纯情的，不适合你。咱们性格可是不同的。"

张三觉得，这个话题聊不下去了。他默默望天，深深觉得人生真是萧瑟。

"好了，我到了。你掩护我！"

顾衍闪过了郑家的护院，跳进了小七的院落，这郑家他可是熟门熟路了。

"大白？"

顾衍刚落地，就听到低低的唤声。他抬头望去，果不其然，不远处望着这边的，正是小七。只是她站在阴影里，不容易被人发觉。

顾衍连忙冲到她的身边，蹲下一把抱住小七的大腿，蹭呀蹭！

小七的小脸上全是笑意，她嗔道："你怎么才来啊！我都等着急了。"如今已经是月上柳梢头，这个时辰，一般人早就睡了。

顾衍抬头："七七。"

小七将顾衍拉起，上下检查，发现他衣着有些凌乱，问道："你路上吃了些苦头吧？谁欺负你了？"

顾衍委屈地拉着小七的衣袖，可怜巴巴地说："坏人！"有坏人欺负他，真的！

小七叉腰："你带我去，我帮你教训他！什么人啊，这样坏，你这么好看的男孩子都能欺负得下去！现在坏人怎么这么多啊。一个个的，也不知道是犯了什么病，整日不好好生活，只想着找碴欺负人。"小七愤怒。

顾衍听她话中的含义，琢磨了一下，道："也有人欺负你了？"

小七傲娇地仰起头："怎么可能，谁也别想欺负我。我才不是软柿子呢！”

这府中最爱和小七针锋相对的，必然是六小姐静姝了。

“是坏女人对不对？来寺里的坏女人。”顾衍故作天真。

小七沉默了一下，随即别扭道："我也没有输的。我早就想好了怎么应对她了。果然，她回来告状了。真是个讨厌鬼！"

两人并肩坐在台阶上，大白将头靠在小七肩膀上：“小七不理她，放狗咬她。呃，我去咬她。”

小七扑哧一声笑了出来，她点着大白的鼻子，嗔道：“你不就是狗吗？我要放你出去咬她？呃……你这样好看，还不知道是谁吃亏呢！我们家大白，才不能乱咬奇怪的东西。”

顾衍抿嘴笑了起来：“我好看，她丑，我才吃亏。”他掰手指总结。

小七点头：“对呀，所以你咬她，这事我们不合算的。咦，大白，你吃东西没有？”

顾衍的肚子恰好叫了两声，小七赶快道：“我知道了，你没吃！”

顾衍捂着肚子，可怜巴巴地说：“饿！”

小七连忙起身："走，进屋，你小桃姐姐给你留了好吃的，是鸡腿哦！在安华寺那么久，你都没有机会吃肉，这次总算是可以让你开荤了。好吃的鸡腿肉哦！"

顾衍眼睛瞬间亮了，他回府的时候什么都没吃，现在可不就是饿得难受。说起来，这段日子粗茶淡饭的，他过得也是不易啊！

小七带着大白进门，小桃惊讶，她在门口等了那么久也没看见，小姐才出去一会儿就把大白带回来了，果然是有缘分啊！

“大白，你好能干，真的找回来了！”

小七吩咐道：“你去把我留的饭菜拿出来，他没吃啥东西。”

小桃应了一声，连忙去端菜。

顾衍趁机四下看了看，小七的房间透露着少女的气息，淡粉色的床幔，桌上的陈设，都给人十分清雅的感觉。

小七回头见大白张望着，笑道：“怎么了？很久没回来，不认得自己的家了？”

顾衍笑眯眯地来到床边，从床下掏出一个垫子，抱着垫子坐在地上瞅着小七，他那一脸求表扬的神情，让小七乐不可支。

　　小七蹲在他面前："你是想说，你还记得这个吗？"

　　顾衍点头："汪汪。"

　　小七问："你怎么不直接说话啦！"

　　顾衍眉毛挑了挑："我最能干！"

　　小七伸手抚上顾衍的眉毛："哎，你眉毛会上下挑呢！好奇怪。我知道了，我爹说过，这是眉毛舞！"

　　"噗！"顾衍彻底喷了，他很想告诉小七，那是他和郑先生胡诌的。

　　还记得那是郑先生刚来给他做先生时，他憋着坏要将郑先生气跑，所以整天找碴挑事，间或还要挑衅地挑眉气郑先生。结果郑先生倒是有意思，直接问他，眉毛上下动是怎么做到的？

　　他那时怎么回答的？

　　他说：我这是跳眉毛舞呢！

　　一转眼，都这么久了。而今，这话又从小七的嘴里说了出来，顾衍只觉得人生山不转水转。

　　小七无辜地看他："你笑什么啊！我说的都是真的，这真的是眉毛舞。我爹说过的，那个讨厌的小世子就会！"说完，小七撇嘴，"呸呸呸，我怎么提起他来了？真是晦气。"

　　顾衍看小七一脸嫌弃，道："你不喜欢他，那你一定也不喜欢我。"

　　小七挠头，问："这是哪儿跟哪儿啊？我讨厌他，他做什么都是最讨厌的。你是大白，是我们最好的大白，你做什么都最好！"小七安抚道。

　　顾衍想，还好他心大，不然听了这个安慰，要一口老血喷出来了。不过……他也没什么资格难受就是了。谁让他害了郑先生呢！小七是该讨厌他的。

　　"小七喜欢我！小七永远喜欢我好不好？"顾衍拉住小七的手，不肯松开。

　　小七失笑道："我当然会永远喜欢你啊！不过大白，怎么才一日不见，你就会说好听的话了，这真是挺难得的呢！"

顾衍靠在小七身上："我要永远和小七在一起。"

"你呀，就是现在说得好听，等看见了鸡腿，保证就把我忘记了。"小七吐槽，话音刚落，就看小桃已将饭菜摆好。

"吃饭吧！"小桃回身道。

顾衍一听，一下蹿了出去，没有一丝的迟疑，更是没有一丝的伪装。

小七抚额："我说吧！鸡腿才是最重要的。最喜欢的小七，也敌不上鸡腿有吸引力啊！"

顾衍抓住鸡腿，一口咬上，之后回头傻笑……

啃完鸡腿，他舔着手指头，作为一只狗，看见肉还不冲上去，还能叫什么狗啊？所以他必须表演得出色一点。只有好好表现，才能让小七更加坚定地认为自己是大白！他不可以是顾衍，不然小七会一辈子都不想搭理他了。为了避免这种情况，他必须要走演技派路线，一点都不能让人察觉出不对。

这样想着，顾衍吐舌头笑，扭了一下屁股。

小七看他这般，虎着脸道："不是和你说过不能扭屁股吗？你把我的话都忘记了是不是？"

顾衍连忙摇头："不是的，不是。你相信我啦！喵……"

"啥？"

顾衍想：坏了，他学的是狗，不是猫啊！学猫叫，不是作死吗？他迅速做出反应，连忙"喵喵"叫着开始蹭小七。

小七哭笑不得："你好端端的一只狗，尊严呢，怎么可以学猫？"

顾衍继续："喵喵喵，汪汪汪，咩咩咩，哞哞哞……"

小桃疑惑："小姐，都听过鹦鹉学舌，没听过狗爱学别的动物叫啊！你说他咋就没点自尊呢！"

顾衍……谁没自尊啦！你才没自尊呢，你全家都没自尊！顾衍默默吐槽，却笑嘻嘻地看着两人，装可爱卖乖巧，这是最合适的法子。

小七让小桃把碗筷收拾好，之后说道："大白学习能力比较强，他都会说人话了，学其他动物也没什么奇怪的。"

虽然回到了郑府，这里也有大白的狗窝，可是现在的大白去睡那里，明显不合适了。

小七将大白安排在自己的床下，道："还按照我们在安华寺那样的习惯休息，不过这里是郑府，不是安华寺，很多事情都要格外小心。你万不能让人看见，知道吗？"

事情的轻重，小七是知道的。在她看来，他们三人之中，大白是最不清楚的。

但是在顾衍看来，只要小七不说漏嘴，那就不会有问题。别忘了，他还有个最佳外部帮手张三呢！

顾衍认真点头："我知道了，小七放心。"

小七翻白眼："我怎么能放心？你不知道我压力多大！"

顾衍如何不知道呢？只是他不能说出真相，只能插科打诨："小七小七最美丽，美丽得好像天上的仙女。小七小七最好看，好看得仿佛人间的仙子……"

他哼着莫名其妙的小曲儿，小七再次喷了。她笑着戳大白："这什么曲子啊！被你改得这样怪。再说了，仙女仙子的，不都是一个意思吗？你这一路上都遇见什么人了啊！油嘴滑舌的。"

顾衍也不知脑子怎么一抽，几乎没有犹豫就答道："顾衍！"

小七顿时冷下脸："你说谁？"

顾衍对手指，低头不语。

"我问你话呢？你说你遇到了谁？顾衍？你是遇到他了吗？"

顾衍很想给自己一个大嘴巴，让你乱说！他小声"嗯"了一下，随即望向了小七："小七……小七别生气！"

小七深呼吸，之后拍胸，让自己平复下来之后才问道："你什么时候碰见他的？在哪里碰见他的？他唱了这个？"她一口气提出一个接一个的问题。

顾衍挠头："来的……来的时候遇见他，他……坏人要杀他！"

顾衍想来想去，决定掺和着说，不然都说假的也不成。小七虽然单纯，但是也不能将她当成傻瓜啊！

小七疑惑地皱眉："你看见顾衍被坏人追杀？"

顾衍连忙点头，这种感觉好奇怪，自己明明就是顾衍，还要假装不是。

"可是你从来都没有见过顾衍啊，你怎么知道那是他？"果然，小七还不是小傻瓜！

顾衍挠头，言道："他们叫……小狮子！"

"是小世子！"

"嗯，石子！"

小七绷不住了，终于又笑了起来："是小世子……你好笨，不是狮子，也不是石子。算了，管他叫什么呢！反正知道他遇袭就可以了。等等，当时你也在？有没有伤到你？"

小七连忙拉扯顾衍的衣衫要检查，顾衍的脸一下就成了猴屁股。他不好意思地看着小七，紧紧地拽住衣襟："你要干吗？"

这画面简直不忍直视，若让在一旁观战的小桃来说，这完全是强抢民男。

小七不解地问："我看看你有没有受伤啊！你怕什么？"问完，小七变了脸色，"你受伤了不想让我知道？"

顾衍想，小七她完全想歪了啊！

小七更加用力地拉扯顾衍的衣服。

顾衍弱弱地道："没……没受伤……"

小桃看不下去了："小姐，我想，大白大概是害羞。"

小七呆呆地问："害羞？为什么要害羞？"

顾衍险些摔倒在地，这样的心情，你们完全不懂！

"没事，没受伤，我躲着。"

小七嘘了一口气："没受伤就好。"迟疑了一下，小七问道，"那那个讨厌的小世子呢？他有没有受伤？"

顾衍摇头，一脸诚恳："没有！他特别厉害，很威武，这样……左边打一个，右边打一个……啪啪啪，那些坏人就被打倒了。"

我必须英武出场！顾衍想，既然没人给他脸上贴金，那么他只有自己这么做了。

小七撇嘴："还威武……大白，你是哪边的？他是坏人！"

顾衍呆住，呃，小七竟然不为所动，女孩子不是都崇拜英雄吗？他觉得自己的追妻之路，依旧很漫长……

清晨的阳光分外明媚，小七一早便去花园为父亲采了他喜欢的花，待到林氏进门，小七已经将花插好，她俏皮地笑："娘亲，我早吧？"

林氏颔首，感慨道："看来这安华寺，也不是白去的。"

小七傲娇地扬头，道："那是自然啊！我当然是要有些改变，不然不是白白耽误了这一个月吗？"

林氏忍不住笑了起来，她上前为郑三郎整了整被褥，道："你去开会儿窗户。"

小七依言行事。

林氏说："我去小厨房看看你爹的药熬得怎么样了。你陪你爹坐会儿，这么久都没听你说话，你爹大概也想你了，你陪他说说话。"

许久不见，她爹似乎胖了一点点，不像她走的时候那般消瘦，薛神医果然还是有些能力的。

小七想了想，坐在床边："爹，您快好起来吧。"

郑三老爷静静地躺在那里，如同往日一般。小七昨日听说爹爹有了些起色，但究竟如何，她也不知晓。

"爹，娘亲说您好多了。您既然好多了，就不要让我们担心了好不好？您醒来还不好？您醒来，我就不那么担心了。您知道吗？小七很笨的，很多事情等着爹帮忙处理呢！"又想了想，小七咬唇，支着下巴看她爹，"爹，我听说，昨晚小世子遇袭了。您不是很喜欢这个学生吗？如果您醒来，就可以帮他找到凶手了。您难道要眼看着那个蠢货被人杀掉吗？您看，我们所有人都很需要您，所以您醒来好不好？"

郑三老爷并没有什么动作，依旧十分安详。

小七继续道："还有大白！爹爹，大白也需要您的帮忙。"

小七对手指，小心翼翼地瞄她爹，道："爹啊，前些日子大白不是失踪了吗？我找回他了，就是在安华寺找到的，奇怪吧？他自己也不知道怎么找到安华寺。不过，他变成了一个人，一个男人。"小七咬唇，"爹爹，您说怎么办啊！他一个狗狗，竟然变成了人，这可怎么办啊！"

小七越想越忧愁："那个傻瓜除了吃就是睡，啥也不懂。指望他自己变回去是不可能了。小七笨，也不知道该怎么办，您帮帮我好不好？阿爹，您起来帮我好吗？我给他带回来了，就藏在屋子里。爹，您不知道，上次在安华寺，翠桃她看见的其实就是大白，只是当时大白机灵，偷偷跑了出去。现在我给他藏在屋里，可是这也不是长久之计，我好着急。一旦被人知道，这可如何是好啊？"

小七絮絮叨叨地将自己身边的事情念叨给昏迷不醒的郑三郎听，却不知晓，在窗外的六小姐静姝已经听到了一切。

她捏着帕子，快走几步出了三房的院子。

一旁的翠桃眼泪汪汪："小姐，您看，我就说我没说谎吧？老夫人昨日说我胡言乱语编排小姐，还扣了我三个月的工钱，我冤枉啊。七小姐房里分明就是有个男人。"

"闭嘴。"

"可是小姐，我们为什么不当面拆穿她？那样她就没有办法狡辩了。"翠桃言道。

静姝这次也长了心眼，与翠桃回了自己院子，低声道："捉贼要拿脏，咱们不能贸然过去。不然又出了之前的事情，祖母定然会觉得是我们大房在找碴。"停顿一下，静姝道，"你去把母亲请过来，我这次必然让她说不出话。"

翠桃回了一个是便一溜烟跑了出去，不多时，大夫人匆忙赶来。

她一进门，静姝就将一切事情说了出来。

大夫人王氏震惊地看着静姝，问道："你说的，可是真的？"

"可不就是。我和翠桃都亲耳听小七说了这件事。若一个人听错也就罢了，还能两个人都听错？这分明是不可能的。"

王氏沉思起来。

静姝啧啧称奇："这天下之大无奇不有，好端端的狗，竟莫名其妙变成了人，这说出去，怕是没人肯信。咦，等等，不对啊！"静姝变了脸色，她看着大夫人王氏，颤抖地道，"大白明明被我打死了，怎么会又有一个大白？它死了，难道变成了人？这怎么可能？"

王氏盯着静姝："什么被你打死，你莫要胡言，大白的死，和你没有关系。"

静姝紧紧揪住了王氏的袖子："娘，您说大白变成人，是不是要来找我报仇？她……小七说她是在安华寺找到大白的。可这大白都被我们埋了啊。"

此时的静姝已经脸色苍白了，她几乎一下子就想到了搜查小七房间时的情况，她连忙道："当时我搜查小七在安华寺的房间，就看到了原来大白喜欢玩的那种球。娘，怎么办？"

静姝刚才还得意扬扬，觉得自己抓到了小七的把柄。不过是那么一会儿，她就怕得不得了。她越想心里越发寒，这件事绝对不是那么简单的。

"娘，怎么办，怎么办？"

王氏到底是年纪大，她捏住静姝的手："你就这点出息？给我冷静些，不要太担心。好端端的狗怎么可能变成人？就算是变成人，又能有什么用？该是他怕我们，不是我们怕他。小七一个未出阁的姑娘，将他藏在屋子里，说出去，丢人的是她。再说，保不准，是她在外面私相授受的小伙子，她那样说不过是糊弄她爹罢了。"

静姝苍白着脸色问道："那……我们该怎么办？拆穿她吗？"

王氏冷笑："难得有这样的好机会，我们可不能放过。这件事娘帮你。"

小七此时并不知道大白的事被静姝偷听了去，陪着娘用过早膳，她便乖巧地回房。

刚回房，就听到外面传来一阵喧哗声。小七并不知道发生了什么，奇怪地问："怎么了？"

顾衍面色一变，现在小七这里最大的问题便是他。

小桃摇头："谁知道他们又闹什么幺蛾子呢！我出去看看。"说罢，小桃便出门了。

小七想了一下，叮嘱道："如果有人进来，你藏在床下千万不要出声，知道吗？"

顾衍呆萌地点了点头，眼里的精光却一闪而过。

一会儿，就见小桃跑了进来，她惊慌地道："小姐，不好了。"

"怎么了？"

"刚才我出去打听了一下，原来昨晚忠勇王府的小世子在咱们家附近遇袭了。大夫人跟老夫人说，最近不怎么安生，咱们府里女眷也多，不如趁着这个机会，好好地全府检查一遍。检查过了，自己也安心。"看大白还杵在那里，她越发急切，"小姐，咱们可怎么办啊？大白在这里，是会被人发现的啊！"

小七也担心极了，但是还强装镇定："说不定没事！就算检查，他们也不可能检查女子的闺房啊！"

"那个小世子，真是个扫把星，什么事沾上他，都没个好。"小桃跺脚。

看主仆二人如此担心，顾衍微微眯眼，好端端的，怎么就需要检查全府？再说，他遇袭的位置与这里尚有一段路程，分明就是拿这个为由想要搜府。顾衍觉得，应该是有人看到了他，若不然，他们不会想出这样一个主意。只是，自己是怎么都不能在小七的房里被人搜出来的。

大夫人是静姝的母亲，静姝的丫鬟又看到过自己，想来，他们是想找出他了。可是现在青天白日的，他一个陌生男子，是不可能逃得出去的。这般一想，顾衍也紧张起来，小七他们不明白，但是他看得清楚，这事绝对不是那么简单。

"坏人！"顾衍委屈地拉住小七，低低道，"坏人要找我。"

小七摇头："不会的。他们不是要找你，他们是要找坏人，找那些刺杀小世子的坏人……不对啊！"小七反应过来，"刺杀小世子的坏人不管怎么样都不可能躲在我们家啊！大伯母这样做，该是别有所图。"

顾衍内心狂点头，就是这样，小七，你分析对了。

小七蹙眉，瞪着门："难道有人发现了大白？还是说……"小七这时刷白了脸色，"是她听到了我的话？"

小七想到了早上她和父亲说的话，当时她好像听到窗外有脚步声，不过探头望过去的时候已经没有什么人了。

想到这里，小七咬唇："都是我的错。"

"小七不怕,我藏起来!"顾衍连忙道。

"你能藏到哪儿啊,他们一定是听到了我说的话,不然不会这样的。都是我不好。"小七懊恼不已。

还不知道是不是真的因为这个,小七就将所有事情揽上身,这点顾衍哪里舍得。他可见不得小七这样难受,立刻哄道:"也许是我昨晚回来的时候被他们看见了。我动作那么笨,也是有可能的。"

顾衍说话这样有条理,小七完全没察觉到破绽,只继续道:"我们也别把事情都往自己身上揽了,想想怎么处理这件事才是正经。"

说到这个,小七四下看了看,实在没有什么可以藏身的地方。如果他们真是奔着大白来的,那么大白根本不能藏在床下。若藏在……小七猛地抬头,他可以藏在房梁上。只是,房梁哪里是那么容易上去的,而且他们郑府的护院武艺也不弱,未必不会上去看。

顾衍握住了小七的手,小七皱眉:"都要急死我了,你还玩?乖乖等着,姐姐会想到好办法的。"

顾衍笑:"我有地方藏。"

"嗯?"小七不解地看他,她都想不到好的地方,大白上哪里去找好的地方呢!

"你说说。"

顾衍眨巴大眼睛,表现得十分真诚:"花园里,有一个地方我能藏下,原来我经常去玩的。你不用管我,只管让他们查便是,我自己想办法过去。小七放心。"

这是他胡诌的,张三在外面,不行他就硬闯出去,反正肯定不能让人在小七的屋里找到他。顾衍存了这样的心思,安抚小七。

小七惊喜道:"有这样一个地方?"

顾衍点头:"有!"

大夫人王氏之所以没有第一时间来这边检查,也是不想让人觉得自己太过针对小七。昨日静姝已经闹了一遍,若她再闹,总归是不好看的,所以当务之急便是借这个理由来搜查。而从自己开始检查,也是为了到时候搜不出来什么有个好的托词。

当然，她早已经在三房的院门口安插了人，只要有人出去，必然会被一下子擒住。而在三房院中找到的陌生男子，不管是对小七还是对林氏，都会是极大的打击。大夫人觉得，自己这计策真是极好。若真如静姝所言，能够找到那个男人，那她简直做梦都要笑醒。

　　因大夫人的装模作样，倒是让顾衍他们有了一丝缓冲的时间。

　　顾衍对小桃道："小桃姐姐去院门口看看有没有什么人盯梢。"

　　小桃应了一声，冲了出去。

　　小七感慨道："你脑子倒是挺灵光的。"

　　顾衍垂首，腼腆地笑。

　　不多时，就看小桃跑了回来，她上气不接下气地说："我刚在门口发现有几个人探头探脑的，想来是盯着我们的。"

　　说起这，小桃也是气愤："他们大房真是欺人太甚。"

　　这个时候小七倒是平静了几分："我们有把柄在人家手里，他们自然要赶紧挑明。大伯母看我们不顺眼也不是一日半日。"

　　这时，门口传来敲门声。

　　小七立时变了脸色，她指了指床下，顾衍一下钻了进去。

　　小桃则来到门口问："谁呀？"

　　门口是林氏身边的大丫鬟："小姐，夫人让您过去一趟。"

　　小七听了，松了一口气，不是立刻检查，她放心几分。

　　来到门前将门拉开，小七含笑问道："竹桃姐姐怎么过来了？母亲可曾说过有什么事？"

　　竹桃微微一福，笑道："夫人只让小姐快些过去呢！说是让小桃也一起。"

　　小七一听，愣了一下，不过很快便笑着点头："好，我知道了。"她迟疑了一下，反手将门关好，不光是她，小桃也心生忐忑，不知究竟所为何事。

　　几人刚出小七的院子，就听三房的院门口有说话的声音，是大夫人带人过来检查了。小七心里一惊，不自觉地瞄了一眼自己的房门，不过随后便强自镇定起来。

小七虽然勉强镇定，内心的慌乱却无从排解。这时，她母亲林氏也从三房的主屋走了出来："小七。"

小七连忙迎上前："母亲。"

林氏微微颔首："想来是你大伯母过来了，我们一起过去看看吧。既然担心，还是检查为好。"

小七"嗯"了一声，跟在了林氏的身后。

王氏正要进院子，就看林氏带着小七迎了出来，露出笑脸："三弟妹怎么也出来了？你看看，我就说这事默默检查就是，不需要惊动谁，还是把你们惊动了。"

她是听说小桃来门口张望，才加快了搜查的脚步，这分明就是心虚，若不快点过来调查，让他们将人藏了起来，那可就不好了。

林氏含笑应对："大嫂为了大家亲力亲为，我不过是出来迎迎，算不得什么。"

王氏笑："三弟妹可真会说话，不过，也确实是这么个理儿。检查妥当了，大家也安心，现在可不怎么太平。三弟出了事，三房只有你和小七两个女子，更是该好好检查，免得进了歹人。如若有了什么意外，三弟醒了，可要埋怨死我们这做兄嫂的了。"

林氏淡淡答道："还是大嫂想得妥当。"

"应该的。好了，你们进去检查吧，好生检查，哪里都不能差了，听到没有？"大夫人王氏仔细交代。

护院们齐齐应是。

小七看他们这样，心里不断打鼓，大白还没有逃出去，若细细检查，保不齐就会被找到。想到此，她紧紧握住了拳头，落下一滴汗珠。

到底该怎么办？

"咦，小七，你是不舒服吗？怎么脸色煞白啊。瞧瞧，还流汗了，你有什么事吗？"王氏看着小七，虚伪地笑，仿佛抓住了她的什么把柄。

小七掐着自己的手心故作镇定："我昨日回来舟车劳顿，本就有些疲乏。之后又和六姐姐有些口角，心下忧虑，今日身体状况更是不好。"

小七说话这样不客气，分明暗指昨日，王氏心里恼火，不过还是笑："你六姐姐不懂事，回去我就说她了。都是自家姐妹，小七可千万别生你六姐姐的气。其实啊，她最关心你了，这不，听说不安全，她紧赶着说要好好查查你这边，可不能有什么歹人藏在这里。"

小七冷笑："还真是关心我呢！只盼着，六姐别听信谗言冤枉我就是。"

"那怎么会？你六姐姐最心疼你了。好了，你们还等什么，赶紧检查。"

　　小七本想着能够拖延些时间，这样大白才有可能偷偷躲出去，就跟当时在安华寺一般。可是姜终究是老的辣，大夫人哪里看不出这点不对劲，虽然斗嘴，但是并不肯耽搁。

　　林氏狐疑地望向了小七，小七讨好一笑。

　　林氏不为所动地转过了脸，开口道："大嫂……"

　　不等她说完，就看外面的小厮跑了过来："小的见过大夫人、三夫人。"

　　王氏挑眉："什么事这样匆忙，没有一点规矩。"

　　小厮禀道："启禀大夫人，忠勇王爷到了，人正在门口，说是来探望三老爷。"

　　大夫人诧异，不过立刻道："那还不快请。"

　　看小厮又跑了出去，她连忙说："你们暂且撤下来。王爷过来，我们这样成何体统。"

　　小七看大夫人将人唤了出去，心里松了一口气，没想到，王爷来得这样是时候，若再晚一步，怕是就要惹出大麻烦。

　　不多时，就见忠勇王爷带着几个随从赶到，其中还有一直为三老爷医治的薛神医。这个时候，家中男子都在任上，只有女眷在场。不过这场面倒并不尴尬，往日过来，忠勇王爷也甚少与人寒暄，只看过郑三郎，与林氏问过他的身体便离开。

几个女眷见忠勇王爷到，均是请安。忠勇王爷的视线扫过几人，在小七的头顶停留了一下，随即言道："都起吧。莫要客气，我听薛神医说，郑先生有些好转，过来看看他。"

林氏连忙说："王爷这边请。"

忠勇王爷颔首，视线再次扫过小七，率先走在了前边。他来过不少次，也知道郑三郎住在哪个屋子。

王氏走得靠后些，与身边的丫鬟低语道："盯紧了门口，别让人跑出去。"

丫鬟应是，之后迅速撤了下来。而王氏则是快走几步，跟上了几人的步伐。

忠勇王爷看林氏身后跟着的俏丽小丫头，含笑道："听说七小姐去安华寺祈福，倒是不想，你已经归来。时间过得真快，一个月转瞬即逝。"

小七被点名，立刻回道："我昨天回来的。这段日子，多谢您对家父的照顾。"

忠勇王爷笑："应该的。"

虽然对小世子深恶痛绝，可是小七对忠勇王爷还是有些好感的。一个老爹，为了自己儿子闯的祸不断弥补，相较于从来不曾露面的儿子，这个爹真是太让人尊敬了。

小七认认真真地说："那也要多谢您。"

忠勇王爷笑了起来："小姑娘就是小姑娘。"

说起来，之前没有去安华寺的时候，小七出现在他面前的次数也不多，忠勇王爷倒是能猜出一二。林氏是个精明的人，郑静好对他们忠勇王府心存芥蒂，她这个做娘的哪能不知晓。小姑娘藏不住心思，如若让他看了，总归不好，倒不如不出现。这点他是可以理解的。

而且现在看着，她确实是个单纯的女孩子，他说"应该的"，若心思深沉，断不能回"那也要多谢您"，这不是坐实了这是他该做的吗？可见，这个小姑娘果然是单纯。又想到自己儿子对人家的欺骗，他竟是觉得不好意思起来。

顾衍已是一个藏不住事的蠢蛋了，她能被顾衍给骗了，该是怎样的单纯?

不知怎么，一时间，忠勇王爷竟是觉得，其实儿子喜欢上郑静好也是在意料之内的吧? 毕竟，哪里还能找到一个比他还笨的小姑娘呢?

大抵是因为忠勇王爷一直看着小七，林氏竟有几分担心起来。她不着痕迹地挡在了小七的面前，含笑道："王爷快请坐。小七年纪小又不会说话，王爷可千万莫要怪罪小七。"

忠勇王爷对着林氏含笑摇头："无妨。小孩子嘛，怎么都是正常的!"

林氏为忠勇王爷倒上茶，道："这几日，三郎的手偶尔会动几下，不知是否是真的好转。说起这个，我还想请教一下薛神医呢。"

薛神医是个年过古稀的老者，只是他总带着笑脸，一副极好说话的样子。

"有反应就是好的，说明我这药没有白下。接下来，我会按照这个剂量稍微加大一些。你们放心，我断不会伤了他。有反应就说明，他还是能够醒过来的，现在只是时间问题。"

林氏听了，喜形于色，她感激地道："多谢薛神医，以后，还要继续麻烦您了。"

薛神医摇头："哪儿的话，别说王爷请我过来。就算是王爷不请，身为行医之人，悬壶济世，救人治病也是应该的。治好了人，我这心里也高兴。"

王氏看着几人寒暄，觉得好像哪里不对，特别是忠勇王爷说话的口气，太过自然。

往日里她也曾经见过忠勇王爷一两次，他说话不似这般随意。可是今日，特别是说到小七，他的口气明显亲昵许多，仿佛……仿佛是对着一个晚辈。

这就有点让王氏觉得不对头了。不过她将自己的心绪藏好，并没有多说。

忠勇王爷并没有待多久便起身告辞，同时离开的，还有他的随从。

他们刚离开，老夫人就赶到，她面色并不太好："王爷走了?"说话时枴杖重重地点着地面。

王氏回道："忠勇王爷只是来看看三弟的身体，说了几句话便离开了。"

作为大儿媳，又在现场，王氏理应回道。

郑老夫人几不可察地冷哼了一声，随即看到不少护院都在，问道："这还没检查完？老身不是说过，快些检查检查就得了吗？为何如此兴师动众？"

王氏一愣，随即道："儿媳也是为了稳妥。想着既然都查了，不如彻底些。"

郑老夫人点头："这样想也对，那赶紧检查吧，查过之后也就心安了。"她的视线瞄向小七，见她面色苍白，问道，"这是怎么了？你大伯母不过是查坏人，你怎么吓成这样？"

郑老夫人也是话中有话。

林氏微笑回道："小七哪里是因为这个？刚才啊，这孩子和王爷说话，八成是被王爷吓到了。您也知道，忠勇王爷是武将，小七又没怎么出过门，胆小得很。"

郑老夫人挑眉："刚才小七与王爷说话？"

小七连忙天真地回道："正是。只是，我好像说错话了，不过王爷心肠很好的，都没有生气。"

郑老夫人欣慰地笑："小姑娘家，偶尔说错一句半句，无妨的。"

人人都知道，忠勇王府的小世子顾衍正逢适婚年龄，而他又是忠勇王府的独苗，没有成亲。若小七真的嫁过去，真是前途不可限量。

郑老夫人本就希望自家的姑娘能够有这个福气，但是与忠勇王府接触这么久，也没什么进展，她这份心思倒是歇下了几分。可这稍微有点火苗，她便又兴奋起来。

王氏和林氏看老夫人的表情，都明白她的心思。只是，王氏心里咒骂，林氏心里厌恶，却都不能说出口。

几人回到厅内说话，护院则是仔细检查，可并未查到什么。

过了许久，护院的领队才过来禀告。看他一无所获，小七原本悬着的心也放了下来。王氏有些不可置信，小七的紧张她是看得见的，别说她，连老夫人都因为小七的紧张越发狐疑起来，可是他们竟什么都没有查到。

王氏呆了一下，随即微笑道："可曾仔细检查过了？我可告诉你，三房都是女人，如若有什么不妥当，那可就是大事。到时候，我必拿你是问。"

小七见没搜到人，又翘起小尾巴，她笑眯眯地看着王氏，道："大伯母，人都是你安排的，难道你还信不过不成？"

她还真是会火上浇油，这样一说，老夫人的脸色立刻就变了。这郑府的后院，一直都把持在老夫人手里，连中馈都并没有交出去。小七这样说，老夫人的视线立刻就在护院和大夫人之间扫了一下。

王氏暗暗骂了一句死丫头，之后连忙道："这是哪里的话啊！府里的护院，自然是为了大家的安全着想，也是听命于母亲。我啊，不过是执行人罢了。你这丫头，怪不得刚才王爷也说你是小姑娘，真是年纪小，不会说话。"

小七无辜地挑眉："那大伯母对我们还真是挺好的。我们三房人口最少，地方最小，用的时间却最多，搜不到还要继续搜，对我们真是太好了，我好感动……"这嘲讽几乎算是明晃晃的了。

林氏呵斥："好了小七，胡说什么，还不回房去。"

小七眨巴着大眼看老夫人："祖母，我可以回房吗？"

老夫人无奈地说："回吧回吧！"她还期盼着，忠勇王府能因为愧疚让他们小世子纳了小七，做侧妃都是好的。可是看她，全然不懂事的样子。再听那话，刚才分明也刺了忠勇王爷。她叹息一声，这个姑娘，怎么就这么不懂事呢！指望她，怕是遥遥无期了……

顾衍气鼓鼓地坐在轿子上，那脸色黑得不成样子，再看他的嘴，简直能挂油瓶了。

不知怎么的，忠勇王爷突然就觉得很好笑，也不知道多久没见过顾衍这个样子了。他平日里也会生气，但是这样委屈的气愤，却又是没有的。想到这里，他竟觉得更加好笑。

顾衍看他爹那副要笑不笑的面孔，终于忍不住说道："您要笑就笑吧，别憋坏了。"语气中有掩不住的恼怒。

忠勇王爷垂着眼，道："我为何要笑你？是因为你被人家撵得无路可退，只能央张三来寻我？还是说，你要装狗躲在床下？"

顾衍顿时气急败坏："我才没有让张三去找您，是他自作主张。"

忠勇王爷"哦"了一声，没有说其他，只是眉眼间全是笑意。

顾衍瞄了他爹一眼，随即有些尴尬，好久才道："那个……那个谢谢您。"

忠勇王爷笑了出来，想来多少年了，他都没有听到顾衍这般说话。

顾衍被笑恼了，嘟囔道："不过真的不是我让他去找您的。我自己也能跑出去。"

忠勇王爷又"哦"了一声，顾衍更加尴尬。

算了。

"呃，我自己跑出去确实有难度，多谢您帮我。"

忠勇王爷摇头："你是我的儿子，这些都是应该的，没有什么谢不谢。"拍了拍顾衍的肩膀，他继续道，"你这小子，只会说那些没用的。不过我看着那郑七小姐确实适合你。"

"真的？"顾衍的眼睛一下子就亮了起来，其实他内心里是清楚的，不管是他爹还是身边的张三、李四，他们都并不理解自己对小七钟情的心思，只觉得他是为了和王爷犟，故意为之。可是顾衍自己知道，并不是的。

他是真的喜欢小七，也希望感情能够得到别人的认同。如今他父亲竟然说他们很合适，这点让顾衍十分惊喜。

忠勇王爷也没想到顾衍会这样高兴，那喜悦几乎藏不住，眼睛亮亮的，一时间，他心情也好了起来："你真的不是因为她比你还笨，才喜欢她的吗？我总觉得，你娶了她就会欺负她。郑静好是个看起来很单纯的女孩子，你不能总是骗她。"忠勇王爷半真半假地道。

顾衍这次倒没有抬杠，他认真地点头："我知道的，我会对小七好的。小七又善良又单纯又美好，我就喜欢她。我喜欢她和人吵架时的凶悍样，也喜欢她被骗得迷迷糊糊的小笨蛋样，更喜欢她善良照顾小动物的可爱样，还喜欢她对每个人都真诚的认真样……总之，很多样子都喜欢，我会照顾好小七的。虽然我现在骗了她，但是没有关系，我知道，小七那么善良，一定会原谅我的。郑先生醒来后，一定一切都会不一样。"

忠勇王爷看自己儿子自说自话的呆蠢样，觉得他们还真挺相配的。

这样自以为是的笨蛋，是会吃亏的啊！不过，他说得对，郑静好那样天真单纯的女子，想来，就算是生气，最终也是会原谅他的吧？

想到这里，忠勇王爷叹了一口气："只是那个大夫人王氏，分明就是过去找你的，你还要回去吗？太不安全了。"

顾衍点头："我必须回去啊，不然小七怎么办？大白好不容易回去，如果莫名其妙消失，小七会伤心死的。"他又想了想，"不过我想，也许王氏不会再过来找碴。这是第二次没找到什么了，他们也该死心了，之前那次……哎……"顾衍停下了话茬："今天，小七的姐姐为什么没一起过去呢？按照她那性子，不该不出现的啊，这可是小七可能出丑的机会。"

忠勇王爷食指轻轻点着膝盖："没去自然有没去的理由。也许，她不敢过去？"

顾衍茫然抬头："为什么不敢过去？没道理的。"

一时间，两人沉默下来，不过很快地，顾衍突然抬头："之前在安华寺她都敢，在府里有她爹娘，她更不可能怕什么。除非……除非有什么她不能去的理由。我确信自己没有被人发现，那么就说明，他们这样怀疑是因为听到了小七的话。小七一定是告诉了昏迷的郑先生我是一只狗。而他们也是听了这个才这样明火执仗地找我。难不成……难不成这事与大白的失踪有关系？"

顾衍将两件事联系到一起，越发觉得有可能。小七的狗在府里失踪了，他总是觉得，不可能是大白自己跑了出去，可是找了许久也没有结果。

正是因为这样，他才装成了大白来到小七身边。会不会……会不会大白就是被郑静姝害死了？要知道，郑静姝一直都很讨厌大白，这点他暗中监视的时候就已经看在了眼里。

"你是说郑府的六小姐杀了郑静好的狗？"忠勇王爷蹙眉。闺阁女子这般，总是让人不喜的。

顾衍支着下巴："极有可能。"

因着顾衍的动作，忠勇王爷一下子看到他手腕处的一块小擦伤，他顿时变了脸色："你昨晚受伤了？不是说一点事都没有吗？"

顾衍顺着他的视线看过去，道："不过是小问题，没什么。"

"怎么会没什么，你身上可还有其他伤？马上让薛神医为你检查一下。你明明受伤却不肯说，郑静好就那么重要，重要到你不顾自己的身体吗？"忠勇王爷一下子就觉得气血上涌了。顾衍是他唯一的儿子，他不能让顾衍出事。

顾衍翻白眼："和小七没啥关系。不过是小小擦伤，我也是过去之后才看见的，无所谓啦！不过那些黑衣人……"顾衍笑了起来，"倒是不知，那些黑衣人究竟审问得如何了。想来也是有趣，一而再，再而三地要杀我。父王，你说，那个背后的幕后黑手是什么人呢？"他直视忠勇王爷，意有所指。

忠勇王爷知晓儿子怀疑的人是谁，那个人，正是他的王妃。可是就算是一千次一万次地问他，他也并不觉得王妃是那样的人。但最有动机害顾衍的，也只有她了！

"这件事，我会尽快调查。你住在郑家也好，最起码，别人是怎么都想不到的。等到找到凶手你再回来。"

顾衍挑眉，不置可否。

两人一下子安静了下来。

随着马车缓缓前行的细微响声，顾衍的思绪又飘到了小七身上，而此时的小七同样很忙。她忙着……找大白！

大白不见了，并没有在她的房间里，这让小七生出很多的不安："小桃，你说大白究竟藏在哪里了啊！"

小桃这次倒不像上次那么着急了，她揣测道："大白知道有人找他，必然是躲了起来，他不是说过花园有个地方吗？也许是趁着忠勇王爷来的时候逃出去躲起来了。大白那么机灵，都能偷偷潜进来，一定没事。"

小七想了想，点头，觉得有些道理。

"我感觉我娘有些怀疑了。"小七捏着帕子，与小桃说道。

小桃赞同："我也觉得夫人怀疑了。夫人那么聪明，怎么可能不怀疑啊！不过夫人什么都没有问。"

"我娘大概是等着我自己招供呢！可是我要让她失望了。"小七望天，"我暂时是不可以说的，不然大白可怎么办？他是爹爹送给我的啊，我不能让他沦落到外面被人欺负。"

小桃点头："小姐说得对。"

"我还记得在安华寺找到他时激动的心情，也记得他委屈地蹭我，还有它用手抓饭，学会说话……我记得这一切。小桃，我没有做错，对吗？"小七这个时候急于获得别人的认同。

而同样照顾过大白，并且见证了这一切的小桃，其实是和小七一样的，她认真地点头："小姐说得对。"

小七坚定起来："等我爹好了，我就告诉他们一切。现在，我什么都不能说，我要保护好大白。"

"我帮小姐！"小桃也坚定又认真。

主仆俩相视一笑，一切尽在不言中。

夜深人静，顾衍仔细勘察了地形，再次潜回了郑府。他拍拍屁股上的土，觉得自己的人生实在是太过悲剧，哪有人总是这样像被撵兔子一样撵的啊！若不是张三机灵找来了帮手，怕是他就要被人抓住了，想想真是不能忍。这大夫人怎么就这么欠！

迟疑了一下，顾衍决定去大夫人的院子里打探打探。知己知彼，才能百战百胜，不然这样隔三岔五地闹一下，他没怎么样，小七也要吓坏了。

顾衍轻功极好，又有月色掩护，很快就翻墙到了大房的院子。他并不知道大夫人住在哪一间，正要找找，就听到一阵脚步声。顾衍连忙躲了起来，悄悄探头望了一下。

来人正是二老爷，随着敲门声响起，大老爷前来应门，原来最东面的房间就是大老爷的书房。顾衍蹑手蹑脚地靠了过去，将耳朵贴在了窗上。

"你说，忠勇王爷来得这般频繁，真的是因为要看三弟的伤势吗？"屋里传来二老爷的声音。

顾衍屏住呼吸，静静听着。

大老爷自然也有自己的想法，他斟酌一下，道："不是看三弟，难道是来看你？你无须拐弯抹角，想说什么，直说便是。"

"大哥何必和我装模作样，我就不相信，你心中没有疑惑。我总归觉得，忠勇王爷前来,并不单单是为了看望三弟。就算他带了薛神医那又如何?薛神医也是他的人。特别是今日,我总觉得不太寻常。你觉得……你觉得有没有可能,忠勇王爷名义上是来看三弟,实际上,其实是来看三弟妹?三弟妹虽然不是青春少艾,但也是姿色过人,难保忠勇王爷没有起什么心思。"

大老爷沉默下来。见他沉默,二老爷继续道:"忠勇王爷是什么身份,就算三弟是在他府中受伤,他尽可以差人来,哪里犯得上亲自过来?"

"你说的,我不是没有想过。"沉默了好半晌,大老爷终于开口。

二老爷一脸的"果然如此"。

"今日你大嫂也在,说是忠勇王爷十分和蔼,对七丫头都分外温柔,如同长辈一般。你也知道七丫头的性格,单纯得很,她对忠勇王府有意见未必不会表现出来。可纵然如此,忠勇王爷却没有生气,十分宽容。这样的情况还说这其中没有什么猫腻,我是不信的。"大老爷抿了一口茶,将茶杯放下,表情十分严肃。

"那大哥,这该如何是好?总不能任由事态发展下去吧?"二老爷着急。

大老爷白他一眼,道:"我们无凭无据,难道还能凭借这揣测与王爷摊牌?我的意思是,不如让你大嫂与她谈谈,警告她一下。为人妻子,当是要恪守妇道。至于王爷那边,我们如何管得了?只能静观其变了。"

"我总归觉得,这事我们不能不管,任由事态发展。如若三弟妹真的与王爷有个什么,三弟醒来,我们如何面对三弟?"二老爷与三老爷年纪相差不多,关系也极好,自然是向着他说话。

大老爷摆手:"这件事我自有定夺,你无须多管了。"

二老爷脸色微变:"大哥该不会是想借由三弟妹的关系攀上王爷吧?"

"你胡说什么!我刚才不是说了,会让你大嫂去警告三弟妹的。难不成我们还能不让王爷来看老三?不要忘记,薛神医可是王爷的人,我们还指望着薛神医为三弟治病。你不要以为我只是贪图那些权势。若权势需要用我们家的脸面去换,我是怎么都不会要的。这点文人的风骨,我还有。"大老爷也动了怒。

大概看大老爷是真的生气，二老爷缓和下脸色："大哥莫要生气，我只是太心急了。"

"你心急可以，我也能理解，我也是心急。可是心急也要有个分寸。"大老爷叹息，"这事我们自己多注意便是。"

"那行！"

顾衍万万没想到，他们谈论的竟然是这样的话题，他蹙着眉头，只觉得格外恶心。

听到两人似乎谈完，顾衍翻身上了房顶，果不其然，就见二老爷提着灯笼离开。

顾衍不做耽搁，立时回了小七的院落，此时小七正坐在院中等他，她坚信，大白是会回来的。

"汪汪！"

小七惊喜地抬头，就见顾衍笑眯眯地蹲在墙上，押着脖子看她。

小七连忙起身："你小心点，慢慢下来。"话音刚落，就看大白一下子跳了下来，小七吓得闭上了眼睛，等她睁开眼睛，大白已经近在咫尺。

小七惊慌地看他，上下检查："受伤没？"

顾衍摇头："这是狗狗的本能啊！怎么会受伤呢？"他说得理直气壮。

小七嘘了一口气，道："没事就好，快进门。"

顾衍任由小七拉着，快步进门。

小桃见大白回来，激动道："你太厉害了！藏哪儿去了啊？他们都找不到你，我都不知道，府里有能藏下人的地方。"

顾衍挠头，似乎在想，不过他很快就道："我躲在了大夫人的院子里。"他眨巴眼睛，一脸真诚。

小七怔住，随即问道："你去了大夫人的院子？"

顾衍点头："外面很多人，我转来转去，不知道藏到哪里好。后来我想……她那么坏，我就要藏到她的院子让她找到，到时候她就丢人了。所以我就躲过去了！不过不知道为什么，一直没有人来找，我躲到晚上，看他们都休息了，才偷偷回来。"

顾衍扬头，一脸求表扬的神态。这个时候还不装巧卖乖，更待何时啊！

小七瞪大了眼睛，最后终于忍不住笑了起来："你好聪明。"

顾衍"汪呜"一声，蹭小七的胳膊："我最聪明我最聪明！"

噗！顾衍这样，小七忍不住笑得更加厉害："倒是不想，你竟是误打误撞藏好了。其实不是不查大房的院子，而是为了掩人耳目，她先查了自己的院子，你是之后过去的，自然也就躲过去了。"

顾衍似懂非懂的模样，小七拍拍他的头："你不用懂的！"

顾衍呲着牙笑。

"好了，你回来了我就放心了，今天倒是多亏了忠勇王爷，如果不是他来耽搁了，怕是你还逃不出去。说起来，这王爷也挺不容易的，有个那么不靠谱的儿子。"小七撇嘴。

顾衍的笑容僵在脸上，呃，那个不靠谱的儿子，就是他。但是……他哪里有不靠谱啊！分明就不是那么回事。小七冤枉人，呜呜呜！

"你怎么了？"小七纳闷地看顾衍。

顾衍委屈地嘟唇，将头靠在小七的肩膀上："小七千万不能不要我。"

小七：啥？

"我要永远都和小七在一起，小七不能不要我。"

小七怔了一下，随即认真地道："好，永远在一起。"

大白回来，小七也放松下来，命小桃去备水，她则为大白梳头。大白的头发都打结了，小七决定帮他洗洗头。洗澡这种事不太好办，但是洗头倒是可以的。不然这样下去，生虱子怎么办呢？

小七第一次给人梳头，动作不甚流畅，顾衍被她拽得呲牙咧嘴，不过纵然这般，他也依旧没有叫疼，倒是小七不好意思了。

"我拽疼你了吧？对不起哦，我会小心一点的。"

顾衍小声道："没关系！"

自他成年，除了他母亲，再也没有别人为他梳过头，他也不喜欢让人给他梳头。而现在，小七这样帮他，虽然动作一点都不娴熟，他却觉得心里暖洋洋的："小七最好了。"

小七抿嘴，浅浅的笑容挂在脸上："我哪里好？"

"哪里都好。"

小七笑容更大："我也很喜欢大白啊，大白要好好的，我才会觉得安心。不要再让我担心了。"

"嗯。"顾衍不顾小七正扯着他的头发，转过了身，十分认真道，"不管什么时候，不管发生什么事情，我都最喜欢小七。"

小七看着手上几根因他转头而断掉的头发，戳他的脸："转过去乖乖让我梳头。不听话。"

顾衍笑："好！"

"可是，为什么小桃还没回来呢？"小七有点迟疑。

刚说完，就看小桃端着水盆进门，只是她的面色难看极了。

小七察觉，问道："出什么事了？"

小桃摇头。

小七再次问道："有什么说就是了。你这个样子说没事，以为我会相信吗？"

小桃迟疑一下，语气十分愤怒："我刚才看见大夫人教训咱们夫人了，她太坏了！"

小七愣住："教训我娘？为什么？是因为我吗？"

小桃摇头，仿佛开不了口。

顾衍一下子就明白过来，他握住了小七的手。

小七追问："到底是为了什么？你快说！"语气竟有几分严厉。

小桃终于说出了事情的始末。她去打水，结果碰到了大夫人过来，因今天的事关系到小姐，小桃便偷偷跟了过去。没想到，大夫人竟然话里话外地暗示三夫人不守妇道，并且要她注意一点自己的行为。

而那个被怀疑的对象，则是自三老爷昏迷之后便隔三岔五来看他的忠勇王爷。

小七听到这一切，只觉得气血上涌，她直接就冲出了门。

顾衍看她激动，拦腰抱住她："小七乖，不要去！"

小七愤怒道："她怎么可以这样编排我娘？我要找她评理去，怎么会有这样坏的人！坏死了，真是坏死了。"

"你不能去。你这样去闹，只会让你娘难堪。"顾衍也顾不得那许多了，立刻劝道。

"我们都是一家人，六姐平日里找我麻烦也就算了，可是他们也太过分了。自己是坨屎，看别人也不干净吗？"

顾衍安抚道："我知道我知道，他们不是好人。可是你这样去了，伤不到他们还会让你娘伤心。小七最心疼你娘了对不对？所以就不能过去。不然你娘会觉得难堪的。"

小七被顾衍拉到内室，坐在床边，顾衍蹲在她身边劝道："我知道你心里难受，但是难受和闹不能解决问题。她那么不喜欢你们，就等着你们生气呢！气坏了身子，她更高兴，你说对不对？这个时候，你更要不把她当回事，可不能因为这事气坏了。你们不是她说的那样，她讲这些，完全没有意义的。"

小七鼓着腮帮子，不说话，还是气愤难平。

小桃也知道自己不该将这些乱七八糟的事情告诉小姐，跟着劝道："小姐，大白说的有道理，你不要生气了。我们行得正坐得直，她说也是没用的。说不定就如同大白说的，她就是等着我们生气，我们越生气，她越高兴，我们干吗要如她的意？"

"真不知道，这世上怎么还有这样的人。"

顾衍连忙说："这世上就是有这样一种人啊，癞蛤蟆上脚背，不咬人膈应人。"

小七被他逗笑，总算是不像刚开始那样生气："你们说得对，我才不因为她生气呢。只是我娘……"

"夫人那么聪明，自然比小姐更加能够看透一切，夫人不会把她放在眼里的。"

小七挥舞拳头："好想揍她。"

顾衍笑了起来："总会有机会的。"

小七哼了一声，没再说话。

小七心情不好，顾衍将她哄睡了，自己默默去洗头。小桃见顾衍动作麻利，感慨道："你的学习能力还挺强。"

顾衍笑笑没说话。

第十章 端倪初显现

翌日。

小七生怕母亲伤心，一大早便来到主屋，此时林氏刚起没一会儿，小七细细打量，并没有察觉什么异常。看样子，林氏并没有被王氏的话影响。想来也是，林氏的性格十分沉着冷静，鲜少恼怒。

倒是她自己，经常冲动行事，昨晚多亏了大白，如果不是他劝住了她……小七的思绪突然停了下来，好像……好像哪里不太对！

小七不知道为什么，最近时常有这样的感觉，就好像什么地方特别违和。可是这样的感觉一闪而过，她又说不好究竟是因为什么。

小七发呆，林氏笑问："一大早的，你跑到我这里发呆？"

小七不好意思地道："不是，我就是来看看娘亲。我昨晚看见大夫人过来了，她……她来干什么啊？"

林氏面不改色："没什么，说些府里的事罢了。如今我全部精力都用在照顾你爹身上，别的也只是听听，并不放在心上。"

话中有话，小七这下听明白了，她点头："确实是这样。"

林氏微笑："今儿个倒是奇怪了，你竟没有反驳我的话。平日里你不是一提你大伯母和静姝就跳脚的吗？今日怎么这样冷静？倒是不像你了。"

小七挠头："我偶尔也会冷静一下的嘛！"

林氏笑："好了，去看你爹吧。别在这儿打扰我。"

小七吐舌头："娘是嫌弃我吗？"

林氏照着她的屁股拍了一下："是呀，嫌弃你，嫌弃你这个女儿真是一点都不像我，太笨了。"

小七不依，抱着林氏的胳膊叫唤。

林氏笑了起来，笑够了说："我去看药，乖，去陪你爹说会儿话。"

小七"嗯"了一声，蹦跳着离开。每天早上她娘都要亲自为她爹熬药，这点小七是知道的，她刚才也不过是开玩笑罢了。

只是蹦蹦跳跳地走到一半，小七突然反应过来哪里不对了，她呆愣在当场。大白……大白为什么会那么聪明？他昨晚劝她的那些话，一点都不像平常的他，条理分明得紧。

小七愣在那里，好半晌才回过神，她缓步来到父亲的房间，静静坐在床边，沉思起来。

大白突然间的聪明让她觉得很慌，大白难道不该是一个傻白甜吗？突然变得聪明，她真的觉得好陌生。

说起来，大白变成人之后，她从来都没看见过大白如厕，唯一的一次，等她过去，大白也已经处理完了。还有……还有衣服……小七蹙眉，现在想来，那次换衣服，好像也有一丝不对劲。他就算聪明，也不可能就那样叼着衣服跑掉啊。怎么就那么巧，后山正好就有一个老者。老者……小七一下子站了起来，她终于想到每次到后山那种违和感从哪里来了。

后山，安华寺是不准任何男人上山的啊！那么那个老者，那个所谓采药的老者，是怎么上来的？他根本就不可能躲过官兵啊！

不怀疑的时候，所有事情她都能为大白找到解释。可是一旦有一颗怀疑的种子，那种子一下子就生根发芽，让她生出了许多联想。

小七惊慌起来，她不知道为什么自己会生出这些怀疑，本是很小的一件事，却让她越想越多。小七捏自己脸："郑静好，不要胡思乱想了，大白能够好好活着，这就很好，你胡思乱想什么呢！大白不会骗人的。他知道你和小桃生活里的很多细节，这根本就不可能是骗人的啊！至于那个人，也许……也许只是偶然。"

小七不断告诉自己，说完，又拍了拍自己的脸："不要胡思乱想。"

"七小姐一大早这是做什么呢？"老者的声音响起，小七望过去，见是薛神医。她连忙微微一福："薛神医早。"

薛神医微笑道："我自然没有七小姐早。"

他上前为郑三郎把脉，之后又打开布袋："我为郑先生施针，七小姐还是稍微避一避才好。"

小七点头，去了外室。

不多时，薛神医出门："往后我会每日过来为郑先生施针，劳烦七小姐与夫人说一下。"往日都是五天一次，现在有些起色，薛神医也做了适当的调整。

小七连忙应是，又想了想，她突然问道："薛神医，我有一件事想要请教。"

薛神医微笑着示意她说。

"我想问一下，小时候受伤的伤口，长大了，这个伤口会变大吗？"

薛神医摇头："自然不会。伤口并不会随着时间而变大。"

小七点头："多谢您。"

薛神医说："有问题再问我便是，不过我想，这也不算什么问题。"

小七不好意思地挠头，薛神医并不久留，含笑离开。

看他离开的背影，小七想到了大白脖子上那块伤痕，那是大白小时候弄伤的，她也正是看了那个伤口，才更加确信大白变成了人。可是，那块伤痕却没有那么大！

小七迟疑地站在门口，只觉得自己似乎陷入了一个怪圈，越怀疑，发现的问题就越多。

小七不是那种能将心事藏住的人，可是若让她去找大白问，她也做不到。也许，也许她可以试一试大白？小七不确定地想着。

"你怎么了？"林氏端着药来到门口，就见小七发呆。

小七摇摇头："没事，我出来送薛神医，他刚才来给阿爹施诊了，还说以后每天早上都过来。"

林氏听了，面带欣喜："这样最好不过。"

看小七又有些恍惚，林氏认真地道："娘不知道小七这次回来究竟怎么了，但是我并不想看见你这个样子，你懂吗？"

小七抬头，张嘴想说什么，不过最终却没说，只简单地回了一句："我知道了。"

"你是个懂事的孩子，该是知道什么能做，什么不能做。娘现在全部心力都在你爹身上，对你也放松了几分，可是我并不是不管你，是因为相信你，相信你有极好的处事能力。你懂吗？"

这次小七终于坚定："娘放心，不管什么，我都会做好！"

林氏微笑颔首。

"这样才对！我的小七，就该如此！"

虽然小七并没有问大白什么，但是看他种种行为，小七越发觉得他可疑。大白还是和以前一样用勺子扒拉饭，还是一样会"汪汪"叫，还是会摇屁股，可是在小七的心里，就是有点不同了。她越看大白，越觉得他是装的。

可是她又不能直接这样说，生怕是因为自己疑神疑鬼而冤枉了大白。要知道，若真的是她冤枉了大白，那大白根本就没有地方去。小七知道他的难处，因此她并不敢贸然做出什么决断。

小七觉得自己陷入了一个怀疑大白但是又想相信大白的怪圈，她在这个怪圈里纠结得不能自已。

而同样纠结得不能自已的，还有六小姐静姝。静姝万万没有想到，在三房的院子里真的没有找到人，他们看守得那样严密都没有找到。联想到小七说的话，静姝越发疑神疑鬼，怕得不得了。

王氏得知静姝吓得不肯出来，来到她的房间。

静姝窝在床上，一脸担心。

王氏蹙眉问："你这是干吗？"

静姝委屈地哭："娘，我好怕。我找了两次都没有找到人，也许，也许他真的是妖精，是大白变成的妖精！大白是被我害死的，他一定会来找我报仇的。娘，怎么办？您说怎么办啊，有个妖精要来找我报仇了！"静姝吓得直哆嗦。

王氏斥道："什么妖精，青天白日的，怎么会有什么妖精？我可不信这些，怕是小七那个死丫头偷偷藏了一个男人。"

"可是您亲自搜都没有找到啊！如果真的有这样一个人，您为什么找不到？一定是大白，大白成精了，它故意吓唬我们的。它要报仇，是我命人打死它的。它一定是要找我。"静姝抱着王氏叫嚷。

啪！王氏一个耳光打在了静姝的脸上，静姝呆住了。

王氏恶狠狠地道："你就这点出息？一只狗就给你吓成这样？我还真就不信了，一只狗死了之后能变成人，若真是这样，那还不乱套了？说不定，小七就是知道你在窗外，故意吓唬你才那么说的呢！那死丫头心眼不少，你不要以为她真如外表看着那样单纯好欺负。你竟被她吓成这样！就算是打杀一个人又能怎么样，更何况还是一只狗。你是咱们郑府的六小姐，不是什么寻常人家的姑娘，给我有点见识。"

静姝被王氏责骂，又挨了一个耳光，也回过了神，她捏着帕子，皱眉："娘，您说她真的会知道我在外面所以才故意诳我们？"

王氏翻白眼："怎么不会，你当她是软柿子？再说，若不放心，你自己查探清楚便是。这样窝在屋子里自己吓自己算什么？我的女儿，可不能这样没用。"

静姝听了，打起精神："我知道了。"

看静姝不像之前那般萎靡，王氏总算是点了点头。

静姝微微眯眼。其实小七并不知道，大白已经死了，她之所以找不到大白，那是因为自己已经差人将大白打死了。

谁让那只狗整天对自己耀武扬威，和它的主人一样讨厌。既然它独自到了自己的院子，又叫个没完，她怎么会纵容它呢！越看那只狗越讨厌，简直是新仇旧恨一起来，她当场命人打死了它。

可打死之后担心小七闹起来，总归对她不好，她就偷偷命人将大白埋了起来。

这一切，只有她与她院子的几个人知道，旁人并不知晓。她娘也下了命令，不准其他人将此事说出去，否则必要严惩。

正是因为这般，大白的事情一直都没有浮出水面，小七也一直都认为，大白还活着，只是跑了出去。

"娘放心，大白这件事，我必须要弄个清楚。"静姝镇定。

王氏看她这般，满意地笑："这样才是我的好女儿。我那边还忙着，你记住我的话便是。"她说罢便离开了。

静姝也起身："翠桃。"

"小姐有什么吩咐？"

"叫上两个可靠的人，我们去后院的小仓库。"

翠桃立刻应是。

当时大白被打死后，就埋在了后院的小仓库附近。静姝决定过去再检查一次，若大白的尸体还埋在那里，就说明小七身边根本就不会有什么大白变成的男人。那个男人，是小七的奸夫。

翠桃很快了两个小厮过来，静姝没有迟疑，直接带人去了后院……

"大白，现在只能将你关在屋里，不能出去散步，你会不会觉得很闷？"小七支着下巴问大白。

顾衍觉得今日的小七有些怪，特别是看他的眼神。不过想到小七昨晚被大夫人王氏的事气得够呛，又觉得也是可以理解的。

"和小七在一起不会！"顾衍转圈圈。

小七"哦"了一声，笑眯眯："那……你要怎么便便呢？"

顾衍默默黑线，他看着小七，不知道她咋关心起这个来了，吃喝拉撒睡……其实她只需要管吃啊！

"呃……"顾衍挠头，这让他怎么说啊！

小七盯着顾衍，等着他的回答。

顾衍表示，压力好大……

"小姐，六小姐过来了。"小桃苦着一张脸进门，也不知道六小姐犯了什么病，又找来了。

小七也是同样的想法，她蹙眉："大白，你躲起来。小桃，你和我一起出去迎六姐姐。"

没等走到门口，她迟疑了一下，回头看大白："大白，你能躲到房梁上吗？床下总是不怎么安全的。"

顾衍点头，软软地回答了一个"好"，萌气十足。

但是现在小七没什么心思欣赏他卖萌，她微微咬唇，点头去迎静姝。

等小七出了门，静姝已经进了院子。小七打量静姝，竟然发现她身上有些土。

"六姐姐怎么过来了？"小七浅浅地笑道。

静姝睨着小七，冷笑道："我知道你昨天早晨在三叔房里说那些话是为了骗我。什么大白变成了狗，郑静好，你挺会演戏的啊！"

小七板着脸，冷冷地道："我根本就不知道你说什么，六姐姐说这些干吗？"

"你不知道？"静姝冷笑，"大白都死了，根本就不可能变成什么人。我都已经看过了，它的尸体还埋在后院，怎么可能变成人。郑静好，装神弄鬼，你做得倒是挺好啊！"

小七苍白着脸，看静姝："你说……你说什么？"

静姝冷笑道："我说什么？我说你不是个东西，你身边的男人是你的奸夫。大白已经死了，已经死了！"

小七死死盯着静姝："你说大白死了，你说它埋在后院。郑静姝，你给我说清楚，你到底对大白做了什么！你要不要脸？"

静姝被骂恼了，反唇相讥："你才是不要脸呢！你在安华寺的时候屋子里就藏了人，别以为我不知道。你……"

"你当时不就搜查过吗？你找到了吗？还不是没有！我告诉你，你不要以为你这样胡说有人信。倒是你，这么大个人，却偷偷害死我的狗，你还有没有一点善心？我要去找大白……"

小七直接就往后院冲，静姝看她跑，也追了上去。

"它冒犯了我，我打死它又能怎么样？"

小七停下脚步，愤怒道："既然不是什么大事，你为什么要偷偷埋起来，不敢告诉我？你明知道我找大白，却不肯说。我这里根本没有什么男人，我就是怀疑你，吓唬你，让你说出一切实情。你把我的大白还给我。"

小七气得满脸通红，可是若细看，就能看见她眼中的泪水。

"我就知道你这死丫头心计多，和你娘一样。你娘不是什么好东西，你也不是。"静姝口不择言。

啪！小七毫不犹豫地打了过去："你害死了大白，还要辱骂我娘，你才是不尊长辈，心肠歹毒的坏蛋！"小七毫不客气，直接就拉住了静姝，"走，你和我去见祖母，我这次一定不会原谅你。你怎么这么歹毒啊！"小七边说边掉眼泪。

这次与上次不同，上次是在花园里，又比较早，并没有什么人。但是这次因为人来人往，下人们都听到了她们的谈话。

小七也不管那些，拽着静姝就往老夫人的院子走。

"郑静好，你不要以为我怕你，你凭什么打我！"

"那你又凭什么辱骂我的母亲，你凭什么害死大白……"

静姝和静好再次闹到了老夫人面前，静好哭得可怜兮兮，老夫人鲜少见她哭成这样。往日里她也时常和静姝吵架，却从来不曾这般哭泣。

她看着她们二人，无奈地问道："谁能和我说说究竟是怎么回事？"

她们都没开口，静姝是不知如何说，而小七则是哭得惨兮兮。

一旁的周嬷嬷听了，将当时的情况叙述了一遍。言谈之中虽然并不偏心，但还是能听出这事实对小七有利。

静姝狠狠地瞪了周嬷嬷一眼，周嬷嬷是老夫人身边的心腹婆子，她并不看静姝，说完便后退一步，稍微靠后了些。

老夫人看着下首的两个姑娘，恨铁不成钢地说："你们两个，究竟要闹到什么时候？来人，去后院给我挖，看看大白的尸体，是不是在后院。"

一只狗的死活自然没有什么，可现在不仅仅是一只狗的问题。且不说这只狗是三郎送给小七的生日礼物，意义本就不同。单是看将狗打死并且偷偷埋起来这件事，委实是让人觉得不妥当。事情处理得太不好看了。本来没有那么重要的事，无形中因为静姝的处理而变得重要起来。而静姝到现在竟然还不明白这件事是因为她才有了后继的种种，这让老夫人更是生气。

他们府里的姑娘，怎么可以传出心狠手辣的恶名，这样绝对不行。

"祖母，不过是只狗……"静姝还想解释。老夫人狠狠瞪了她一眼，静姝瑟缩一下，不敢再说话了。

这个时候，王氏与林氏也都赶了过来。

两人请安之后都站在了一边，并不开口说话，这个时候说多了，也许还会让老夫人不喜。

不多时，就看周嬷嬷带人回来，她对老夫人点了下头。小七看周嬷嬷点头，知晓大白确确实实是死掉了，不禁号啕大哭。

大白死了，大白是真的死了……

老夫人皱眉："好了，哭得我脑仁疼。"

小七低头捂住了脸，肩膀一抖一抖的，那样子分明是要止住哭声，却又怎么也止不住。纵然不太喜欢这个孙女，可是看她这样，老夫人也觉得可怜极了。

叹息一声，她道："这事，确实是小六的不对。"

静姝抬头辩驳："祖母，是那狗先……"

"静姝！"王氏低声警告。

静姝闭了嘴。

老夫人微怒："做错了事不知悔改，不断想着狡辩。确实只是一只狗而已，但是你做的这是什么事？一个女孩子家，该是温柔善良，而不是这样冷酷无情，动辄便是打杀。"

静姝垂着头。

"你看你妹妹伤心成什么样了？这狗是你三叔送给小七的，就算要处置，也轮不到你。将狗打死还偷偷埋到后院，都是什么人教你做这些的？"老夫人的视线落在王氏身上，"都说女儿教不好是做母亲的错。我不要求你们能将闺女教成京中难得的淑女，我只求她们不要让别人看笑话，你们懂吗？"

王氏与林氏都是面色微红，连连称是。

"你们也是从姑娘的时候过来的，该是知道名声有多么重要。好端端的女孩子，你们怎么能教成这样？这样的事，我再也不想看见了，你们清楚吗？"

"知道了！"

"行了，小七也别哭了。老三媳妇，你带着她回去，好好劝劝，小姑娘难受也是正当。至于小六，我看你这些日子越发无状，甚至学会狡辩顶撞于我。周嬷嬷，将她送到祠堂，好生反省一番，没有我的首肯，任何人都不能将她放出来。"

静姝难以置信地看着老夫人。老夫人也不看她，直接起身进了内室。林氏并不多言，只过去扶住小七。小七搂着林氏的脖子，哭得惨兮兮的。

"好了好了，都是大姑娘了，哭什么呢？乖，有事回房说。"

小七跟着母亲回到了院子，还是不肯松手，林氏叹息道："娘知道你难过，可是难过又能怎么样呢？"

小七垂着头，不肯说话。

她确实很难过，难过大白的死去。等等……那她房里……她房里的那个人是谁？为什么他要假装大白？大白……大白明明就已经……已经死了啊！

小七现在根本就说不清楚自己是什么感觉，她怀疑大白，可是大白又确确实实知道她和小桃的很多事情。小桃半夜去几次厕所这种事，总归不是蒙出来的吧？

小七越想越心焦。

林氏看她表情阴晴不定，道："别想太多了，回去洗把脸，好好躺一会儿。娘知道你难受，但是就算你再难受，也要好好生活啊。大白是希望你好好的，对不对？"

小七木木地点头，听从林氏的话转身进了房间。她呆坐在椅子上。

虽然不知道外面发生了什么，顾衍还是从房梁上跃了下来，他蹲在小七身边，仰头看她："小七。"

这样一看，竟然发现她的眼眶红红的，似乎大哭过一场。

顾衍顿时心疼极了，他握住了小七的手。小七想要抽出来，但是顾衍力气大，她并没有成功。

"谁让你伤心了？是郑静姝那个坏女人吗？"

小桃站在一旁，心疼却又不解，她也不知道大白究竟是怎么回事。大白明明死掉了，这个人又是谁呢？

还不等小桃发问，小七终于鼓足勇气开口："你到底是谁？"

顾衍勾起嘴角，笑容真诚："我是大白啊！"

小七有一丝恼火，她问道："你到底是谁？大白已经死了，被杀死后埋在后院里，你到底是谁？"

顾衍心里一阵错愕，不过他很快便摆出委屈的样子，可怜兮兮地看着小七道："我真的是大白。小七，你不相信我吗？"

小七愤怒："我怎么相信你？你根本就不是大白，大白被静姝害死了，你到底是谁？装大白是为了什么？你这个坏人。"

看小七怒火中烧，顾衍平静了一下心绪，委屈道："我是大白，我不知道为什么醒来就变成了人，我真的不知道。"

小七盯着他："你不知道？"

顾衍连忙摇头："我不知道，我真的不知道。小七，不要不要我，我是大白啊，我是大白的。"他抱住了小七的腿，不断"呜呜"叫。

小七迟疑起来。

"小七不要生气，小七也不要哭。我没有死，小七别不要我，我没有地方去的……他们会把我当成妖怪烧死的。"顾衍胡诌着，只希望小七不要离开他。

小桃见这样的场景，终于忍不住说道："小姐，也许……也许他真的是大白？"虽然不知道他是怎么回事，但是小桃觉得，他也不像是骗人的样子啊。

小七问："那后院的大白怎么说？"

小桃无言。

"我不知道。"顾衍对手指。

看他这般模样，小七咬唇，半晌才道："小桃，你差咱们三房的人去给大白的尸体好好埋起来。其他的事，等等再说。"

小桃应声而去。

等小桃走了，顾衍揪着小七的裤腿："小七，小七……"

这样小动物的模样，让小七真的很难相信他是装的。可是……现在让她相信又有些困难。不过她到底是冷静了下来："我相信你，你快起来吧。"

顾衍仰头看小七。

小七咬唇："虽然我不知道事情到底是怎么回事，你自己也不知道，可是我相信你是我的大白。呃，等过几天有机会我带你去安华寺，我们这次找师太看一看，也许会知道是怎么回事。"

小七捏着拳头，似乎很坚定。

顾衍听了，悄悄松了一口气，他点头："好！"

小七感叹道："师太一定知道是怎么回事的。"

顾衍点头，他再次抱住了小七的腿，将脸贴了上去，怎么都不肯放松。小七，你不要怪我，我好喜欢你的……

"我好讨厌大伯母，也好讨厌静姝，他们太坏了。"小七愤怒，如果不是静姝打死了大白，怎么会有这些事，都是静姝不好。

"嗯，坏人，他们都是坏人。"

事情就这样暂时落下了帷幕。虽然不知道小七心里怎么想，但是顾衍觉得，小七应该是相信他的，不然也不会留下他，撵走他便是。而且，她提出去见师太，可见，还是相信自己的。

深夜，顾衍趁着小七和小桃熟睡，悄然潜了出去。待顾衍出门，小七睁开了眼睛，眼中没有一丝的睡意……

虽然静姝被关在了祠堂，但是因大老爷为她求情，她第二天便被放了出来。

小七听了冷笑，只觉得这个家里的人真是可笑。

只是，不过两天，外面突然就有了一些奇怪的流言，这些流言都与郑府有关。外面的人也不知从哪里听说了静姝打死狗的事情，一时间传得沸沸扬扬，除了这件事，还有关于静姝辱骂三夫人的传言。不光是只在下人之间流传，大老爷上朝的时候甚至都能感觉到别人的视线。

这样的事谁家都有，但是能闹得这样沸沸扬扬的却不多。而且，这事还牵扯到了大老爷，他的女儿做了那么多事，他完全没有一丝的责罚之意。老夫人管教，他倒是将人放了出来。这样护着自家女儿，也并不好看。

而且，三房是什么人？三房的郑先生在忠勇王府落马至今未醒，在外人看来，其实这三房孤儿寡母也没什么大的区别了。这样欺负三房，就算不是郑大老爷自己做的，也是让人诟病的。

果不其然，忠勇王爷在朝堂之上毫不留情地向郑大老爷发难。郑大老爷虽然也有些交往之人，但是这个时候，没人会去触忠勇王爷的霉头。忠勇王爷觉得愧对郑先生，自然容不得别人欺负三夫人和七小姐。

明知道那是人家昏迷不醒的父亲送的狗，还要打死，之后又偷偷埋掉，说出来，真是难听至极。

接着又有人传出之前大夫人搜府的事情，一时间，更是沸沸扬扬。

凡事最怕联想，为什么搜府？是否是想羞辱三房？又被人拿出来揣摩。

郑大老爷的日子更加难过，连皇上都毫不留情地斥责了他。

虽然官员家事与朝堂看似没有什么关系，实际上却有千丝万缕的关系。家都治理不好，如何能够兴国安邦呢？

郑大老爷并不知道这些事究竟是怎么传出去的，但是很明显，人家根本就没想给他喘息的机会。原本要和静姝定亲的朱尚书家这个时候也不提这件事情了，这样的品行，哪里敢娶回家呢？

王氏到老夫人身边一阵哭闹，在她看来，这事必然是三房做的。可是自从三老爷昏迷后，三夫人就足不出户，小七一个小女孩自然也没什么机会出去，若说是她们说的，这也不现实。

老夫人为人十分精明，她断然不会为了这件事再去找三房的晦气。如今人人都盯着郑府，再这么做，不是让人戳脊梁骨吗？都是儿子，小儿子昏迷了，更该好好对待，结果郑府却欺负他的妻子女儿，这话传出去，是打他们郑府的脸。

在老夫人的压制下，郑府一时间倒是十分平静。只是小七自己都感觉得到这平静之下的波涛汹涌。而且，她也有点不明白，事情为什么会到了这个地步？想到前几日晚上大白曾经出去过，小七甚至怀疑，这件事与他有关。可是仔细想想，可能性好像也不是很大。

其实那天晚上她该追出去的，只是当时她怕打草惊蛇，想暂时等等。没想到，这几日他竟不出去了。想到这里，小七有几分着急。

她现在已经不能相信大白了。若他那天晚上没有趁她们睡着后出去，她可能还会慢慢放下疑惑，现在却不会了。这种疑惑在她心底结成一团，不弄清楚，她寝食难安。

"小姐，时辰不早了，奴婢去准备水洗漱吧？"小桃这几日心情倒是不错，看着自己讨厌的大房倒霉，小桃欢欢喜喜的。只是，这份欢喜不能在其他人面前表现出来，因此在屋里的时候，她表现得十分明显。

小七点头。

小七心里也是高兴的，却并不似小桃那般，她总是有着深深的疑惑，关于大白的疑惑。

顾衍凑到小七身后，讨好地笑："小七，我帮你梳头好不好？"

"梳头？"小七疑惑。

顾衍点头："梳头，小七帮我，我帮小七！"

顾衍捏着梳子，小媳妇一样双手搓在一起。

小七歪头想了一下，问道："你会？"

顾衍摇头："小七也不会！"

小七对手指："你啥意思？"是嫌弃我当时给你梳头扯痛你了吗？

顾衍温柔地看着小七微笑："我帮小七，小心再小心！"

小七眼神飘移："你保证？"停顿了一下，小七追问道，"你知道保证的意思吧？"

顾衍点头："不会……弄疼小七，轻轻梳头！"

小七终于点头，她软软地应了一声："好！"

顾衍微笑，将小七拉到镜子前，小心翼翼地为她梳头。小七想起那天自己为他梳头，突然就觉得才几日的工夫，可是感觉已经很遥远了，她看着镜中大白的样子。

其实，他出色的长相也是自己相信他的原因之一吧？凡人怎么能这样出色呢？一定是仙人，那时她便是这样想的。

察觉小七在镜中偷看他，顾衍温柔地笑，更加小心认真。

小七迟疑了一下问道："那天我帮你梳头发，扯痛你了吧？我笨手笨脚的。"

顾衍摇头："没有！很好的！"

小七腼腆地笑："才不是，我知道的。"

顾衍的手放在小七的肩膀，他若有所思："我知道小七不是有心的。而且，我根本就不疼。"

小七抬头笑："你难道知道什么是有心什么是无心吗？"

顾衍望着镜子，两人在镜中四目相对，顾衍认真地道："我对小七，就是有心的。不管经历了多少，不管发生了什么，我都不是故意的。我是真的喜欢小七，喜欢小七才想留在小七身边。"

顾衍的眼神几乎是含情脉脉的，小七慌忙地别开了眼睛，她垂下眼睛，小声说："我讨厌骗子。"

顾衍有那么一瞬间的受伤，不过很快地，他就勾起了嘴角，笑容可掬，转身来到小七面前蹲下。四目相对，小七垂下了头。

顾衍笑了一下，握住了小七的手，还不等她反应，就将自己袖子里的镯子一下子套到了小七的手腕上。小七没有什么防备，被吓了一跳。

等她回神就呆住了。她举着手腕，问道："这是什么？你从哪里得到的？"

顾衍无辜地看她："捡的。"

小七大声说："捡的？你再捡一个我看看？你知道这是什么吗？"小七仔细看了一下，吃惊于这只玉镯的通透。她一个富贵人家的姑娘都觉得这是难能一见的好物，能看出它的珍贵，可见这物件绝对不凡。

"你好好说，你到底哪儿来的。"

顾衍仍旧是笑眯眯的："真的是捡的。"说罢，他也不与小七说更多，转过身子为小七继续梳头。

小七得不到顾衍的回应，使劲想要把镯子摘下来，但是任由她怎么撸，竟是戴上容易摘下难了。

顾衍认真地道："这个一定是小七掉的，你看，小七戴上就摘不下来了，可不就是小七的东西吗？"

小七翻白眼："少给我胡说八道。"

顾衍继续梳头："一定是小七的。小七自己不知道，但是真的是小七的。"

小七不理他，一心一意要将镯子撸下来。但是说也奇怪，这镯子仿佛真就是小七的一般，怎么也摘不下了。看大白为她戴上的时候那么容易，倒是让小七以为大白在上面施了什么魔法。

等小桃回来，就看大白已经将小姐的头发梳好了，不仅梳好，还简单地绑上了一根缎带。

小桃感慨道："这也太心灵手巧了吧！"

小七撇嘴。

顾衍仍是笑容可掬："以后我要一直为小七梳头发，小七会开心的。"

小七……小七忙着瞪他呢！

其实小七心里隐隐有些不安，今天的大白怪怪的，一点都不像往常。往常大白傻里傻气，不管是真傻还是装傻，总之和现在不一样。现在他突然拿出这样的东西，难道就不怕自己怀疑吗？而且，他说话那种哄小孩子的口气，也让小七觉得心里发慌！

仿佛……仿佛他就要走了一样！

有那么一瞬间，小七很想哭，可是她又觉得自己这样的感觉真是毫无道理，她不是一直都希望拆穿他的吗？

现在可能真的有机会了，自己怎么又觉得哪里都不对了呢？她捏着袖子，不知如何是好。

顾衍就这样望着小七，仍如往常一样带着笑意，只是没人看出，顾衍的眼睛里满满都是忧伤。

小七，如果我告诉你我是顾衍，你还会喜欢我吗？你还会心疼我吗？

第十一章 真相最伤人

深夜，外面响起细微的雨声，小七静静躺在床上，感受雨点打在窗户上的响声。

她最近睡得并不好，有时候好不容易入睡，就会梦到小时候和大白一起玩耍的情形。那个时候，还有爹娘、大白、小桃……可是每次一觉醒来，一切都没有了。

爹依旧昏迷，娘依旧忙碌，还有……大白死了。至于她身边这个人，她并不清除他究竟是谁！也许，他是大白，但也许……不是。

小七悄无声息地抚了抚手腕上的玉镯，这样的成色，根本就不是寻常物件。捡的……多可笑，三岁孩子都不会相信。他就这样堂而皇之地骗了她，难道真的是她太好骗了吗？

小七什么都不知道，她只知道，自己的心里酸溜溜的。

就在她难受的时候，顾衍突然坐了起来。小七连忙闭上了眼睛，假装睡得正好。果不其然，大白来到她身边轻轻唤了一声："小七……"

见她没有反应，他悄悄起身出了门。

小七没有任何迟疑便披着衣服追了出去，外面细雨蒙蒙，小七看着黑色身影闪到院边，她也毫不迟疑地冲了过去。

顾衍听到身后传来小七凌乱的脚步声，即使她小心翼翼，也并没有逃过他的耳朵。只是，这个时候，他已经不能再瞒下去了。

顾衍来到墙边，咳嗽了一声。

小七还来不及反应，就见一个黑影从墙外一下子闪了进来，她吃惊地捂住了自己的嘴。

张三察觉到有人，对顾衍使眼色，只是顾衍不为所动，不仅不为所动，还示意他正常说话。

张三不知道这葫芦里卖的什么药，单膝跪地："属下见过世子爷。"

"起来吧！"

只这么短短两句话，小七就觉得天旋地转。她不可置信地松开了手，甚至没有丝毫迟疑，便从藏身的地方走了出来，苍白着脸色看顾衍："他叫你什么？"

顾衍回身，见小七站在雨中，一袭披风，孱弱又可怜。

"你真的不是大白。你是什么人？"小七几乎止不住自己的泪水，这个时候她竟然有些感谢这雨水。正是因为有了雨水，她才能这样肆无忌惮地哭出来，而不用担心被他耻笑。

"你是什么人？你看我问得多么好笑。你是什么人？你是世子爷啊！你是哪个王府的世子呢？"小七抹掉泪，"该不会你要告诉我，你是忠勇王府的小世子吧？"

顾衍见不得小七这般，他忍不住上前。小七迅速向后退了一步，警戒地看他："你说，你是不是忠勇王府的小世子，你是不是顾衍？"

小七的声音渐大。

顾衍生怕她招来其他人，点头承认："对，我是忠勇王府的小世子，我是顾衍。"

小七看着他，一下子就笑了起来，笑容里全是悲凉："哦，你是忠勇王府的顾衍。"她挺直了腰杆，死死盯着他，"那么，你这样好玩吗？假装是一只狗，好玩吗？看我担心得团团转，好玩吗？你说呀！你都已经害了我爹了，干吗还要来欺负我？你这样欺负我，好玩吗？"

顾衍不顾小七的拒绝，一下子就冲到了她面前，他拉住小七："不是的，我不是要和你玩。我喜欢你，小七，我很喜欢你。"

小七一把甩开顾衍的手，冷笑道："你现在看我这样又哭又笑，是不是也觉得很好玩？觉得我很可悲吧？大白死了，是呀，是我自己蠢，狗怎么会变成人呢？是我傻，傻傻相信了你的话。可是顾衍，你不觉得亏心吗？你已经害了我爹多了，为什么还要来害我？"

顾衍垂着头，难受极了。

"我没有一点想欺骗你的心思，我喜欢你，一直都很喜欢你。两年前我就喜欢你了，可是我不敢出现。小七，你原谅我好不好？我不是故意骗你，我也不知道大白是真的死了，我只是想到你身边，和你一起生活。小七……"顾衍急切地解释。

啪！小七一巴掌打在顾衍脸上，她倔强地咬着唇："胡说八道的谎话精。"

顾衍沉默下来。。

小七就这样看着顾衍，这一刻，她仿佛看见了两个人第一次见面，大白第一次吃东西，她为他擦脸，带他出去散步、丢球的情形……小七不知道自己怎么了，她只觉得，好像越发恍惚了，而眼前这个身影也越发不清晰……

就在小七失去意识之前，她听到有个人大喊："小七！"

小七也不知道睡了多久，她只知道，自己做了一场梦。梦里，她跟着大白来到了墙边，大白不是大白，而是顾衍，是忠勇王府的小世子顾衍，是害她爹落马的顾衍。

他没有解释一句自己这样做的原因，也没有向她道歉。明明是他造成了她爹的昏迷，可是他……他都说了什么呢？

一时间，小七竟想不起来了。他只说不是故意的，可是，不是故意的为什么要装大白呢！这难道还不是故意吗？

"啊！"小七惊醒。

听到小七的声音，林氏连忙从外屋进来，只见小七一头大汗地坐在床上，仿佛刚做了噩梦。她连忙上前："怎么了？"

小七大哭起来，那哭声里的委屈做娘亲的怎么都没有办法忽视，她将小七搂在怀里安抚道："别哭，小七别哭了。这是怎么了啊！怎么哭得这样惨兮兮的?"

小七不肯说出实情,就这样将头靠在母亲的身上,抽泣着。

林氏叹息一声,道:"小七别哭。一切都过去了,别怕。"

小七抬头,看向了林氏:"娘亲……娘亲。"

"顾衍走了。"林氏说道。

小七瞪大了眼睛,大大的泪珠挂在脸上,她重复着林氏的话:"顾衍……走了?"

林氏点头:"是呀,他走了。"

原来,林氏一直都觉得女儿有点不对,但是小七不肯说,林氏也不好再问她,只能命心腹郑同暗中盯着这边。而今晚,顾衍从小七房中出来,委实吓人一跳,之后趁着几人交涉之际,郑同立刻回了林氏,等林氏赶到,小七已经昏了过去。她看着女儿昏迷不醒的样子,担心得不得了。

顾衍将人抱回了房间,与她详细诉说了一切,不曾有一丝的隐瞒。

林氏听了,心里虽然埋怨顾衍,难听的话却又说不出口,千言万语,也只化为三个字:"你走吧!"

顾衍就这样在小七还没有醒来的时候被三夫人撵了出来。

小七得知顾衍已经走了,愧疚地低头:"娘亲,对不起,都是我不好,我没有听你的话,没有第一时间告诉你一切。呜呜……"她捂着脸哭泣,"都是我不好,不过现在说这些也没什么用了……"

小七哭得这样惨,林氏心疼坏了,她拍着小七的背,道:"不哭。娘不怪你,你年纪还小,被人骗了也是正常。好在顾衍其实并没有什么坏心肠。一切就当是一个教训,好不好?小七不哭了。"

小七靠在林氏的身上,委屈地继续抽泣。

林氏为了转移她的注意力,道:"小七的辫子绑得好特别,不是以往的样子……"不等说完,看小七又红了眼眶。

小桃在一旁咬牙切齿:"是那个该死的小世子绑的。"

林氏听了,诧异地看了一眼那缎带,一时间,竟也不知如何是好。

顾衍说,他是真的喜欢小七才出此下策。当时林氏不以为意,高门大户的公子,自然是做事由着自己的性子。可是现在看他为小七绑的这头发,竟十分细致。可见，那动手的人该是多么用心。

"小七不是笨孩子，必然是他装得极像，小七才会相信的，对吗？"林氏问道。

小七点头。

"顾衍心肠不坏，对吗？"林氏继续问道。

小七想了一下，别扭地点头。

"有顾衍陪伴的日子，小七觉得很开心，对吗？"林氏细细打量小七的神情，见小七似乎在想什么，她追问道，"是不是？"

小七嘟嘴："不是！"

林氏并没有拆穿她，只是微笑："不管怎么样，事情过去了就是过去了。虽然他骗了你让你很不开心，当然，娘亲也不开心。可是一切都过去。现在他走了，我们也要继续我们的生活，对不对？"

小七默默点头。

"那么再想更多，纠结更多，也没有意义。"林氏握住小七的手，"娘亲以后会保护好小七。"

话音刚落，林氏的视线落在了小七的手腕上。小七也看了过去，她手腕上晶莹剔透的玉镯，正是顾衍为她戴上的那只……

顾衍走了，可是顾衍送的镯子怎么都摘不下去。小七觉得这只镯子看着就讨厌，总会想起那个死骗子。

她甚至想，自己要不要效仿大力士，徒手给这只镯子捏碎。当然，这也只是说说，她的力气还是不够的。

看小七的脸色，林氏的视线也落在那只玉镯上，这样上等的珍品，林氏自然是识货的："这是……顾衍送的？"

小七面色难看地点了点头。

东西真是好东西，送的人却不是什么好人。小七微微蹙眉，似乎拿这只镯子没什么主意。

林氏手指划过玉镯，觉得这温润的触感当真是十分难得。

"这样贵重的东西，我们不能收。"

小七小鸡啄米一样地点头，她自然是知道不能收的。但是，摘不下来啊!

看小七面色纠结,林氏了然问道:"是摘不下来了吗?"

小七再次点头,这个时候,说什么都是没用的。

林氏看小七像是一个布娃娃一样,只会点头,终于露出了淡淡的笑意:"可是不摘下来还给人家,总是不妥当。而且,你戴着这只玉镯,要怎么说它的来历呢?"

林氏想得多,这点小七倒是全然没有想到,她苦着一张俏脸,再次诅咒顾衍。顾衍就是一个坏东西,一切都是他造成的,这样只会给别人惹麻烦的人,真是该关起来不让他出门,看他还怎么装狗骗人!

想到狗,小七又觉得有几分心酸。顾衍不是真的大白,而大白,真的死了!

想到这里,她难过地道:"大白死了。"

大白对小七来说,不仅仅是只狗,也不仅仅是她父亲送的生日礼物,更多的,它是小七从小到大的玩伴,一个会保护她的小伙伴,现在这个小伙伴死掉了。在大白最需要她帮助的时候,她没有发现,也没有伸出援手,所以大白被坏人害死了。

小七泫然欲泣,林氏拍拍她,安抚道:"有些事情发生了,多说也是无益,一切总是要向前看。"

小七点头,这道理她是懂的,只是心里有些难过。 ·

林氏视线落在镯子上,为难地道:"这镯子既然摘不下来,那就暂且戴着吧。但是你也小心些,莫要磕了碰了。黄金有价玉无价,我们总归是要想办法摘下来还给人家的。"

小七"嗯"了一声,嘟囔道:"这该死的顾衍,只会给我找事。阿嚏!"

也许是淋了雨,小七打了一个喷嚏,她秀秀气气地捂住鼻子,可怜兮兮地看林氏:"娘亲,我有点头晕。"

林氏连忙命人备水,准备好一切,让小七舒舒服服地泡了一个澡,之后灌了特地命人为她准备的姜茶。

虽然是夏天,林氏还是叮咛小七躺一会儿,为她掖好了被子后,林氏道:"你不要想太多,好好睡一觉,发发汗就好了。"

小七点头称是。

待林氏离开，小七缩成小小的一团，也不知想了些什么。

听说因半夜淋雨，小七患了伤寒，身在忠勇王府的顾衍，心疼得立刻就要去看，只是还没等出门，就被忠勇王爷拦住。他以什么样的身份去看人家？这不是添乱吗？

虽然忠勇王爷从来不说，但是他内心还是十分感激郑家的那个小姑娘的，若不是她，顾衍可能还不会说话。而现在，最起码他可以正常交流，这样就很好。

"我知道你关心小七姑娘，可是现在你过去，她未必想看见你。若见了你惹她心烦，倒是不如不见，你说对吗？"忠勇王爷劝道。

其实他一直都不知道怎么和儿子相处，这么多年，关系越发冷淡与剑拔弩张。可是经历了这次的事情，让他觉得，也许之前他们父子的相处方式就是有问题的。

若他不是总用命令的口气说话，也许顾衍不会反弹得那么厉害。而合适的规劝，其实顾衍是会听的。

"可是我不放心她。"虽然这样说，顾衍却停下了脚步。

忠勇王爷想了想，道："你坚持一日，明早薛神医过去探望郑先生，我让他好生替郑小七诊治一下。这样既能得知她的病情帮她对症下药，又能知道她的近况，你看可好？"

顾衍追问道："不可以今日吗？"

"薛神医今日已经去过了，若一天去两次，也太明显了些。虽然我只见过郑小七几次，但是也可以看出，她是个外柔内刚的女孩子。你做得这样明显，若她拒绝呢？倒是不如等到明日，我们做得自然些，就算是她知道这是你的心意，也不好拒绝。"

顾衍想了想，终于点头。

忠勇王爷仔细打量这个儿子，自从他回来，就并未换过衣服，那一身布衣并不合身，上面有些污迹，可能是因为淋了雨，还有些皱皱巴巴的。这件衣服想来是在郑小七那里换上的。他劝说道："你昨夜也淋了雨，去休息休息吧，我看你精神不是很好。"

顾衍摇头："我去李四那里。"

忠勇王爷见他说话间就出了门，只能微微叹息。现在除却郑小七的事，还有刺客的事情没有查清楚。虽有线索，但仍没有什么大的进展。

顾衍怀疑谁他自然心里清楚，可是他真心希望，不会是她。

若真的是她不断地加害顾衍，忠勇王爷默默捏紧了拳头，想来，他是不会放过她的……

"王爷。"柔柔的女声响起。

忠勇王爷回头，来人正是他刚才心中怀疑的人，也是他的王妃。他平静地道："你怎么过来了？"

忠勇王妃不过就比顾衍大几岁，明艳照人，含笑嗔道："我不能来看王爷吗？"

"自然可以。"忠勇王爷语气淡淡的。

王妃咬唇，一双大眼仿佛会说话："王爷您怎么了？"转到忠勇王爷身后，她按住他，"您坐下，我帮您按摩一下肩膀。我看啊，您最近似乎太过绷紧了些。"

忠勇王爷感受到肩膀上柔若无骨的小手，心下软了几分："府里的事都是你在忙，也辛苦你了。"

"哪里辛苦呢，都是我应该做的。"王妃微笑，"只要王爷不嫌弃我做得不好，就行了。"

忠勇王爷摇头："我是粗人，哪里会嫌弃你。"停顿了一下，房间里静了下来。

也不知过了多久，他再次开口："衍儿身体好了起来，他现在能说话了。"

王妃正在按摩的手停顿了一下，不过很快地，她声音中带着笑意道："那真是太好了，这样王爷也放下心了。"

忠勇王爷垂着头，感慨道："我就这么一个儿子，他不能有事。如今他好了起来，我也是真的高兴。衍儿……衍儿年纪还小，有些事情上让你觉得不舒服，不过，你忍忍吧，你是他的长辈，不要和他一般见识。"

王妃"嗯"了一声，继续道："我当然不会和他一般见识，王爷放心便是。"

"我知道很多事情都委屈你了，但是我希望你能理解。而且咱们成亲的时候我便说过了，我答应了顾衍他娘，这一辈子，只有这么一个儿子，不能和你再有孩子。我很抱歉，可是成亲之前，你也同意的。"忠勇王爷声音没有什么起伏，这话好像是在安抚王妃，又好像根本不是。

王妃一滴泪就这样落了下来，她慌忙地抹掉，低语道："我知道的，我知道不能。王爷放心就是。"

忠勇王爷点头："你知道就好。等顾衍成亲了，继承了我的爵位，我们离开京城吧。虽然不能和你有一个孩子，但我可以一直陪伴你，我们一起走遍大江南北，好不好？"

忠勇王爷是个武将，难能这般温情，王妃静静为他按摩肩膀，看着他宽阔的后背，终于软软地回了一个"好"。

忠勇王爷颔首："顾衍越发懂事了，我想，这样的日子已经不远。其实，顾衍不止是我的儿子，也是你的。以前你们关系不是还不错吗？其实只要你用心，你们的关系是可以和解的。"

他并未回头，如若回头，就会看到他的王妃一脸绝望！

王妃眼神空洞，道："我知道了。"

忠勇王爷不知道自己这么做对不对，但是他是有意说这些的。既然调查一直没有进展，既然顾衍怀疑王妃，那么他便决定抛出刺激她的因素。如若不是她……不是自然最好。如果是，忠勇王爷默默望天，他只希望，一切尽快得到解决。

顾衍并不知道忠勇王爷做的这些。他来到别院，李四这边还没有什么线索，杀手都是被雇佣的，他们并不知道具体情况，甚至不知道雇佣他们的是什么人。得不到线索，顾衍晃晃悠悠往回走，不知不觉就来到了郑府的门口。

小七就在郑府里，这个想法让他几乎想要直接跳墙进去，然后到小七身边打滚说自己是大白。

156

可是，他不是。他是故意泄露自己是顾衍这件事的，小七这些日子的难受他都看在眼里。其实，自从发现大白的尸体，小七就已经不相信他是大白了，这样留在她的身边，只会让她更难过。

小七每晚都睡不着，即便是睡着也会做噩梦，这点没人比他更清楚。所以他愿意拆穿这一切。如果他留在小七身边已经不能让小七快活，那么他愿意说出一切实情。

他想赌一次，赌一次小七其实是喜欢他的，小七会原谅他。可是……并没有。

看来，他这人运气不怎么好，这样还想赌一下，那就是在作死。

不过如果换成是他，也未必就会立刻原谅欺骗自己的人。这么一想，顾衍突然就觉得平衡了。是啊，自己都做不到，为什么要求小七做到呢？毕竟，是他喜欢小七，而不是小七喜欢他啊！

呃，也不是，其实小七还是挺喜欢他的。仔细想想，小七都能喜欢他假装的大白，其实也一样可以喜欢他吧？只要自己努力，一定可以做到的。

顾衍不断给自己打气，没一会儿就觉得信心满满。

张三跟在小世子身后，见他停在郑府门口默默发呆，突然就觉得心里酸酸的。

"张三，你去街口那里买几个风筝。"顾衍突然开口。

张三正为小世子伤怀呢，就看他眼睛亮晶晶地盯着郑府，好像有什么打算。他拎着几个风筝回来时，看到小世子身边多了几个小孩子。

张三嘴角抽搐一下，指了指小孩子问道："世子爷这是……"

顾衍并不搭理张三，直接拿起风筝，开始写写画画。张三嘴角再次抽搐，世子爷身上怎么还有笔？

大抵是看出了张三的疑惑，顾衍道："我刚才让孩子去那边买的。"

几个小孩子应该都是附近人家的，都凑在小世子身边，想要看他在干什么。

不一会儿，小世子就将原本好看的风筝画得面目全非。

张三看那四不像，小心地问道："这是……啥？"

顾衍回头，一脸的"你很没有见识"。

"看不出来吗？"顾衍语气十分高冷。

张三心想：他是真的看不出来啊！但是为什么他们小世子这个语气，好……好像他应该知道？这不对吧？

果然，顾衍更加嫌弃地看张三："你太笨了。"

张三连忙点头，对对对，我最笨！求您告诉我，这到底是个啥！

看张三一脸恳切，顾衍决定告诉这个没有见识的。

"难道你看不出，这个是我吗？"

张三的眼珠子差点凸出来，他死死盯着风筝上的那个四不像，呃，不，是小世子，顿时觉得自己当初走上习武这条路是对的，起码他不会画出这样的东西来。

"呃，呵呵！"张三觉得现在说什么都不太好，难道他要告诉小世子，您的画功寻常人都欣赏不了吗？

几个孩子围着顾衍，听说这画的是他自己，也都惊呆了！

"我以为，这是狗！"

"你胡说，明明更像猪！"

"不对吧？看着像是猫啊！"

顾衍黑了一张脸："你们胡说八道什么，有没有欣赏水平？真是……没学问就罢了，连审美也没有，我真是替你们感到悲哀。"

大家面面相觑，有点说不出心里是什么感受。碰见一个比他们还笨的大人，如果直接耻笑，也太伤他的心了。

顾衍将手里的风筝依次分给孩子们，又从兜里掏出一把糖："来来，都来拿。"

孩子们一哄而上，糖果瞬间被抢没了。

顾衍指挥张三："再去买些糖给孩子们。"

张三根本就不知道这是要干吗，他听主子这样吩咐，便照做了。孩子们听到这个决定，都十分高兴。

顾衍叮咛道："行了，一会儿还有好吃的糖果，现在你们都听我的，去那边放风筝。看到差不多能飘进院子了就将绳索剪断，知道吗？我看你们谁放到里面的风筝最多，我就奖励谁更多糖。

"好！"真是气势如虹。

顾衍又想了下："等等。"他拿起笔又在每个风筝上都补上了一个字，左右端详了下，满意地点头，"去放吧。"

孩子们都是玩闹的好手，放风筝更是不在话下。顾衍将他们引到郑府的侧墙边，自己轻盈地上了树。他坐在树顶，恰好可以看见小七的院子。虽然有点远，不过他眼神好！

小桃正在院中打水，听到外面有人说话，就凑了过去："怎么了？"

几个小丫鬟笑嘻嘻地指着天空道："小桃姐你看，有人放风筝呢！"

天空中少说也有十来个风筝，当真是壮观。

小桃仰头看，道："也不知是谁家的孩子，跑到这边来放风筝，不是去河堤边才最好吗？"

一个翠绿衣裙的丫鬟笑道："现在的孩子都皮，家中大人哪敢让他们去河边啊。一旦落水可怎么办！不过在这边倒是便宜了我们，也算是捡了乐子。"

小桃也笑了起来："人家放风筝，你们都这样高兴？"

"平日里也没个有意思的事情啊。小桃姐，七小姐不是病了吗？不如让七小姐也出来坐会儿吧，看看风筝，心情好了，说不定病就好了。"

小桃一听，觉得有几分道理。

她连忙进了屋，此时小七正在房中侧躺着看书，见小桃急匆匆地进门，含笑问道："怎么了？"

小桃应道："小姐，外面有人放风筝呢！你要不要出去看看？我看啊，少说也有十来个。"

"你们玩吧！我就不看了。"

小桃知晓小姐是误会了，连忙解释："小姐，不是咱们府里的人在放，好像是外面的孩子在放风筝呢，大家也就是看个热闹。"

小七奇怪道："有人在外面放风筝吗？那倒是挺奇怪的。"

"是呀是呀。小姐出去看看嘛！在屋里待着多憋闷啊！"

小七听了，忍不住笑了起来："我难道就不能安安静静地做一会儿美少女吗？"

小桃扑哧一声笑了出来："小姐自然是喜欢怎样就怎样的！"

小七往窗外望了望，恰好看见一个风筝往下滑落，她吃惊地道："风筝线好像断了呢！"迟疑了一下，她起身，"走吧，我们去看看。"

小桃应了一声，喜形于色地跟上。小姐总是闷在屋子里，她也是不放心的。

小七来到院子里，发现放风筝的人好像都在东边，她侧头仰望天空，道："好多。"

"是呀！"小桃跑到墙边，捡起一个风筝，扑哧一声笑了出来，"小姐你看，这风筝真是丑得不成样子。好端端的燕子，谁给画成这样了啊！"

在天空中还不能看清楚上面的图案，但是现在落下了，便看清了，小桃简直是不忍直视了。

小七接过风筝，就见上面画了个呲牙咧嘴的东西，旁边是一个大大的"起"字。小七纳闷："现在卖风筝的，连这样的都能拿出手了？"

小桃摇头，表示自己并不知晓。除了她们主仆，其他的丫鬟、小厮也都叽叽喳喳，觉得挺有意思。看小桃将风筝拿给七小姐看，其他丫鬟也将自己捡到的拿了过来："小姐你看，我这个上面也有字呢，只是这个鬼画符不知道是什么。"

"该不会是符咒吧？"

"怎么可能！"小七失笑，她看别的风筝，"图案都是一样的，就是字有点差别。"她看向了另外的风筝，有"不"字的，还有"起"字的。

小桃："小姐，我们这个也是起字。我看啊，这些字都是重复的。"

小七点头。

"还有落到别的院子里的，我去看看那边写的是啥。"一个小丫头跑了出去，不多时就拎着一个不同的跑回来，"这个是'对'字。"

小七看了看三个风筝："对不起？"她看几个风筝上的画，越看……越眼熟。

她捏着风筝，迟疑了一下问小桃："你觉不觉得，这个有点眼熟？"

小桃不解地看着风筝，茫然摇头，不认得！

小七抿了抿唇，秀气的眉头皱得紧紧的。远处藏在树上的顾衍看不清小七的表情，但是他知道，小七出来了，而且，她拾到了他放出去的风筝。这点让他十分高兴。

感觉到一股火热的视线，小七再次朝墙边望了过去，但依旧没有看到什么人。

小七捏着风筝，自言自语道："怎么有点像那个讨厌鬼？"

小桃问："啥？"

小七深吸一口气，说道："没啥！"

小桃不解地看着自家小姐，难不成小姐看出这画的是个什么了？一时间，她看小七的眼神充满了崇敬，这画一般人绝对是看不出来的啊！小姐好棒！

小七抿着唇，越看这个画，越觉得像顾衍。别人可以看不出来，但是毕竟他们朝夕相对过那么久。

虽然……虽然画得不太好，但还是可以看出来的。小七十分笃定，这就是顾衍，而且……除了顾衍，谁会这么无聊写"对不起"三个字呢？越想越觉得是那个家伙干的，小七立刻四下观望起来，想要发现顾衍的藏身之处。

最终，她的视线停留在东墙边的大树上，大树枝叶繁茂，足够藏住一个人了。小七虽然没有见识过顾衍的功夫，但是他从房梁上下来的时候她可是看见了，一点都不费力气。而且，看他出入郑府游刃有余，想来也是会些功夫，那藏在树上就不算什么了。

想到此，小七微微眯眼，死死盯住那棵树，哼了一声，与小桃道："我觉得，风筝八成是哪个疯子放的，不然怎么会好端端地给剪断。这样看下去没什么意思，我回房了。"

小七一转身，走了。

顾衍眼巴巴地看着她的背影，只觉得自己心里凉凉的。顾衍坐在树上，琢磨起来，小七一定是看见他了，或者说，小七感受到他在这边了，不然她为何一直盯着这边。而且，她一定知道是他找人放了风筝，更是看见了"对不起"三个字，她才回房的，一定是这样。

顾衍心里有淡淡的落寞，又有小小的欣喜。

其实，他和小七还是心有灵犀的吧？不然按照这个距离，她一定看不见自己，可是她盯着这边看了好一会儿，分明是感受到他的存在。这就说明，即便他们没有相见，也会感知彼此的存在。这样的感觉好甜蜜！

顾衍陷入沉思，而待在树下的张三抬头往上瞧，只觉得小世子当真是患了相思病。不然，怎么会一会儿皱眉，一会儿傻笑，整个人不正常得紧？看样子，他该回去和李四好好讨论一下了，趁着薛神医还在，赶紧治吧。不然更严重了可怎么办？张三心里弥漫的，是淡淡的忧愁！

张三忧伤，他家主子心情倒是不似昨晚那么悲伤。顾衍跳下树，指挥孩子们将最后的风筝都放飞。

小孩子们放完了风筝，顾衍也分好了糖，终于带着张三离开了郑府。

小世子离开了，可郑府却进入了新一轮的揣测之中。

这风筝不是一个人看见，众人都看得清清楚楚，"对不起"三个字还有鬼画符一样的图画，大家也都看仔细了。同时，风筝大部分都落到了郑家院子里，分明就是冲着他们而来。

那么现在问题来了，这三个字，是要对郑家的什么人说的呢？

虽然三房院子里落得最多，但是那是地形使然，倒不能说这风筝就是给三房看的。老夫人最近心情委实不太好，说起来，事情也太多了些。

大老爷被人参了几本，仕途不顺，大夫人整日哭哭啼啼，而静姝，与朱尚书家的亲事到现在也没确定下来。纵然这般，她还是整天惹是生非的，这让老夫人气急败坏，再这样下去，全京城都要知道她是一个恶女了！

原想着三房不懂事，现在看来，大房也是一样的。

老夫人心情不好，吩咐道："差人去给那些风筝都收了，顺便查一下是什么人做的。真是没有让我省心的时候。"

周嬷嬷应了一声，领命而去。

与此同时，顾衍则是呆呆地站在自家门口，想到了另一个问题。他歪头问身边的张三："你说，我放风筝会不会给小七造成什么困扰？"

张三直接摔了个大马趴！现在您想起来这事可能给人家姑娘造成困扰

了，放风筝的时候您怎么不想起来呢！

"我想，他们应该会很好奇，这些风筝究竟是哪里来的，上面的字又是什么人写的，写给谁的！"嗯，对，作为一个侍卫，他必须专业而客观地提醒自家主子，这么做真的会给郑七小姐造成困扰啊！

顾衍挠头："我倒是忽略了这一点。"停顿了一下，"该怎么补救呢？"

张三表示：不知道！

顾衍又一琢磨，一拍大腿，道："好汉做事好汉当，就是我做的怎么了！你传出去，就说今天下午郑家上空的风筝都是我找人放的。"

啥？张三张大了嘴，表示自己不懂了。

其实，小世子的心思，他从来都没有懂过。作为一个贴身侍卫，他却完全不能理解主子的意思。

顾衍继续道："你就说，我这是为郑先生祈福，也是对他无声的道歉。"

张三一个趔趄，随即看向了小世子，如果不是自家主子，他很想摸摸他的脸皮，看看究竟有多厚，这样的话，怎么可以说出口！

顾衍自说自话："就说我一直都对郑先生的伤势深感内疚，也没有脸面去见他，所以只能出此下策。"

张三面容扭曲，十分艰难地说："好！"

这绝对是从牙缝里挤出来的。

顾衍高冷地点头："行了，你快点去办吧，把这个传出去，免得风筝的事给小七造成什么困扰。"

张三办事顾衍还是放心的，人虽然笨了点，但是做事靠谱。

张三迅速领命而去。顾衍进门，就看见忠勇王爷和薛神医站在门口，看着他的表情十分晦涩难懂。

"怎么了？我脸上有花？"顾衍挑眉。就算有花，也是给小七看的，别人多看一眼都不行！

忠勇王爷突然就觉得，若真和郑府结亲，其实人家没高攀他们，是他们高攀了人家。最起码，郑家那个姑娘还是个正常的闺阁女子。而他儿子，已经突破了极限，真是有点丢人。

忠勇王爷想了一下，道："你以后，还是少作一点吧。"

顾衍嘴角抽搐了一下，冷言道："作？您说我？我怎么作？"

忠勇王爷现在可不比以往，他已经把握了顾衍的命门，知道怎么能让他瞬间平复。那就是……郑静好！

"你这样很容易给郑七小姐添麻烦的。她一个姑娘家，不比你！"

果然，顾衍一下子就变成了乖顺的小猫咪："我知道了，我以后不会乱来了。"

如果不是还有外人在，忠勇王爷简直想仰天大哭，这就是他的好儿子，自己怎么说也没用，只要一提人家姑娘，瞬间就会变身的……好儿子！四川变脸都没他快！

"明日，我打算和薛神医一同过去看看郑先生，你要不要一起去？"忠勇王爷问道。

顾衍点头如捣蒜，他必须要去。他今天都没有见到小七，只远远看了她的身影，他才不要这样。

只是……顾衍默默对手指："郑先生会不会不想看见我？"

看儿子瞬间化身小媳妇，忠勇王爷一个武将，委实觉得不能忍，他纠结地说道："你能好好说话吗？"

顾衍抬头："郑先生，会不会不想见我？"

忠勇王爷叹息："不管他想不想，你都该去见见他了。毕竟，如果不是因为你，他不会这样。"

顾衍听了，有那么一瞬间的闪神，不过很快他就认真地道："我知道了。"

第十二章 牛皮糖顾衍

都说大户人家怪事多，这可一点都不假。要让寻常百姓说，不光是怪事多，怪人也是极多的，最怪的，当属忠勇王府的小世子顾衍。

一年多前，小世子的先生郑先生因为意外坠马，之后小世子便足不出户。大家虽不知为何，但是也渐渐习惯了，可是最近顾衍又冒出来了。

这次，他放了许多风筝，都落进了郑府，他说这是道歉。这道歉太过别出心裁了些。当然，别出心裁是好听的说法，大家想说的是，这事真是奇葩！

不过这小世子倒是觉得理所当然。

顾衍在郑先生出事一年之后，踏进了郑府的大门。

这是顾衍第一次走正门，他站在大门口，呆呆地说道："我从来没想过，自己可以这样光明正大地走进去。"

进郑府的心情，比进皇宫还要忐忑，这说出去，简直是没人信。忠勇王爷看顾衍那副小媳妇的扭捏姿态，咳嗽一声，道："你也没少翻墙，不要装得没来过似的。"

顾衍翻白眼："我说的是……光明正大地走进去。翻墙再怎么说，也是不体面的。"

忠勇王爷冷笑一声，没理他直接进了门。他也知道不体面，真是说一套，做一套啊！

感受到自家父王的鄙视，顾衍撇了撇嘴："您啥意思？"

忠勇王爷觉得自己真是懒得和他说更多，太丢人了！

薛神医默默站在两人身后，感受这对父子别样的感情沟通。掏了掏耳朵，他老了，已经搞不懂京城的流行趋势了，也许，这才是他们正常的相处模式？

"你是要站在郑府的门口做石狮子？"忠勇王爷问道。

顾衍扯住他父王的衣角："走吧，进去。"

门房虽然没听见小世子与忠勇王爷说什么，但是这父子二人在门口说了好久，看他们总算要进门了，他连忙迎出来："小的见过王爷，三老爷院里已经知会过了，王爷、世子爷这边请。"

小厮偷偷打量顾衍，原本只听说过这人，见面这是第一次。世子爷当真是如传闻，仿佛画中谪仙一般，俊美如玉，整个人神采奕奕。只这一身衣衫与寻常人家男子相同，甚至还不大合身，可即便如此，那举手投足的气质也可见一斑。

"几位这边请。"小厮想，别说是女儿家，就算是他这七尺男儿见了，都觉得当真是世间难有，移不开眼啊！

小厮的视线一直看着这边，顾衍的心情越发浮躁起来："你看什么看，没看过我这般俊美的男子吗？"

小厮一个趔趄，虽然您长得出众，但是也不用这样昭告天下吧？

有些人就是这样，不开口当真是高贵得不可亵渎，但是只要一开口，原本恍如谪仙的气质一下子就没了，那粗俗的样子，真是……郑府的小厮觉得，在涵养和气质上，其实自己都能更胜一筹。

小厮赶紧将人带到了三房的院落，心中还想着怪不得之前外面对这位世子爷的评价并不好，原来，不是大家看不明白，而是看得太明白了。金玉其外，败絮其中，就是如此了。

顾衍哪知这小厮的这些心理活动，只当自己高贵的气质已经震慑住了他，扬扬得意："其实郑家也不过如此。"

此时忠勇王爷只觉得丢人，自己儿子这般自我感觉良好，做爹的没有感到一丝骄傲，只觉得……丢人！

"行了，你给我注意点。"

顾衍咳嗽一声，应是。

正说话的工夫，三夫人掀开帘子迎了出来，她本以为只有薛神医，谁知道小厮来报，说是忠勇王爷和世子爷也来了。虽然知道世子爷可能是醉翁之意不在酒，可她还是含笑迎了出来。毕竟他们现在还指望人家薛神医帮忙救治，犯不着闹僵。

至于小世子装狗骗人这件事，林氏也是恼火的。可恼火归恼火，她又不是单纯的小姑娘，自然知道凡事要顾及脸面。

"民妇见过王爷、世子爷。"林氏微微一福，让了让。

忠勇王爷颔首："起吧，无须太过客气。自郑先生受伤，小儿一直都未出门，总觉得愧对于郑先生。这好不容易听了本王的劝出门，昨日又做出那般事情，怕是给您带来困扰了吧？"

林氏连忙应道："您多虑了。小世子也是……也是天真无邪。"

薛神医听到这对话，忍不住笑了出来。察觉到忠勇王爷的视线，他将了将胡须，垂首继续乐。

一个十七八岁的少年被人家说天真无邪，想想也是很心酸的。不过有这种感觉的人都是正常人，不正常的人，则不会这么想。

很不凑巧，顾衍就是那个不正常的。他听到林氏的夸奖，顿时十分喜悦："您放心，我会好好表现的。"

众人："……"

忠勇王爷甚至觉得，他的头顶有一群乌鸦飞过……如果这不是他的独生子，他简直想捏死他。原本看着还是一个蛮机灵的孩子，只是关系到小七，他就全然不是原本的样子，简直笨得让他看不下去。

可是，这个家伙竟然还不以为耻。

这边忠勇王爷心情五味纷杂，那边林氏也不知该说什么才好，她绞尽脑汁想到了那么一个形容词，说完了，自己也觉得不妥当。可是，小世子竟然还挺高兴的，真是让她更加尴尬。这场面，一时间竟不知如何才能圆下去了。

要不说人和人之间的缘分难说呢，就在现场一片尴尬之时，小七竟然出现了。小七刚从花园那边回来，她抱着鲜花踏入院子，一见这里的场面，怀中的鲜花便悉数掉落。

"你……"你怎么来了？小七差点脱口而出，不过她倒是还有一丝理智，终于将自己的话咽了下去，扯着裙子微微一福，然后就开始捡掉落在地上的花。

顾衍见了，二话不说地冲上前帮她。

小七冷着一张小脸，一点都不似往日的活泼。说起来，自从得知大白是被静姝害死的之后，她就没什么笑脸了。而得知大白是顾衍假装的，更是让她心情跌落低谷。所以，笑给谁看呢！

"多谢。"小七接过顾衍的话，冷淡地道了一声谢，站在了林氏的身后。

顾衍眼巴巴地看着小七，想说什么，又担心小七根本就不理他。这样纠结的心情之下，他捏着衣角，倒是不知说什么才好了。

场面尴尬，林氏勉强勾起嘴角："几位快屋里请。"这个时候，也只有她能出来打圆场了。

将几人都让到了屋里，薛神医照例进内室为郑三郎扎针。

顾衍望着帘子，开口道："是我对不起郑先生，我……我能进去看看他吗？"

林氏颔首。

顾衍掀开帘子，跟着薛神医进了门。

郑三郎已经昏迷许久，虽然照顾得当，但还是消瘦得厉害。他静静躺在那里，脸色苍白，与之前的样子全然不同。

顾衍看了，心里一酸，眼眶微红，他就这样看着薛神医扎针，低喃："先生，我来了，我来看您了。"他微微闭上眼睛，"是我的错，我早该来看您的，我早该来的……"

郑三郎依旧躺在那里，纵然顾衍难过，也是无济于事。

顾衍凑上前握住郑三郎的手："郑先生，我是一个胆小鬼，我不敢来见您，您怪我吧！您快点醒来，快点醒来打我好不好？不要睡下去了，师母还有……还有七小姐都等着您醒来啊。您怎么能不管她们？"

顾衍难受地握紧郑三郎的手，怎么都不肯松。

薛神医睨他一眼，火了："你能不能给我滚到一边去？"

顾衍茫然地抬头："啊？"原本悲情的气氛瞬间消失殆尽，虽然他还是伤心，但是感觉又不同了。

薛神医戳顾衍的手："你是瞎吗？没看见我在施针？你这个时候来添什么乱？你拉他手干吗？你碰到他，影响了我找穴位怎么办，你说！"

薛神医虽然是王府的人，但是他也是一个十分有个性的人。顾衍打扰他救人，这是他绝对不能忍的。

顾衍松开了手，嘟囔道："对……对不起啊！"

薛神医继续啰唆："你是对不起我吗？你是对不起你郑先生，你不知道这是一件多么重要的事？你呀，一边去！"

顾衍立在那里，走也不是，留也不是。

小七在门口听到薛神医的声音，感觉自己一股火就窜了出来。这个成事不足败事有余的家伙，整天只会给她家添麻烦。这么想着，她愤怒地掀开帘子，一把揪住了顾衍："你给我出来。"

顾衍没有防备，竟被娇娇小小的小七给拽出了门。

"你能不能懂事点，早不来晚不来，这个时候来装什么好人！你知不知道如果薛神医下针下错了，我爹是会没命的。你自己作死也就算了，能不能不牵连别人？"小七叉着腰，一脸指责！

顾衍也知道自己做错了，交握着双手搓来搓去，半晌，才低声道："你说得对，刚才都是我的错，什么都是我的错。你……你原谅我好不好？"他带着期望抬头看小七。

小七哼了一声，别过了脸。

顾衍见了，脸色一白。

林氏瞄了一眼忠勇王爷，连忙道："小七，你的规矩呢！竟是这样待客，我平日里是怎么教你的？就教你这样没有礼貌，不知分寸吗？"

小七愣住。

"王爷和小世子是客人，是咱们郑家尊贵的客人，小世子也是担心你爹才进去看他。你这是叫嚷什么，难道要让外人觉得我们郑家的姑娘都如此没有规矩吗？"林氏严厉地批评小七。

小七咬唇，明白过来。

眼前这个人不是她的大白，他是忠勇王府的世子爷，不管怎样，她刚才的行为都有些逾矩了。也许顾衍不会在乎，可是忠勇王爷呢！当爹的，哪能见自己的孩子受委屈？若是她爹知道她受了委屈，也不会善罢甘休的吧？

这样一想，小七明白了分寸，她十分恭敬地鞠了一躬，道歉说："都是我的错，刚才是我无礼了。"

顾衍连忙道："不要骂她，刚才都是我的错，小七没有错。"

林氏看着这一双小儿女，一时间也不知说什么好了。她女儿还好说，管教一下便知道分寸，可是小世子……这她也管不着啊。而且，他这样护着小七，林氏真的很难说是好还是不好。

她纠结了，忠勇王爷倒是眯起了眼睛，他叹了口气道："顾衍啊，你就不能像样一点？"

顾衍难得地没有反驳。

忠勇王爷挑眉，看向了小七："你骂得对，刚才确实是顾衍不对。你就给伯伯一个面子，原谅你顾衍哥哥可好？"

小七茫然地抬头，啥？顾衍哥哥？这……这是从哪里说起的？他才不是她哥哥呢！小七微微嘟起了唇……

忠勇王爷盯着小七，微笑道："你原谅你顾衍哥哥好不好？"

林氏偷偷掐了女儿一把，小七这才反应过来和她说话的不是她的长辈，而是名震天下的忠勇王爷。

自己若不回答，怕是会给郑家添麻烦，而且让人觉得不大气。可是……可是若让她原谅顾衍，她又觉得有些不愿意。凭什么顾衍就可以骗人？这是不对的呀！

不过小七虽然心里不服气，表面上却还是要过得去，她浅浅地笑："好，原谅顾衍……哥哥！"

顾衍听了，立刻喜笑颜开。

小七看他的表情，趁别人没注意，对他做了一个鬼脸。

顾衍一怔，随即笑得更开心。

小七本来是想找顾衍的晦气，但是看他竟然笑得这样高兴，仿佛自己是在与他玩闹，顿时又心塞起来。这个人连人的脸色都不会看，只当她是在闹着玩，这点真是和当初的大白一模一样。

她明明是真的生气，为什么他就看不懂呢？小七干脆别过了脸。

小七又不高兴了，顾衍感受到小七的情绪起伏，决定更好地表现自己："父王，您去与郑府的老夫人说一下，让我住在这里吧？"

什么！忠勇王爷以为自己听错了，竟然不自觉地掏了一下耳朵。

顾衍哪里不知晓他们的吃惊，他认真地解释道："我觉得，只靠师母和七小姐两个人照顾郑先生，委实太过吃力。以前的事情都是我不好，也是我害郑先生变成了这个样子，所以……你们让我住下吧。我就在郑先生的房间打地铺，帮你们照顾郑先生。"

小七觉得，这人大概是打地铺有瘾，不然为什么要这样！

她眼巴巴地看着忠勇王爷，眼里只有三个大字：阻拦他。

忠勇王爷感受到热切的视线，看小姑娘可怜巴巴的，微笑着道："顾衍，你这是做什么，难道郑府就没有下人吗？你一个男子，还是一个外人，即便是好心，旁人未必这样想，莫要给你师母和七小姐添麻烦了。若你担心郑先生，每日过来看他便是。"停顿一下，"我想，你每日过来也是一样的，郑夫人该不会阻拦才是。"

林氏答道："自然不会。"王爷都这样说了，她哪里能拒绝？

顾衍喜滋滋地应好，小七翻了一个白眼，真是忍不了。

忠勇王爷与顾衍都没有在郑府久留，很快便离开了。不是顾衍不想待在这里，他觉得能和小七在一起是最好不过的事情了，可这也得将事情都处理妥当后再说。

他不是真的傻到什么都不知道，这个时候，最该做的事情其实不是追求小七，而是全力找到加害他的幕后黑手。当然，这并不仅仅是为了他的安危，也是为了郑先生，更是为了小七。若那个人知道他这般爱慕小七，指不定会使出什么歹毒的招数，这于小七也是大大的不妥。

出了门，忠勇王爷与顾衍走到一处，终于忍不住道："我以为你会想多留下来陪郑小七一会儿。"不是调侃，只是认真叙述。

顾衍挑眉冷笑："我也不是真的傻到家了，这个时候孰轻孰重，我还是心中有数的。"

忠勇王爷嘴角抽搐了一下，道："既然孰轻孰重你是清楚的，刚才又为何要留下呢？留在郑府的话，是你说的吧？"

顾衍恼羞成怒地说："我就不能偶尔糊涂一下？也没人规定，做人一定要什么错误都不犯吧？我还年轻，偶尔失策冲动也是有可能的。"

忠勇王爷再次望天，本就是他的问题，还能说得这样理直气壮，当真是个厚脸皮。他转移了话题问道："事情调查得如何了？"

顾衍摇头，不是他要瞒着他父王，而是确实如此。

忠勇王爷叹息一声，道："我放了一个鱼钩，而挂在鱼钩上的鱼饵就是你。有没有鱼儿来咬饵，就看接下来的发展了。不过父王希望你一定要格外小心，千万不能掉以轻心。"

顾衍诧异地看着忠勇王爷，好半天才问："您为什么要这样做？"

"为什么拿你做鱼饵？"

顾衍摇头："您知道我问的不是这个。我问的是，您为什么要试探您的王妃，您不是很信任她吗？现在您却又要这样，我倒是觉得奇怪了。做鱼饵还是做什么都是无所谓的，只要能抓到那个心存恶意的人，做这些都是我应该的。但是我好奇的是您为什么要这样做，这根本就不是您的风格。"

忠勇王爷是很想全然相信自己的王妃，坚称她绝对不会做出这种事。但是顾衍没有什么仇人，若说有，也只能是她，所以他做不到全然的信任。

"且走且看吧。若能第一个排除她，也是好的。"这话说得他自己都没什么底气。

顾衍深深地看了父王一眼，径自离开。

其实在他们内心深处，都是怀疑她的。现在说这些，何尝不是一种自我安慰呢？

与此同时，那个被怀疑的人正坐在梳妆台前，静静梳着发。

她身后的老婆子道："王妃，今儿一大早，王爷就和小世子出门了。老奴问过了，说是去郑府道歉去了。咱们王爷怎么还就没完没了了，既然

172

已经找了大夫，何必隔三岔五过去呢！这郑府的三夫人，听说可是个美人呢！也不知……"王妈妈言语间有几分担忧。

王妃将手中的梳子重重地放下，蹙眉看着婆子："王妈妈，你知道你自己在说什么吗？你是我的奶娘，我自然知道你处处都是为我好，说话也没什么歹意。可是这里是忠勇王府，你这样随意揣度的话若被有心人听了去，你知道结果吗？"

王妈妈一听，惊觉自己说错了话，连忙道："是老奴的错！这样的话怎么能说得出口，万万不该胡乱揣测王爷。"

"王爷不是那种人，以后莫要胡言了。"王妃语气淡淡的。

王妈妈看王妃这般消沉，忍不住道："王妃，老奴知道这话您不爱听，可是您是我看着长大的，就算是不爱听，我也得和您说。王妃，您这样下去不行啊，你还是该有个自己的孩子的，这女人没有自己的孩子，将来老了可如何是好？王爷有小世子，但小世子终归不是您亲生的。"叹息一声，王妈妈继续道，"老夫少妻，最是难过。您没有自己的孩子，王爷又比您大这么多，待到他日王爷不在了，这王府还是要落在小世子手里的。小世子那般憎恨您，怕是到时候不会轻易饶过您啊！"

王妈妈每每想到这个景象，都觉得心惊胆战。王妃是她看大的，是她的心头肉，她怎么忍心看王妃有那样的下场？

王妃此时已经梳好了头，她定睛看着王妈妈："我知道顾衍不会那么对我的，就算不喜欢我，也不会这样对我。而且……"她苦笑一下，幽幽地道，"成亲之时，王爷就曾与我说清楚，这一辈子，他都不可能和我有孩子。他曾经答应过顾衍他娘，这一辈子，只有顾衍一个儿子，不会让其他的孩子撼动顾衍的地位。这是他在她临死之前答应好的。他已经答应了，而我也同意了，我说过，只要能和他在一起，一切都没有关系。因此，我才能嫁过来。现如今，若我出尔反尔，按照王爷的性子，如何能原谅我？"

王妈妈抽了一口冷气，她难以置信地说道："王爷糊涂，您怎么也这般糊涂啊，我的好小姐！"这个时候，她也不再唤王妃，"您哪能没有自己的孩子呢！再说，那个女人真是太歹毒了，自己都要死了，还要安排王爷接下来的生活。只有她的儿子是儿子，别人就不该有自己的孩子？当真是个毒妇！"

"毒妇也罢，其他也罢，王爷答应了，我也同意了，自然没有道理反悔。而且……最近顾衍出事，王爷心里未必没有怀疑我。"想到此，她掉泪，"我哪里知晓，嫁过来会这么难呢？"

王妈妈连忙将王妃搂在怀中："我的小姐啊，您别哭了……一切都会过去的！会好起来的！"

说话间，她神色坚定起来……

忠勇王爷频繁出入郑府，别说是王妃身边的人觉得不妥当，就连郑府的人也是这般感觉。虽说他带了小世子前来，可是有心的人还是会多想，特别是本就心有疑惑的人。

而这个人，便是郑府的大老爷。他最近仕途不顺，心情十分不好，回府想要休息，妻子王氏又没完没了地念叨，更是让他心情不快活。

一大早，忠勇王爷带着小世子前来，他本想过去打个招呼，疏通一下关系，没想到，他们来得快走得也快。待他过去，人已经不在了。

林氏一贯疏远他，并不多招呼便去照顾老三了。

想到此，大老爷将手中的茶杯重重放下，心情越发郁结。

也不知，忠勇王爷来去匆匆是不是林氏为了不让他有所表现搞的鬼。他抿了抿唇，越发觉得可疑。除了他们夫妇与母亲，以及林氏自己，旁人并不知晓，最开始要嫁给他的并不是王氏，而是林氏。

两家早有婚约，可是林氏是个商户女子，纵使为人温柔婉约又容貌艳丽，可到底不能和出身更好的王氏比。但老爷子早早定下了亲事，他连反驳的余地都没有。

好在他是长子，同时也是母亲最疼爱的儿子，在他的多番周旋下，他娘终于软了心肠，替他说服了父亲。自然，林家的婚事是不能退的，所以只能由他两个弟弟其中之一来迎娶林氏。

与老二定亲的姑娘是翰林院家的小女儿，纵然粗俗市侩了些，可身家好，将来许是有大前程的，换不得。

因此只能由老三顶上，正好老三也无心仕途。

林氏嫁给了老三，可是她那般绝色，怎么就不让他心里微动呢！

现在老三这样，她竟然不好好伺候，还与忠勇王爷关系密切。想到此，大老爷黑下了脸，心想必须好好教训她。

正想着，敲门声响起。

郑大老爷望了过去："谁？"

"老爷，是我！"来人是大夫人王氏，其实王氏开始并不知晓当年的事情，但是日子久了，便也明了几分。因此，王氏才极为厌恶林氏。

谁会想见到曾经差点嫁给自己相公的人呢？而且，王氏深深觉得，林氏之所以坚持嫁过来，说不定正是觊觎她的相公。老三可是处处都不如她相公的。

"你来做什么？"大老爷并没有什么心思和王氏多言，虽然王氏家世更好，他却觉得若论涵养，她是不如林氏的。

王氏面色一僵，随即道："难道我不能来吗？我不能来谁能来？你以为是林氏那个贱人？且不说人家有相公，就算是没有，人家看上的也是忠勇王爷，和你没什么关系。"王氏恶语相向。

见王氏这般，大老爷皱眉斥责道："你整天胡言乱语什么？有那个时间，你好好教导一下静姝。这次若不是静姝这丫头不懂事，怎么会闹得这么大？你以为我是无缘无故被弹劾的？她少去找小七的麻烦，就没那么多事了。"

王氏不服气："静姝怎么了？静姝是为她母亲打抱不平。林氏整日欺负我，难道我们静姝就不能针对小七？再说小七哪里吃亏了？我看啊，她对付人的时候可是一点都不手软。我们静姝也就是表面上咋呼，小七才是真的厉害！你看这么多次，她吃亏过吗？"王氏越想越生气，外面都说他们静姝的不是，连心肠歹毒这样的话都说出来了，可怜她小小年纪就要承受这样的痛苦。

真正厉害的狗，可是不会叫的。看那小七，她才是小小年纪就心机手段了得呢！

"你自己的女儿却一点都不心疼！我就知道，你整天就想着那个林氏。你也不想想，好端端的怎么那么多人针对你，怕是林氏使了什么手段！你现在竟然还帮着她说话，你真是对得起我们，你真是……"

"够了。"大老爷揉着眉心，王氏就是这样，永远都摸不清楚状况，怪不得时至今日母亲还没将府中中馈交给她。原来他也曾觉得是母亲不愿意放权，现在看来，是她根本难以成事。

"我什么时候说过要帮着她们？我只是说，你要好好教导小六。咱们可不能被小七比下去。至于三弟妹，她和我有什么关系？你莫要胡言，若外人听了去，指不定传成什么样。现在这个时候，我们郑家已经经不起风雨了。小六的亲事都已经搁置了，你还不明白吗？"大老爷叹息，"我之前让你去警告一下三弟妹，看来一点用都没有。"

大老爷对这事也是有私心的，只是王氏听了，却立刻喜笑颜开，她问道："需要我再去一次吗？咱们可不能对她放任不管。"

大老爷摇头道："算了，你不要去了，免得生出其他的事端。而且，我相信母亲她也并不愿见你去找三弟妹。"

王氏冷哼道："老夫人还指望人家忠勇王府的小世子能够娶了我们府里的姑娘！也不想想，咱们府里合适的姑娘，除了小六不就只有一个小七，难不成人家还真能娶了小七那个野丫头？我们小六，哪里不比小七强，原来她老人家也是更疼我们小六的。就是不知道林氏那个该死的狐狸精做了什么，老夫人待她竟然比以前更好了。我看啊，他们都是希望小七能够嫁过去，给了老夫人暗示，让老夫人有这个笃定。"

"我也希望小世子能够娶我们府里的姑娘，当然更希望他能娶静姝，可是事情哪里那么简单！"原本觉得该是没影的事情，现在竟能一本正经地讨论了。

他们说话时，没发现躲在窗外的静姝。静姝本是来寻她娘的，听说她娘在这边便等在了外面，谁知竟听到这样的事情。

她捏着帕子，虽然从未见过什么小世子，但是想到能够嫁入忠勇王府，她立刻心生喜悦，那可比嫁入尚书府强多了！而且只要是小七的东西，她都要抢来，就算不是小七的，她也要抢来。只有这样，她才能将小七踩在脚下。

静姝二话不说就冲到了小七的院子，只是站在院门口，她却突然改变了主意，现在不能贸然过去。

这几次交手后她也知道了，小七不是个能任由她拿捏的人，既然如此，倒不如好好想想怎么能够接触到那个小世子。

微微扬了扬头，静姝甩袖子离开。

虽然她没进门，但小桃已经看见了，并把此事告诉了小七。

小七听说了也并没有停下手里修剪花枝的动作："不管她便是。"

小桃对这个六小姐当真是一点好感也没有，她抱怨道："也不知她又憋着什么坏。这种人，我们还真是不能不小心。"

小七本想听她娘的话，做个安安静静的美少女，可是想到现在这些乱七八糟的事情，根本静不下心来。她给剪子扔下："我估计啊，她就是想来找碴的，没关系，兵来将挡水来土掩。我也不是任人欺负的小病猫。"

小桃见自家小姐一脸娇憨，却还要做出凶悍厉害的样子，忍不住笑了起来："小姐这个样子，也只有大白才会觉得你厉害，才会……"不等说完，小桃就察觉自己说错了话，她捏了一下自己的手心，连忙道，"小姐，对不起，我不是故意的，我下次一定改。"

小七听到"大白"二字，脸色变了一下，立刻道："他才不是大白！他是死骗子。"抱怨完了，她又觉得自己有点小家子气，忍不住扁了一下嘴，"我也不是小心眼啊，他真的有点过分啊！"

小桃引起了这个话题，连忙接着说："小姐才不是！说起大白这个讨厌鬼，小姐，我听说他还要天天来啊！"说到这个，小桃真心觉得，见过脸皮厚的，没见过脸皮这么厚的，简直是不忍直视。

小七拍头："不理他就好了。"她想得很好，虽然顾衍可以每天来，但是她也可以调整自己去看她爹的时间，未必就会碰上他。这种人，搭理他一回，他都能顺杆爬，她躲着点就是了。

虽然有点丢人，但是小七还是觉得，作为一个正常人，还是不要和顾衍那种连狗都能装的神经病比了。

"从明天开始，我去看我爹的时间早一刻钟。"

小桃连忙应是，小七支着下巴，笃定道："他绝对不会来这么早的。"

小桃看着小姐自信的样子，突然生出不确定，小姐能如愿吗？

小七想得好好的，她早一点，一定碰不见顾衍。这个人上别人家，总要顾及一点啊！来太早，影响人家怎么办？

翌日一大早，小七便捧着花来到她爹的房间，只是刚走到门口，就看到了那日与顾衍接头的人。

张三见郑家七小姐，请安道："张三见过七小姐。"

小七不禁想道：这名字起得也太敷衍了，还能更随意一点吗？

她没忍住："你怎么不叫李四呢？"

张三回得十分认真："王府另有旁人唤作李四。我与李四都是小世子身边的侍卫。"

跟在小七身后的小桃忍不住笑了。

说起来，这个张三还真是有点眼熟。小桃打量张三，终于想起来："我知道了，你……你是那个……"小桃一下子还结巴了，"你是后山那个老大爷。"

张三有些歉疚："正是在下，之前骗了姑娘，是我的不对。"

小七语重心长地说："算了，小桃，你也别问了，他们家主子都是个大骗子，还指望手下的人不骗人吗？"

张三：主子，我已经无地自容了，您都给人这样的感觉了吗？

小桃嘟囔道："原来不是老大爷，装得还挺像！"

"虽然不是老大爷，但是也挺老了，叫一声大爷不亏。"小七说完，掀开帘子，率先进屋。

徒留张三碎了一地玻璃心，他……他才二十九啊！哪里老了！不过……比起人家，他确实是老了。但是，他还是可以做叔的啊！怎么成大爷了！

还没等张三缓过来，就见自家少爷已经满眼红心地盯着人家小姑娘了。

顾衍听到小七在门口和张三说话的声音，那一瞬间他就想赶紧出门，但是又羞涩得不敢出门。

等小七进门，就见顾衍扭着手指站在门边。

小七勉强扯出一个笑："见过小世子，您还……真早。"她拉长了语调。

顾衍连忙立正："我知道的，原本你起来拜佛，所以起得早。现在虽然回了郑家，不需要拜佛了，但是习惯应该还在。对了，我帮你把花插好。"

小七躲闪过他伸来的手，冷淡地说："多谢，不必！"之后微微一福，"小世子您随意，我还有事。"

顾衍眼巴巴地看着小七，对手指："你做什么？我能帮忙的！我会洗衣服，会扫院子，还会收拾家，我都能做……"不等他说完，小七就打断了他。

小七似笑非笑地说道："真的不必了，这些事完全都不需要您做，我们郑府自有丫鬟会做这些，怎么敢劳烦您呢！"

而且，小七心里想：你会什么？之前在安华寺……小七甩甩脑袋，别想那些了。

顾衍并没有被打击到，他笑得十分真诚："我可以的，再说丫鬟做的和我做的，心意怎么会一样呢？"

小七冷笑一声，没有接话就进了内室。郑三郎静静躺在那里，没有任何知觉，薛神医正在下针。小七看了一眼，将花插好就出门了。

她并不在这边久留，这倒是出乎顾衍的意料，他问道："难道你不多陪陪你爹吗？"

小七挑眉："我想，这件事和您没有什么关系吧？"

小七很快带着小桃离开，回自己房间的路上，她不停抱怨这个阴魂不散的家伙！小桃跟在在家小姐身后，也十分气愤。

小七并没有察觉，就在他们不远处，六小姐静姝恶狠狠地看着她。她差丫鬟盯着这边，听说忠勇王府的小世子到了，她怎么能不好好表现一下？果然如她所预料的那般，小七一早就过来献殷勤了，这个死丫头，看着清高，其实还不是想着能够嫁入王府！

静姝对身边的翠桃问道："你觉得我今日打扮得如何？"

静姝今日穿了一件月白色的襦纱流水裙，薄荷绿的镶边显得清新怡人，手上则是绿团扇，发髻也简单干净，只戴了一支碧玉的簪子。

"小姐今日如同仙子一般娇俏，想来世子爷见了，一下就移不开眼，登门求亲了呢！"翠桃拍马屁道。

静姝得意扬扬，她接着问："比起小七，又是如何？"

"天呀，七小姐怎么都比不过您啊！就算是往日里您不精心装扮，差得都不是一截。现在这样简单一打扮，更是天壤之别。"

静姝高兴起来："那好，走吧，我们去看……三叔。"

自从三老爷出事，静姝从未看过他一次，若不是这次要过去"偶遇"忠勇王爷的小世子，静姝怕是一直都不会过去看他了。

静姝袅袅地扭着腰肢，格外妩媚。

见六小姐过来看三老爷，三房的门房都忍不住心生鄙夷，这样明显的行为，是个人都能看明白。

此时林氏已经来到三老爷休养的主屋，正在和薛神医交流三老爷的病情，听说静姝过来了，林氏微微蹙眉，不过还是道："请她进来吧。"

对于这个女孩子，林氏是打心眼里不喜欢。原本还觉得她只是年纪小，有几分骄纵，但是现在看来，分明就不是那么回事。

她能那样打死大白，让林氏也伤了心。大白一直陪伴他们，那么可爱，可是就因为她的嫉妒之心，害了一条性命。

静姝进门后见了林氏，一脸温柔恬静，她柔柔一笑，微微福下："静姝见过三婶。不知三婶这边还有客人，是我的失礼了。"言罢，瞟一眼屋里的年轻男子，等待三夫人介绍。

不过也只是瞟了那么一眼，静姝一下子就呆住了。这个男子当真是世间难见的俊朗男子，眉眼如画，气质清雅，简直如画中走出来的一般。

静姝看呆了，林氏觉得尴尬，咳嗽了一声，示意静姝注意分寸，不过这个时候的静姝哪里还管得了那么多，只是直勾勾地盯着顾衍，没见过男人一般。

　　顾衍全部的心思都放在小七身上，他正想着怎么才能更讨小七的喜欢，盘算着走丈母娘路线不知可不可行。还没想出个所以然，就听说六小姐静姝到了。他可见多了她惹人厌的嘴脸，正是因为她，他才知道有些女子还真是表面客气温顺，实际歹毒异常。

　　个中翘楚，就是这位六小姐了。

　　而现在，这个六小姐看他的表情像是蠢狗看见了肥肉，就差流口水了，他心里一阵恼火。

　　林氏再次咳嗽，静姝还是不肯移开视线。这个时候林氏倒是觉得，虽然她家小七有时候也大大咧咧的，但是还真没这样丢人过。

　　"咳咳……静姝，这位是忠勇王府的世子爷，这位是名震天下的薛神医。世子爷，薛神医，这位是大房的姑娘。她是过来看我夫君的。"

　　静姝总算是反应了过来，她甜美一笑："静姝见过世子爷。"

　　顾衍觉得，幸好早上没吃什么就过来了，不然全都得吐出来，简直恶心死了。

　　往日里仗势欺人跋扈呢，干吗装成小绵羊一样啊！欺负小七那劲头呢？啧啧！

　　不知怎么，他越发希望能够快点娶到小七了，不然被别人发现了小七的美好，抢走怎么办呢？现在小七这么生他的气，很容易被别人乘虚而入的，现在的坏人多啊，哪有几个他这样好的！

　　脑补了一下小七被人抢走的样子，顾衍简直觉得自己就要哭出来了。不行，一定不能发生这么惨绝人寰的事。

　　也不知道怎么回事，似乎今天大家都格外爱发呆。林氏，静姝，小世子，每个人都发呆。薛神医觉得，他这一辈子独身，也是好的，最起码，脑子清明。你看他们，分明就是不怎么正常的。但凡是牵扯到感情，很多事情就会变得很奇怪，人也会变得不正常。算了，他还是帮小世子一把吧，这样发呆也不是事啊。

"世子爷，您不是说还有事吗？我这边已经看完诊了，咱们是现在离开，还是您再陪郑先生一会儿？"薛神医开口。

听到薛神医要拉小世子走，静姝狠狠地瞪了他一眼，这个老不死的，这里有他什么事，竟在这样重要的时刻捣乱。

这样一想，静姝立刻道："世子爷不多留一会儿吗？我想，三叔那么喜欢您这个弟子，一定也很想您多待一会儿，陪陪他的。"

也多亏了顾衍是了解郑家的，不然静姝这样说，仿佛他们内心是埋怨小世子一般。其实静姝也不是傻透了，她自然知道这样说不妥，可是那又怎么样，到时候她可以将一切都推倒三房的身上。她是单纯的小姑娘，是三房和林氏抱怨过小世子她才这样说的，没错，就是这样！

小世子看静姝一脸算计，按住了胃的位置，虽然今早没有吃饭，但是昨晚吃了啊，和她讲话，昨晚的饭都翻腾着要吐出来了。

静姝看小世子这般，十分惊喜，莫不是他看她貌美，声音又如同黄莺出谷，因此十分心悦？如若不然，怎么会按住胸口的位置？

小世子哪里知道静姝的心思，若知道了，真是要直接吐了，心和胃都分不清吗？

不过饶是如此，他也没怎么客气："我什么时候来，什么时候走，要不要陪郑先生，和你这个……侄女没什么关系吧？"

静姝一怔。

小世子更加不客气："再说，你这个没来看几次三叔的人有资格和别人这样说话吗？"

静姝立刻望向了三夫人，一定是她，不然小世子怎么会知道这些？

她含着泪光，道："静姝只是不想打扰三叔休息，我帮不上什么忙，可是也不想添乱啊。我想，三叔和三婶一定能理解我的，对吗？"

林氏含笑道："自然是的。"

静姝："不知世子是否误解了我们，不过我还是希望世子能够理解我。"

顾衍皮笑肉不笑："我理不理解你，又有什么关系呢？行了，师母，我还有事，就先告辞了。"

并不停留，顾衍准备离开。薛神医跟在顾衍身后，经过静姝身边，狠狠地瞪了她一眼，让你瞪我，这一眼是还给你的。

顾衍带人离开，静姝也不装了，直接言道："静姝想到房中还有些旁的事，就不多留了。三叔还是下次再看吧。"都已经进了屋，她却并没有看三老爷，几乎毫不迟疑就离开了。林氏冷冷地看着静姝，嘲讽地勾起了嘴角。

三郎最喜欢孩子，静姝和静好年纪又是相当，他一直都对两个孩子没什么区别，照顾得紧。可是现在看来，真的不是你对她好，她就领这个情。静姝这个姑娘，当真是个交不得的白眼狼。

静姝快走几步，追上了顾衍一行人，她垂然欲泣地拦住了几人的路，咬唇看向薛神医："您为什么要瞪我？静姝自认为从来没有得罪薛神医，您究竟是为何要这般？"

啥？薛神医掏耳朵。

虽然和薛神医说话，但是静姝的视线却是看顾衍的："您是不是听信了什么人的谗言，才会这样说。"

顾衍终于缓了过来，他看着都在偷瞄这边情况的下人们，忍不住笑了起来："薛神医瞪你，我们可没人看见。不过我倒是看见你瞪薛神医了，不知这位姑娘到底是什么意思？"

静姝没想到顾衍会说话，不过她很快便落下泪来："我知道可能是有些人的话让您误解了我，世子爷，我希望您了解我是通过看我这个人，而不是通过听别人的话。有些人看着是好的，实际却不然。"

她顾左右而言他，偷换了概念。

顾衍微微眯眼，他怎么觉得，这个郑静姝在缠着他啊！他疑惑道："你和我说这些，又是为了什么呢？我也不想知道你是一个什么样的人。而且，我相信自己的眼睛。"

静姝被嘲讽了，咬唇哭泣："您看错了，我并没有瞪薛神医。薛神医，您要相信我啊！"静姝改变了策略，楚楚可怜。

顾衍揉着太阳穴，感觉这个女的哭得自己脑仁疼，真是想一脚给她踹到一边去。

"去去，你自己回房去哭，在我们这里哭个什么！真是无语了，怎么什么人都有？"顾衍烦闷地摆手。

静姝双目含情："世子爷……"

顾衍突然明白了过来，他难以置信地问："你该不会是看上了我，打算勾引我吧？"

静姝一顿，随即道："世子爷您想多了，我好歹也是大户人家的女儿，怎么可能做出那种事情？这样的事只有那些不正经的女子才做得出来。如今我承受的非议已经很多了，我不希望有更多的人因为那些传言而不喜欢我、冤枉我。"

顾衍挑眉，认真地问道："那你的意思是，你没有打死七小姐的狗？你没有诬赖她藏了男人？你没有耀武扬威地骂她？你没有歇斯底里地诬陷她母亲？不尊重长辈，不爱护妹妹，心肠更是歹毒至极，这些都不是你做的吗？别人怎么冤枉你了？什么传言？这些话，都是我传出去的，你的意思是我说谎话？"

顾衍掐腰，一副茶壶状。

众人都呆住了。

怎么回事？小世子说了什么？他说这些都是他传出去的？这也太奇怪了啊！

静姝尖叫："是你传出去的？"

顾衍诚实地点头："对呀，都是我传出去的啊！难道你做了坏事我还不能说吗？"

静姝愤怒道："是不是小七和你说了这些，是不是？我就知道，一定是她那个死丫头。世子爷，您怎么可以听信别人的逸言就在外面这样败坏我的名声，我何其无辜啊！"

"你给我闭嘴，谁准你骂小七的？小七才不会像你这样坏。再说，根本就不是她说的，你一个做姐姐的，不但不相信自己的妹妹，还怀疑她，你是什么人品啊！我都懒得说你做的那些事了！郑先生不管什么时候都是我的先生。如果不是我，郑先生也不会落马，一切都是我的错。虽然我心生愧疚，无颜见郑先生，但是不代表我不关心他。我早已在他身边安排好了人，你以为你做的事没人知道吗？只有我不想知道，没有我知道不了的。

184

我忍你很久了，你们大房欺人太甚了！"

顾衍觉得，自己真是越说越生气，他还没发火呢，这个死丫头还敢倒打一耙！说他什么都可以，但是编排他的小七，他绝对不能忍。原来是师出无名，现在她自己主动跳到他面前，那么他也不客气了。

"我原本想着，你们怎么也是郑先生的亲人，我也不好做得太过。可是你看看你们，郑先生只是昏迷，你们就这样针对三房，你娘亲王氏，整天挤对我师母。我师母不说话，你们还没完没了？你一个晚辈还总在背后编排我师母，咒骂师妹。你怎么不说你和师妹打架是为啥啊，还不是因为你在她面前骂师母？当着人家亲生女儿的面都敢这么骂，背后还指不定做什么呢！"

顾衍直接将小七从七小姐上升到了他师妹，这么一听，还真是亲密呢！师兄师妹一家亲，自己这个口改得好！

静姝难以置信地看着顾衍，觉得自己已经平静不下来了，她万万没有想到，事情竟是如此。

"你……"

"你什么你，虽然我不会轻易打女人，但是我不打的只是女人，可不是小人！"顾衍微微扬头。

虽然顾衍看似是正义的一方，但是，今日的吵闹传出去，其实对顾衍也不好。张三想：王爷会不会因为这件事被气得吐血呢？今天这事，八成又要成为京城中热议的话题了。反正，丢人什么的，次数多了，也就习惯了。

顾衍和静姝在院子里吵了起来，老夫人那边最先得知了情况，她也顾不得那许多了，直接赶了过去。快到这边时，碰到了匆忙赶过来的大老爷。老夫人哪有心情问他更多，只想快些过来弥补。

到了地方，就看小世子冷眼看着静姝，一脸嫌弃。而一旁的静姝则是哭个不停，仿佛受了大委屈。

"老身见过世子爷。"郑老夫人打量顾衍，感慨此子当真是人中龙凤。

顾衍指了指静姝，嫌弃道："赶紧给你们家这位表里不一的小姐弄走吧，可别在我面前继续丢人了。我知道她八成看我身家不错想要嫁给我，但是也看看自己的人品啊。光有脸有什么用，以为人人都不知道她做的那些事呢！还瞪我们家薛神医，这么大岁数的人，也是她可以欺负的？回头用针扎死你。"

张三拉了拉顾衍的衣角，求您不要说话了，有点丢人啊！张三的心塞，无人能懂！

虽然张三郁闷，可是薛神医心情不错，但凡是在某一行当造诣极高的，大抵都有些怪异脾气，薛神医便是如此。

他骄傲地仰着头，补充顾衍的话："我想要人三更死，那人绝对活不过五更天。"

郑大老爷想，外面的传言果然是对的。

小世子真是被惯坏了，十分任性自我。而薛神医也是脾气古怪，原本还没什么感觉，这次便是可以看出一二了。只是，静姝怎么会在这里？

当然，现在不是说这个的时候，他连忙道："小女给你们添麻烦了，实在抱歉，我定当好好管教她。"

顾衍似笑非笑地说："是呀，好好管教，老夫人今晚将人关起来，你明天就能给放出来。真是管教得好！"

大老爷的脸一阵红一阵白。

顾衍有点满意了，虽然他这样闹对自己的名声也不好，可是，他原本也没啥好名声，所以也无所谓了。他都被说得习惯了，为人就是这么豁达！

"行了，我走了。想怎么管，你们自己看着办吧。不过再让我知道你们欺负我郑先生，欺负我师母和师妹，我定然要讨个说法。"

顾衍一甩袖子，突显他的张扬跋扈。不过他这可不是张扬跋扈，是主持正义呢！

众人目送顾衍离开，郑老夫人几乎气得颤抖："跟我来主屋。"

之后又是一阵鸡飞狗跳。

小七正在房中看书，见小桃匆匆跑进来，不解地道："怎么了？"

小桃绘声绘色地将刚才在院子里发生的事情讲了一遍，讲完了，缓了一口气才说："小姐，虽然大白骗人这件事有点让人气愤，但是这次他做得还是比较帅气的。你看，他都帮我们教训六小姐了呢！六小姐害死了大白，老夫人他们都没怎么罚六小姐，我总是憋着一口气。这下我总算是舒坦了。"

小七纳闷地看小桃，问道："那些话，真的是顾衍说的？我怎么觉得那么不真实呢？会不会是大家以讹传讹？"

大白，呃，不是，是顾衍，他明明是个懦弱的男孩子啊，怎么可能那么伶牙俐齿？如果真的那么能说，还能被自己说得哑口无言？她才不相信呢！

小桃认真地说："小姐，这是真的。很多人都看到了，大家都传遍了！他们是在院子里啊！现在六小姐被老夫人带到主屋去了，刚才夫人还交代我告诉你莫要出去，免得沾了一身腥，这事可和咱们没有关系。"

小七挠头："可是大白真的会那么说吗？"

"怎么不能呢？他喜欢小姐，自然唯唯诺诺的，跟个小媳妇一般。他不喜欢六小姐，又知道六小姐整日欺负你，当然不会和她客气啦！小姐，其实，小世子人还是挺好的。"

小七慌乱道："你不要胡说，什么喜欢不喜欢的，他和我才没有关系！"

小七说得十分坚定的样子，可是小桃发现，自家小姐不断抠着桌上的墨，十分紧张的样子。

"小姐……"

小七挠了一下脸："干吗？"

小桃捂脸笑："小姐啊！"

小七又挠挠脸，看小桃："你笑什么啊？"

小七这个时候还完全不知道，原本说话说得好好的，小桃怎么突然间就大笑起来，这不太对啊！

"有什么事你直接说啊。"小七支起了下巴。

这下更好了，原本娇俏的小脸一下子黑乎乎的。

小桃笑够了，拿起了镜子。

小七茫然地看了过去，顿时哄然大笑："我怎么成这样了啊！"

小桃看着那块被抠了半天的墨块，道："小姐分明就是紧张了，不然为什么会这样呢？"

小七没否认，吩咐小桃："去给我备水。"

小桃连忙应是。

她离开后，小七趴在了桌上想着：顾衍真是很奇怪呢！

"小七！"清朗的男音响起，小七愣住了，不过她随即摇了摇头，这个时候，顾衍怎么会出现呢？她真是想太多了，一定是因为刚才小桃说的话让她产生了联想。

小七没有动，继续趴着琢磨。

"小七。"男声再次响起，她难以置信地回头，竟然真的是顾衍。

顾衍扒在窗边，对她呲着牙笑。

小七变了脸色，她板着一张小花脸，严肃地问道："你来干什么？"

顾衍正要说话，就看见小七那张小花脸，顿时笑喷了。

小七被笑得恼羞成怒，这人怎么这么烦人！他们都划清界限了，他怎么又来了！不要以为自己是小世子就可以随便来她家。这是她家！他怎么跟走城门似的？

小七怒道："你又来干什么，你不是走了吗？还没完没了啊！"

小世子看她弄了满手满脸的黑，问道："你是掉进墨缸里了吗？"

小七翻白眼不理他。

顾衍凑到小七身边："汪汪！"

小七觉得自己的火气一下子就升起来，简直火冒三丈，想揍人。她平复心情："你到底要怎样！"

顾衍笑了起来，他张望了一下，见水盆不在，道："我出去给你洗一条毛巾。"

小七一把扯住他，顾衍笑成了一朵花，他拍拍小七的脸："你放心，我还会回来的。"

小七毫不犹豫地一口咬上了顾衍的手，真的不是她脾气火爆，而是这个家伙实在是太让人气愤。说好的老死不相往来呢！谁稀罕他回来！死骗子，竟然还敢拍她的脸！

顾衍缓缓低头，看着被小七咬住的手，视线再次上移，又落在她小花猫一样的脸上。他伸手将她的刘海别在一边，温柔地道："别玩了。你的脸不好好洗洗，让人看了该笑话了。"他的脸色可疑地红了几分，"原来是你帮我洗脸，这次我帮你！"

小七不肯松口。

"你咬得一点都不疼，放开吧。"顾衍哄小孩子一般。

听到顾衍的语气，小七一下子就觉得不对头了，这感觉，不太对啊！

她连忙松口，认真地板起脸："顾衍，你干吗要来这里，还装出一副和我很熟的样子。我们明明就不认识的。"

顾衍看向了小七，小七挺胸："我们本来就不认识。不要说大白，你根本就不是大白！你是个骗子，我们该老死不相往来。你倒好，还堂而皇之地来我家。脸呢？"

顾衍委屈地道："我没有要和你老死不相往来啊。小七，我错了，对不起，你原谅我好不好？我知道我不该假装是大白骗你。但是你相信我，我没有恶意的。我只是看你那么伤心，就好想陪在你身边。你别生我的气了，好吗？小七……"

小七冷哼了一声，不搭理他。

顾衍继续道："我会跳舞，会唱歌，还会收拾家。小七，你原谅我，我天天给你表演，好不好？"

小七觉得自己有点不懂顾衍这个人了，明明两个人都撕破了脸，她已经拆穿他了，现在他怎么又能跟什么都没发生一样呢？

小七上下瞄着顾衍，这家伙唇红齿白的，长得委实不错，可是性格怎么就这么奇葩呢！她抿了抿嘴，有点不知道说什么。她很生顾衍的气，气他假装大白来到她的身边，她那么喜欢他，可是他却骗了她。

两人一时竟相顾无言。

"小姐……"小桃手里的盆直接掉到了地上，她看着屋里的两人，差点叫起来，"你……你个登徒子，你怎么进来的？"

水洒了一地，小七默默地看着满地狼藉，感慨顾衍真是一个扫把星。

顾衍无辜地挑眉："小桃姐。"

这一声"小桃姐"，把小桃惊到了。这人是谁，是忠勇王府的小世子啊！他叫自己姐姐，当真是让人觉得汗毛都要立起来了。

小桃结巴："你……你不要乱叫！"

顾衍很无辜，原来他都是喊她小桃姐的啊！虽然实际上，他根本不是什么大白，但是该有的称呼不能变，不然……她不帮着自己说好话，自己的追妻之路会更艰难的！

"我是不放心你们才过来看看的。我刚才在门口和郑静姝那个歹毒的女子大战三百回合了。"说起这个，顾衍小心翼翼的，生怕小七不高兴，"我应该没有牵连到你。郑静姝真的特别讨厌，她分明是企图勾搭我。"说起这个，顾衍恶心得紧。

小七顿了一下，眼神漂移："这和我有关系吗？"

顾衍立刻说："没有！我……我怕你怪我，所以才来的。"

小七扁嘴："她的事和我没有关系，你的事也和我没有关系。我知道你很维护我和我爹，我很感谢你。但是，我觉得，我们不算有什么关系。这些事你做了也不关我的事。"

小七虽然这样说的，但是嘴角却弯着，面色也柔和许多。依顾衍来看，小七现在心情不错。突然间，他好像明白了一点什么，是不是说，小七其实是口是心非？这么想着，顾衍觉得胜利的曙光就在前方。其实，小七是喜欢他的，只是她要面子啊！顾衍攥拳，他会融化小七的心。面子这种东西能吃吗？她要面子没关系，自己不要就好。

顾衍说："小七，我帮你擦脸。"

小桃盆里的水还剩了一点，他将盆放好，就要洗毛巾。小桃连忙抢了过来，虎视眈眈地盯着顾衍，这是抢她的活？

"这点水也不够，我再去打一点。"言罢，她看着顾衍，"你不准乱来。"

顾衍挑眉，他是那样人吗？

小桃再次离开，小七认真地说："说真的，你赶紧走吧。你也知道，现在我家不是你想的那样简单。静姝因这事闹得不愉快，必然还是要找我的麻烦的。若让她发现你在我这边，事情就不能善了了。要真是这样，于你于我都不好看。"

小七说的都是实话，顾衍听了也点头，他并不想为难小七，更不想给小七造成什么困扰，看着小七的墨汁脸，他弯着嘴角道："我知道，我这

190

就走。"

小七颔首。

顾衍来的时候悄无声息，走的时候也是一样。待到出了院子，他交代身边的张三说："今日之事想来会闹得沸沸扬扬，若父王问起，就当成寻常的事情罢了。"

张三称是，不过他还是提出自己的意见，若世子爷真的喜欢郑家这位七小姐，与郑家大房闹成这样，委实不太妥当。

不过顾衍不以为意，他这么做其实有两层含义，一则，是为小七出了气；二则，他每日来郑家也有了理由。

他要去哪里自然不是大问题，可是他总是担心针对他的人盯上了小七。毕竟，害他的人在暗处，而他是在明处。有些事，还是做得利索点好。顾衍也只有和小七在一起的时候才是少年模样，处理起事情是雷厉风行的。

"对了，有件事要交代你去办。"顾衍想到了一件更重要的事，道，"你给我打探一下，看看谁家有刚出生的小狗，要那种纯白的，会长很大的，就是大白那样的，我要送给小七。"

"属下知道了。"

顾衍翻白眼道："你知道什么？我还没说完呢！还要长得好看，聪明伶俐，乖巧可爱。"

小奶狗能看出乖巧伶俐吗？

"不行，我不放心你的眼光。这样，你选出几只，我亲自来挑，一定要找一个举世无双的。这件事要尽快，懂吗？"顾衍打着响指，很有节奏感。

张三思索一下，道："不如我们去东郊的狗市，那里有很多人卖小狗。您可以亲自挑选，可好？"

顾衍挑眉，没什么见识地问道："还有这么个地方？我怎么都不知道。"

张三心说，天底下的事那么多，您还能每一件都知道？不过现在不是和小世子抬杠的时候，他道："世子爷，其实最好的办法，是您亲自带郑小姐去，让她选自己喜欢的。也许，郑小姐不喜欢聪明伶俐，就喜欢那种憨憨的小笨狗呢？"

看郑小姐傻气的样子，这样的可能性也不是没有啊！

顾衍歪头想了一下，使劲地拍张三的肩膀，感慨道："我发现你现在比以前聪明了许多啊！你说得对，就这么办。我去找小七，带她一起去，一定能选出她最喜欢的。"

"呃，有个问题。"

顾衍问："啥？"

"关键是，郑小姐愿不愿意和您去。就算是她愿意去，这郑府……您怎么带郑小姐出门？"

顾衍眼巴巴地看着张三。

张三问："要不，您找王爷试试？"

顾衍拍手："好主意，张三，我发现，你还是有点用的。"小七一定不会跟他出门，这个时候，他爹就派上用场了。

爹，我要追求妙龄少女，求帮助！

第十四章 追妻新思路

忠勇王爷觉得，如果不认郑小七这个儿媳，似乎都对不起她为他们家做出的贡献。

要知道，自从他娶了秀兰，顾衍就没消停过，成天捣乱简直让他心力交瘁。他在战场上是个战无不胜的将军，可对待自己的儿子，他总是软弱的。

没有人会想和自己的儿子一直这样剑拔弩张，可是他万万没想到，事情的转机竟然在郑小七身上。

看着顾衍期待的脸，他垂首。

顾衍追问："爹，怎么样？"

忠勇王爷点头："行，这件事我来帮你。"

顾衍顿时喜笑颜开，他一把搂住忠勇王爷的脖子："爹，您真是我亲爹。太好了，我等您的好消息啊。呃……不行，我得先去狗市踩踩点，不然什么都不知道，该被小七取笑了。其实您不知道啊，她就是死要面子活受罪，和您一样。呃……不是，我不是说您死要面子活受罪，我的意思是，您也挺要脸面的……呃，您别误会……"顾衍语无伦次，不知该怎么解释好了。

忠勇王爷一头黑线，瞅着他搭在自己脖子上的胳膊，再瞅他快活的模样，一时间竟也心情飞扬起来。他们父子二人，多久没有这般亲近了？想到此，他含笑道："行了行了，我不知道你是什么人吗？你不用解释了。"

顾衍点头："对啊对啊，我是您儿子啊，知子莫若父，所以我不需要解释的。呃，对了，我和小七去狗市这件事，您可别和别人透漏，我既然带了小七出门，就要保证她的安全。"顾衍话中的含义很明显，他还是不放心王妃。

忠勇王爷并未深究这话，只是点头。好不容易缓和的父子关系，他可不想立刻就给破坏掉。现在看，他儿子属于那种吃软不吃硬的性格，对着干绝对只会让他更加强硬。这倔脾气，像极了年轻时的他。

六小姐静姝又被禁足了。连带的，王氏和大老爷也被老夫人一通训斥。

说起来也是，六小姐好端端的，怎么就发神经地去招惹忠勇王府的小世子呢？

静姝则是后悔不已，她本想不走寻常路，让小世子对她印象深刻，进而喜欢上特别的她。可没想到，小世子是个油盐不进的货色。

老夫人被她气得简直要吐血，这样败坏门风的事，老人家可看不过眼，毫不犹豫地将她关到祠堂，这次是谁说也没用了。

事情从开始到结束，小七一直都没参与，这个时候凑上去，那不是傻吗？而奇怪的是，不管是老夫人还是其他人，也没人在她面前提及过此事。

当然，小七也不管这件事，她现在要做的就是，仔细琢磨躲避顾衍的一百种方式。

顾衍这个人死缠烂打得紧，所以她必须拿出长期应对之策。

林氏进门，就看小七正在奋笔疾书。她好奇地上前，顿时忍不住笑了出来，食指轻点桌面，问道："你这是干吗？"

小七一把将自己写的东西揉成团，不好意思地笑："我……我瞎写着玩呢！"

林氏语调长长地"哦"了一声，随即笑眯眯地看小七。

小七挠头："那个，我就是随便写写，我……哎呀，娘亲不要笑话我啦。"

林氏揉了揉她的头："你呀，真是个单纯的小姑娘，我像你这么大的时候，都已经开始学习管家的事了。看你现在，还是这般纯真的样子。娘自然是希望你一直如此，只是又有些担心你会受到伤害。"

小七不知道林氏怎么突然说起这件事了，不过她还是笑着说："那我一直留在娘身边，让娘保护我好不好？"

林氏嗔道："你这丫头，哪有孩子是一直留在母亲身边的。娘还能一辈子留着你？"

小七抱住林氏的胳膊摇晃："可以的，一定可以的。"

林氏无奈："真是孩子气，好了，走吧。"

小七傻眼："上哪儿？"

林氏含笑道："你祖母差人唤你过去。我想，应该有什么事情吧。今早忠勇王爷去见了老夫人。"

小七觉得，怎么隐隐有种不好的预感呢！

"该不会是顾衍出幺蛾子了吧？我真是服了他了，成天给我捣乱。我都没有原谅他装大白骗我，他还厚脸皮地总在我面前转悠。我就不明白了，怎么会有……"小七的声音在林氏似笑非笑的表情里慢慢小了下去，最后，她对手指，"娘亲笑话人。"

林氏调侃道："有吗？我倒是不觉得啊！"

小七红着脸，嗔道："就是笑话我。走吧，看看到底是什么事，但愿他别给我惹什么麻烦。祖母可是不好说话的。"

林氏话中有话："我倒是并不觉得会怎样。你祖母未必如你想的那般，顾衍也是一样。你还小，很多事情不懂，待你大了，就会看明白一切了。"

小七似懂非懂地看着林氏："难道我现在还是小孩子吗？"

林氏摇头："不是小孩子，但是一样天真。"

小七觉得，天真好像也不是什么好词，但是她娘总归不会笑话她："不管不管，我就要这样天真，然后娘亲就会一直管我了。"

林氏微笑，没有再说什么。

就如同林氏所预料的那般，老夫人见了小七，态度倒是不错，只是老夫人的话却让小七吃惊不已。

原来，忠勇王爷竟是要送小七一只小狗，这点让小七吃惊不已。人家忠勇王爷可不是顾衍，他说得十分体面，郑先生送小七的狗死掉了，顾衍作为郑先生的学生，又是导致郑先生今日这般情形的罪魁祸首，理应由他再送只小狗给郑小七。郑先生若是清醒着，也不会反对的，毕竟，小七是他最疼爱的女儿。

忠勇王爷的话冠冕堂皇，老夫人都觉得挑不出什么错。而且，人家王爷也说了，为了避免给郑府的七小姐造成什么困扰，这件事就不大张旗鼓了。明日小世子亲自过来接七小姐。

"你和世子爷出门，注意一些。他的性格……"老夫人想说，这个人的性格有点奇葩。可她这种身份，背后议论人也不太好，反倒不知道如何开口了。

小七了然："他不怎么正常，我懂！"

老夫人欣慰地点了点头，最近小七懂事多了。

"也不能这么说。不过，有些事你明白就好。"

小七没忍住，扑哧一下笑了出来，这不还是说小世子不正常吗？

老夫人瞪她："出门不能这样随意，毕竟和王府的人出门不比跟着自家人。"

小七点头称是。虽然她表面乖巧，内心却波涛汹涌，她万万没想到，顾衍竟然要送她一只小狗。

"行了，下去吧，老三媳妇，有些事你也叮嘱下小七，这丫头性格可不那么柔顺，在家里怎么闹都成，出门可是不行的。"老夫人叮嘱道。

林氏温柔应是。

其实林氏倒是没有说更多，顾衍假装大白跑到小七身边，她自然明白小世子是个什么意思。可是知道归知道，许多事情，不是他们能够左右的。而今看小七并不排斥此人，她心里其实是松了一口气的。若小七不喜欢顾衍，她是怎么都不能让小七与顾衍有更多瓜葛的。

忠勇王府不是寻常人家，若真那样，问题可就大了。幸好，小七只是表面上排斥顾衍，这点让她心情总算是平静几分。

林氏没当回事，小七自己倒是怎么都镇定不下来了，她每次以为自己和顾衍再也不会见面了，都会横生一些枝节！不过想到能拥有一只小狗，小七心里还是有几分喜悦的。

"小桃，你说，狗市是什么样子啊？我以前都没听过呢！"

小桃展现了自己的见多识广："小姐自然不知道，据说那里都是爷们儿才会去的地方，一般女子可不能去。很多人家里的狗下了小狗自己又养不起，便想着换点钱，据说价格都不高。原来门房的小武，他家的狗下了小狗崽，都是去狗市卖掉。还有一些比较珍贵的品种，好一些的，有人专门培养，等着有钱人家的公子、小姐买回家取乐的，这样的大概会贵一点。"

小七明了，但迟疑道："没有女子去，我去像话吗？"不过只是迟疑了一下，她便肯定应该没问题。

"说不定，大白会让小姐扮成男孩子，这样行走起来方便一些。"

"啊？"

小桃上下打量小七："小姐如若扮成小公子，那唇红齿白的样子，一定会让姑娘家移不开眼的。"

小七捶她："你再胡说，当心我不客气。"

小桃笑着跳开。

小七在不安和兴奋中迎来了第二日。这可是顾衍第一次名正言顺地来她的小院，虽然对这个小院很是熟悉，他还是左顾右盼，仿佛没有来过一般。

小七心里想着他可真会装，表面上不露声色，微微一福，含笑问道："小女见过世子爷，敢问，我们就这样离开吗？"

她并没有男装，就选了颜色颇深的湖蓝色衣裙，同色系的腰带将纤细的腰肢勒得紧紧的，辫子绾成发髻，显得羸弱但又干净利落。

顾衍看呆了，在小七恼羞成怒的咳嗽声中反应过来，他赶忙将手中的袋子递了过去："郑小姐，昨日我父王想来没说清楚，是这样的，狗市那里人员混杂，你是女子，总归有些不妥。所以我事先给你准备了男装，女扮男装会方便许多。"

小七蹙眉。

顾衍继续解释："这也是狗市不成文的规定，并不是只有你一人女扮男装。有些人家的小姐想要养宠物，有时也会亲自过去挑选，女扮男装是常有的，大家见怪不怪了。"

小七挑眉，狐疑地看向顾衍："你没骗人吧？你这人可没什么信用。"

顾衍的笑容一僵，问道："我看起来是那样的人吗？"

小七连忙点头："真的是！"

顾衍："……"

小七听从顾衍的劝告，换上了一身男装。

小桃感慨道："这尺码还挺准的。"

小七顿时脸红，她嘟囔道："你胡说什么！"

小桃望天，她也没说啥啊！

顾衍亲自为小七准备了一身银白色的男装。待小七出门，当真是个如玉般的小公子。看他这般俊朗，顾衍感慨："若你是男子，怕是京中男子都不能出门了。"

小七忐忑地问："真的不觉得有点怪吗？"

顾衍连忙摇头："不，很好！翩翩佳公子！"

话虽如此，顾衍心里却觉得，小七这样穿，一点都不像是一个男孩子，还是十足的姑娘家。只是他是不会说的："郑兄弟，请吧。"

小七怯怯的，不太自信地来到顾衍身边："真没问题？"

顾衍含笑："没问题，请吧。"

小七只走了几步，就停下了脚步，她瞪了顾衍一下，道："我把小桃忘了。"

可怜的小桃，还在屋里和男装奋战呢！顾衍给小桃拿过来的男装，比小七的差了许多。小七这件量身制作，而小桃那件则是大了许多，小桃边调整边愤然控诉："我有那么胖吗？"

顾衍并没有带很多人，除了张三，就是那个原本只听过名字的李四。张三、李四，叫起来倒是简单痛快。

狗市在城郊，小七从未去过，但是这次过来觉得心情极好。城郊不比京中繁华地带，穷困人家更多些，不过饶是如此，见到他们锦衣华服，也并未太过在意。想也是，都是往来人口众多，大家怎么会注意他们几个呢？

"前边拐过去就是狗市了，我昨日已经事先过来看过了，你再去看看，有合适的咱们就下手。"顾衍双眼亮晶晶的，他做梦都没想到，自己可以和小七一同出门走在大街上。他欢喜得简直想大喊。

顾衍这般高兴，别人却不知情。他那话说得太过模棱两可，这边本就是集市，小偷小摸的人特别多，大家看他的眼神立刻就不一样了。

小七觉得，怎么好像一下子大家就离他们远了几分。她有点不明白，但也没放在心上，感兴趣地问道："你看中了几家？"

顾衍比了比手指头："六家，我看中了六个。我们挨家看，不行就都下手。"

大家又远了几分。

小七问："没必要吧？"

顾衍认真地说："一切都看你啊，你喜欢怎样就怎样！"

"那我们还是挨家看吧！养两只我也照顾不来。"小七扬着小脸，脸上满是喜悦。

"咦，那个是什么啊？"小七突然看见小作坊边围满了孩子，说起来，她真是极少出门的，就算是出门，也只是去寺庙拜佛，从不曾来过集市。她好奇地道，"看起来好特别。"

顾衍最会察言观色了，他拉起小七赶紧凑了上去，小七正要甩掉他的手，就被眼前的东西吸引住了。

顾衍道："这是糖人，好看吧！还好吃呢！我知道你喜欢吃糖，来，你想要什么，我让他给你做一个。"

小七不可置信地看这顾衍："可以吗？我可以要一个吗？"

顾衍点头："当然可以啊！我送你，来，说说你要什么！兔子、猪，还是狗？哦对，猫也可以。他还会捏仙女的。"跟你一样！顾衍内心补充。

老师傅好脾气地笑："小公子要啥啊？"

小七脸红了几分，寻思道："我都想要。"

顾衍大手一挥："都买。"

小七连忙阻拦："我就是说说，我只要一个就可以了，要那么多干什么！"

顾衍才不管呢，他交代道："你先给我们捏个仙女，其他的样式，一样做一个。银子给你，我等会儿买完小狗再过来拿，怎么样？"

老师傅接了大活儿，乐不可支："好好，自然是好，您放心！"

小七阻拦未果，被顾衍拉走了。

转悠到了狗市，小七听到此起彼伏的狗叫声，她默默地看了顾衍一眼，深深觉得，顾衍当初学得那么像，就是在这里偷师学艺过的。

"小七，走，我带你去看我看好的那家。那只狗虽然不是纯白的，但是机灵得不得了，黑白相间，跟个小猪似的。"

小七无语……这是夸它吗？作为一只狗，长得像猪很荣幸吗？她一点都不理解顾衍兴奋的点。

顾衍可没觉得有什么不对，他拉着小七来到自己看好的摊位前："小花，我来看你啦！小七，我说的就是这只，这个虽然不是小白，但是它很乖的，昨天还和我玩来着。"

卖狗的老爷子好脾气地看着两人笑："小公子昨儿个来过，本来没看中它，我就说，这小狗虽然不是纯色的，但是真的最机灵。小公子本来还不信呢！"

小七蹲了下来，老人这里有不少狗狗，小小的，也不知有没有一个月大。只是其他的都四处张望，只有这只小花懒洋洋地窝在笼子里晒太阳。

"小花，你给她表演一个，你昨天还给我表演来着啊！"顾衍戳小花。

一只黑白相间的狗被取名小花，也亏顾衍想得出来。

小狗哼唧了一声，转了个身，还是那副爱搭不理的样子。顾衍被打了脸，哼了一声："小七，它不乖，我们去看其他的狗。比它好看的还有很多呢！一只狗还敢跟我傲娇，真是不知天高地厚。不就会卖萌吗？我也会！"

小七默默地捂脸，和他一起出门好丢人。她同情地回头，望向了平日里就跟着顾衍的张三、李四。二人接收到同情的视线，差点热泪盈眶，终于有人懂他们的苦楚了。

老人家生怕他们走了，连忙道："今儿个它吃得少了，太阳又毒，所以才不怎么精神的。其实它真是蛮机灵的，你们若不喜欢它，还有旁的。你们看，你们看这个……"

顾衍挑眉："它不会是生病了吧？生病的我们才不要呢！"

"没的没的，真的没病，这点您放心！我这儿还有这么多只狗呢！要是不妥当，您给我送回来。家里困难，这次狗又多，所以就……不太够吃。它机灵，吃的就都让给了自己的兄弟姐妹，这是饿的，真不是病。"

"汪唔。"小狗亮晶晶、水汪汪的眼睛瞅着小七，小声地叫了一下，小七觉得自己的心一下子就化了。

"我们就买它吧。"

小狗仿佛听懂了一般，开始摇尾巴。

顾衍看看狗，又看看小七，道："我们才进来啊，还有很多家没看的。我昨天还选中了好几只，你不都看看吗？"小七就是容易心软。

小七坚定道："就它吧！也许我和它有缘分呢！其实小狗长什么样子一点都不重要，机灵与否也不重要，相处久了，总是会建立感情的。我和它有缘分，就它吧！"

顾衍顺从小七的意见："好好，就它。"说罢二话不说就掏出银子，给小七买东西的感觉就一个字：爽！

老人家将小狗抱起来递给小七："来，小公子，给您。"

小七微笑着接过狗狗，抚摸它。

小东西微微眯起眼，那一瞬间，顾衍想到了在安华寺的日子。那个时候，小七也会这样抚摸他的头，软软地和他说话。而现在，这些都没有了，小七不怎么搭理他了。呜呜，好嫉妒这只小狗！

"来，小公子，这是找给您的银子。"老人家做生意也实在。

顾衍寻思了一下，道："算了，不要了，你把那个筐给我吧。我装它，不然这样抱着也不方便。"

"这银子都能买下十个筐了。筐值什么钱？这筐就白送您了，这银子我也不能要。"

小狗挣扎，小七将它放下，含笑问："你是想回筐里吗？"

小狗太小，晃晃悠悠地来到老人身边，舔另外一只小狗："汪呜汪呜！"

小七好奇道："这只好小，不是它们这一窝的吧？"

老人家道："是一窝的，只是这只生下来就体弱，也不怎么吃东西，越发小了。我想着，有人给钱就卖了，不过大家都不想要一只小病狗。想来也是，谁闲着没事要养一只不健康的啊！这几日，我搭着别的狗白送，还带累了别的狗不好卖。这不，每天都带着它，许是能找到个有缘人。"

小七看那只瘦弱的小白狗，不禁想到了大白初来她家的时候，也是瘦瘦小小的，她爹说，只要用心，就可以养好……

小七看着狗狗发呆，顾衍闻弦歌而知雅意："我要了！"

老人家问："啥？"

顾衍认真地说："我要了！我来养它！"对上小七惊讶的视线，顾衍咧嘴笑，"你放心，我一定会给它养好的。我们一人一只，好好养它们，好不好？"

小七重重地点头："你好好照顾它，不懂的就来问我，我有经验的。"

顾衍微笑道："好！"

小七回到家还处在兴奋之中，她和小桃亲自给小狗洗了澡。

小桃好奇地问道："小姐，你说小世子真的能给小白养好吗？"她心里有点担心，那只小白看起来很虚弱。

小七想到当时她也是这样询问顾衍的，顾衍回答说："我就算养不好，我们府里还有个薛神医啊！人都能治好，更何况是狗！"说得十分理所当然。

不过，小七也觉得……莫名地有道理，简直无法反驳。

"我就算不相信他，也相信薛神医。小白会好起来的。"小白狗被小七取名小白，黑白相间的小狗被顾衍起名小花。

看看她起的名字，小白，多么天真无邪的名字。再看顾衍起的名字，小花！啧啧，听着就俗气。

不过，虽然小花这个名字俗气，小花倒是很可爱的。

小七将小花擦干，说道："你要努力吃东西，然后长得壮壮的，这样我就想办法带你去看你的妹妹小白哦！"

也不知有没有听懂，小花"汪汪"叫个不停。

"你们姐妹一定可以见面的。"小七温柔地说道，小花和小白是两只小母狗。

将小花安顿好，小七看着满房间的糖人，有点不知所措。她支着下巴看小桃，道："你说，这么多糖人，我们吃不完怎么办啊？"现在虽然是秋日，但是秋老虎的威力可不小，天气还热着呢！这糖人不快些吃完，怕是就要化掉了。

　　小桃试探着问道："要不……送人？"可是送谁啊，府上也没什么孩子。

　　小七想了想，坚定地道："拿两个，我送去给祖母。她知道我出门去了，这也算是一个礼物了。"

　　小桃："可是这是小世子买的啊。而且，老人家不能吃这么甜的东西吧？"

　　小七认真地说道："这本来就是小世子送给大家的啊！之前的事情虽然不是他的错，但是给我们府里造成了困扰，小世子也觉得不好意思。所以买了糖人送给大家。你觉得，这样好不好？这样我们的糖人就不会全部化掉浪费了。"小七眨巴眼睛。

　　小桃点头："好！"

　　"那现在收拾。"

　　小桃看着小七欢快的样子，忍不住道："其实小姐当时可以不要的。是不是……"小桃停了一下，继续说，"是不是小姐本来就想将这些糖人分给府里的人？因为……因为你怕老夫人不喜欢小世子，所以故意借由此事让老夫人高兴？"小桃觉得自己真相了。

　　小七虎着脸："才没有。大家都讨厌他才好呢！我是真的吃不下，当时也不好不要的。"小七说话的时候，眼神飘忽，一副心虚的样子，小桃忍不住想笑。小姐分明就很喜欢小世子，但是生怕被人知道，还装作凶巴巴的样子。

　　"小姐别着急啦，我都是胡说的，走吧。我陪你去给老夫人和夫人送糖人。"

　　而此时，老夫人正在与自己的心腹周嬷嬷说话，她抿着茶，道："倒是看不出来，我最不看好的姑娘，最有出息。"

　　周嬷嬷答道："七小姐活泼天真，男子喜爱也是应当的。不管是什么时候，这男人都喜欢那种清新可爱，长得美还没心机的。张扬跋扈总是不讨喜，自作聪明更是不可取。原本老奴觉得，六小姐性格特别，许是会有大机缘的，但是现在看来，过度的跋扈，还是不可取的。"

老夫人颔首，认可周嬷嬷的话："确实如此。他们都以为我只想着攀龙附凤，却不想，我也有自己的苦楚。老爷子过世得早，我辛苦支撑这个家，我不指望他们有什么大出息，可是这个家不能在我手里败了。老大是个扶不上墙的，老二优柔寡断，老三无心仕途。大哥儿倒是个有前途的，可是他身边拖后腿的太多，若没有个好的帮衬，怕也是艰难。我不求府里的姑娘嫁出去后怎么帮衬娘家，只有这么一个好的亲家，就已经是无形的帮助了。只是他们那些人啊，都是不懂！"

周嬷嬷安抚道："现在只要不出什么岔子，想来也不会有大问题的。小世子似乎极为喜欢七小姐。"

老夫人颔首："忠勇王爷虽然没有明说，但暗示我也听得懂。现在只看小七这丫头的了。想也奇怪，你说那小世子也没见过小七，怎么就看中她了呢？真是怪哉！"

"也许这就是人所说的缘分吧！"

老夫人听了这话，乐了："有些人，就是这样好命！"

话音刚落，就听外面有人说七小姐过来送糖人了，老夫人挑眉："真是说曹操，曹操到！"

小七给长辈们送了糖人，之后就跑回自己房间，她伸了一个懒腰感慨道："我头一回给祖母送礼呢。对了，小花呢？"

小桃连忙回道："小花睡了，它好小。"只比巴掌大一点点的小花憨憨地睡在笼子里，小七望着它熟睡的样子，感慨道："不知道小白怎么样了。"

小桃坏笑："那小姐明早问问世子爷啊，我想世子爷应该很高兴的。"谁看不出来啊，世子爷养小白，就是为了让小姐对他上心。

小七没听出小桃的话中有话，点头道："你说的有道理，我明日就问他。希望小白能够好好活下去。"

"一定会的。"

小七笑嘻嘻的，心情极好，她打开窗户，吸了一口气道："好清新的味道。"

小桃跟着笑了起来。

小七静静地看着窗外："小桃，你知道吗，其实不管再养多少只狗狗，都不是我的大白了，可是我还是乐意养的。"

小桃不解。

小七继续说："虽然它们不是大白，却是和大白一样的存在。我没有保护好大白，才会让六姐姐有机可乘。这一次，我会好好照顾小花的，不会让它再受到伤害。我会把对大白的思念和喜爱都倾注到小花身上。大白已经离开了，可是大白派了小花来陪我，我会好好照顾小花的。"

小桃听得心酸，"嗯"了一声。

"大白是只好狗狗，我相信，它会很好地投胎，我很为它高兴。"

小桃又"嗯"了一声："这次我也会保护好小花！"她坚定道，"六小姐别想再欺负咱们。"

正说着，门外传来很大声的喧哗。

"郑小七，你给我出来，你给我滚出来。"

小七揉了揉耳朵，问道："六姐姐不是在禁足吗？"

小桃皱眉道："小姐别理她，我出去看看。也不知道她又发什么疯！"

刚一说完，就看六小姐静姝已经冲了进来，她是一个人，并没有带丫鬟。

小七挑眉："六姐姐怎么过来了？"

静姝冷笑道："我不能过来吗？郑小七，你就是个狐狸精，和你娘一样的狐狸精！"

小七冷下了脸色，每次和静姝吵架，她之所以会动手，都是因为牵扯到了她娘。她就不明白，静姝一个晚辈，怎么有脸这样编排长辈。她凭什么！

"郑静姝，我说过，你和我吵架，怎么说都可以，但是如果牵扯到我娘就不行。这已经不止一次两次了，你到底想怎么样！"小七越想越生气，打算和静姝好好谈一谈。

静姝扬着下巴冷笑道："难不成我说错了？别以为我什么都不知道，你娘原本就是要嫁给我爹的，我爹不要她，她才嫁给了你爹。明明知道我爹看不上她，还嫁过来，不是觊觎我爹是什么？我娘说的一点都没错，你们俩就是两只狐狸精，不要脸的！"静姝撕破脸地说着。

小七看着静姝，想不到她竟然说出这样的话。

"我爹和我娘琴瑟和鸣，如果你再胡说，信不信我撕烂你的嘴！"小七气得小脸通红。

"我就说！你也是，你就是不要脸，不要以为你勾引到忠勇王府的小世子就能平步青云，他才不会看上你呢！你以为拿个糖人炫耀，我就会觉得落寞了吗？我告诉你，我郑静姝得不到的，你也休想得到。"静姝死死盯着小七，"我要把你娘亲做的丑事都宣扬出去，我也要将你和小世子私下交往的事情说出去，我看你还怎么得意！你别以为只要装作单纯无知就能骗到男人，我会让你们知道我的厉害，我会……啊！"

小七毫不犹豫地打向了静姝。

静姝惊叫一声闪开："怎么，你恼羞成怒了？我告诉你，我要让所有人知道你们母女俩的丑陋嘴脸。"

"够了！"

小七等人回头，见到来的人竟然是林氏。

也不知林氏站在那里多久，整个人被气得颤抖。

静姝有一丝慌乱，不过还是道："我说的又不是谎话，不要以为你是我三婶，就可以对我大呼小叫的。你明明是爱慕我爹的。你个坏女人，狐狸精。"静姝盯着林氏，不甘示弱。

林氏冷着脸："一个姑娘家，不修身养性，这般言语歹毒！我爱慕你爹？真是笑话。与你一个晚辈也说不着，我这就去禀了老夫人，看看究竟是什么人才能教出这样歹毒的姑娘。"

按照以往，林氏也不会这样，可是静姝的话已经涉及她的名节，这个时候若她还是充耳不闻，别人只会以为她心虚。相公现在身体不好，她已经十分艰难，若再落个不守妇道的名声，她该如何自处，而小七又该如何？她怎么样都没有关系，但是若会影响到相公，影响到小七，那她是怎么都不会善罢甘休的。嫁过来这么多年，大嫂多有刁难她都不当回事。毕竟他们夫妻和睦恩爱是最重要的。不想他们竟变本加厉了，这样的话，甚至都说到了孩子这边。今日静姝这样说，他日是不是旁人也可以这样说了？

林氏一直都是温柔的，今日突然就这般黑了脸。静姝心里是有些怕的。但是她想到这个三婶表里不一的样子，又不客气起来："你不要往别人身上扯，不要以为我怕你。我娘深明大义，不说不代表她心里不怨。这么多年，我见多了我娘的泪，你就是个狐狸精，你是个该去死的狐狸精，你的女儿也是小狐狸精。"静姝气势汹汹都骂着。

不知何时小花也被吵醒，它死死地盯着静姝，呲起了牙。

静姝听到声响，看到小狗，厌恶道："整日就知道养狗，郑小七，你养的狗和你的人一样让人讨厌。我告诉你，我就是故意打死大白的，谁让它是你的狗，你的狗就讨厌……"

林氏当真觉得，这个姑娘毁了。好人家的姑娘，怎么会这个样子？

"来人，把六小姐给我绑起来送到老夫人那里，让她把刚才说的话再说一次。我倒是想看看，老夫人该如何处置。"

"你敢！我告诉你林氏，这个家还不是你做主。"静姝瞪眼。

林氏冷笑："更不是你。"

几个三房的下人立时就给静姝捆了起来。

静姝破口大骂，小七直接将帕子塞到了她的嘴里："这样清净多了。"

她握住了林氏的手，仰头道："娘亲，你别难过，她是个蠢货，你不要理她，和这种人一般见识都是浪费我们的精力。"

林氏知道小七是为了安抚她，她含笑点了点头，随即吩咐道："把六小姐带走。"

静姝本来就在禁足，可是她竟然趁着没人注意，偷偷跑了出来。而跑出来的原因则是听说小七给老夫人送糖人。她心生嫉妒，便没办法控制自己的言行了。

她张牙舞爪地往三房跑，自然有人看见，虽然已是晚上，但还不到休息的时间。她这般张扬跋扈，自然人人都看得清楚。老夫人那边很快便得了消息，老人年纪大了睡得也早，连忙起身穿衣。

而这个时候，王氏已经堵住了三房的人，一脸愤恨。

林氏只是冷然地与她对峙，这种情形直到老夫人赶到。

老夫人看着两房媳妇，恨恨地用拐杖捶地："你们两个……你们两个当真是好的。这大晚上的竟闹成这样，规矩呢？你们的规矩呢？"

王氏正要哭天喊地为自己女儿喊冤，林氏极快地开口："母亲，儿媳还请母亲做主。"言罢，立刻跪下。

小七跟在她身后，也掉着眼泪跪下。

林氏这般倒是出乎老夫人的意料，她惊了一下，眯了眯眼："有事情来主屋说。"

林氏并不肯："既然大嫂在这里拦住了我，那么就在这里说清楚吧，不然人家还以为是我见不得人。"

小七也不抬头，可怜兮兮地跪在她娘亲身后，一副受了大委屈的样子。

老夫人并不知道她们究竟吵了什么，但是看林氏这般，心里倒是咯噔一下。

"静姝大喊大叫说我爱慕他父亲，是个狐狸精，我想很多下人都听见了。若我不在这大庭广众之下说个明白，别人还以为我心虚。"林氏不卑不亢，她并不像小七那样哭泣，挺直的背却更是让人觉得她受尽委屈。

"自从嫁入郑府，我和相公琴瑟和鸣，日子过得十分美满，小七也懂事听话。我一直不明白，静姝为何总是针对小七。我也告诉过小七，静姝是姐姐，凡事让着些姐姐，别与她闹。我自信我的女儿是听话的，每次与静姝争吵，都是因为静姝编排了我，才让小七失控。我实在是不太明白究竟为了什么，只当是小女孩的口角。可是今日静姝竟然当面辱骂我，说我是狐狸精，说我爱慕她父亲。大嫂，我倒是想知道，你凭什么这样告诉你的女儿。你哪只眼睛看见我爱恋你的夫君？"林氏死死盯着王氏，一点都不肯退让。

她之所以敢把事情拿到明面上来说，就是想要一劳永逸。其实这样闹，她即使是清白的，也会有个悍妇的名声，可是林氏不打算就这么善罢甘休了。悍妇没有关系，如果给女儿解决了静姝这个丫头，她是不介意自己的名声的。这样隔三岔五闹一下，他们三房太烦了。

老夫人脸色铁青，而王氏并不知道女儿都说了什么。可虽然不知道，但也想象得到，她扬着眉："难道静姝说错了不成？你本来就暗恋我们家老爷，我感觉得到。"

不这样说还好，这样一说，周围人的眼神都变了。感觉得到？这感觉什么时候也能拿来做证据了？

林氏冷笑道："那么我倒是想问一下了，我与相公成亲十六年，可曾一次单独与大哥说话？若感觉有用，我还感觉我家小七是仙子下凡呢！能是真的吗？大嫂未免太过自信了一些。论长相，我相公强了大哥不知道多少倍；论年纪，我相公比大哥年轻；论才华，我相公才华横溢；论性情，我相公温柔又高雅，对我更是体贴有加，对小七也疼爱得不得了。这样处处都比你相公强，我为何要暗恋大哥？如果你是说因为大哥做官，那更是可笑。我相公不是没有才华，只是不愿意踏入官场，难道教书育人的先生就一定比做官差吗？相较于你们的汲汲钻营，我倒是觉得我相公的品性更加高洁。我相公那么好，我不喜欢他，还要喜欢谁？"

林氏的话让王氏的脸色青一阵白一阵，一时间竟然接不上话了。

"往日里我不与你们一般见识，是我不愿意将事情闹大，都是一家人，讲究'和睦'二字。可是大嫂，你是怎么教导静姝的？就这样不分尊卑！且不说她还在禁足便偷偷跑了出来，就说这个不敬长辈，不友善弟妹，我倒是问问，这是好人家的女儿吗？大呼小叫地说就是不喜欢小七才杀了大白，寻常人家的姑娘会这么恶毒吗？"林氏嫁过来几十年，一直都是温柔的，大家万万没想到，她生气起来会是这样厉害，真是句句都能说到点子上，戳得王氏不知如何回应。

而随后赶到的大老爷听了林氏的话，脸色也是难看得不行。

最先反应过来的，倒是老夫人。

她摆手："好了。我知道你委屈，只是委屈也不能在大庭广众之下这般胡言。都给我来主屋。"

林氏得到了自己想要的结果，拉起了小七。这个时候的小七竟然有几分呆滞，她原本一直以为，是自己保护温柔好欺负的母亲，但是根本不是这么回事。她每次和静姝打在一起虽然也闹得挺大，但是根本没占什么便宜，而这次她娘亲真是行家一出手，就知有没有！

她真的被震住了。

待回到主屋，林氏一拉，母女二人再次跪了下来，林氏道："大庭广众之下喧哗，是儿媳的错。只是，儿媳不能让这个屎盆子扣在我的头上，若我不解释清楚，怕是人人都会觉得三郎戴了绿帽子。我怎么都没有关系，但是涉及三郎和小七就不行。求娘给我做主。"

老夫人从来都没有想到，这个三儿媳是这样厉害，她做的每件事都有自己的用意，这点她在外面的时候就已经明白。而今，进了屋，她也并没有善罢甘休，她看得出来，林氏根本就不想善了。

当然，先不说林氏怎么样，老夫人对王氏和静姝倒是无语了。这一对母女，当真是傻得可以。林氏曾经与他们家老大有婚约，这点毋庸置疑。可是有婚约又如何？到底没有成亲，之前也几乎没有见过面。说林氏暗恋老大，实在牵强。

她虽然不喜欢林氏商户女的身份，但是对于清白这点，她一直都是十分信任林氏的。就如同林氏所说，老三在容貌上更出众几分，姐儿爱俏，林氏这些年与三郎琴瑟和鸣，关系极好。王氏委实多虑了，若这些都是王氏胡思乱想引出来的麻烦，她倒是觉得，这人真是唯恐天下不乱。

"行了，我知道你委屈，老大媳妇，这事确实是你的不对。而且……"老夫人微微眯眼，有些不满，"你怎么知晓小七过来送东西的？"

这就说明，她必然是盯着自己的院子，这点让老夫人不能忍。

王氏抹泪："母亲，可不是我胡说，这老三媳妇，真的不是个好的啊！您看那忠勇……"

不等说完，老夫人变了脸色："周嬷嬷，给我掌嘴。"

周嬷嬷毫不犹豫地给了王氏一个耳光。

老夫人阴狠地盯着王氏："胡言乱语也要有个度。若这点分寸都没有，你也不需要继续留在郑家了。"

老夫人此言一出，众人皆愣住了。

大老爷自然知晓老夫人的意思，他连忙开口："你这泼妇，怎么跟疯狗似的胡乱咬人。"此时也顾不得什么体面了。

小七看着混乱的现场，顿时有种轰隆隆的感觉。

王氏被打了耳光又被大老爷斥责，她哭着道："老爷，您不是也说林氏该提防一下吗？这个时候怎么又不这么说呢？"

大老爷尴尬地瞪她："你胡说什么，我什么时候说过？"

老夫人叹息："老大，你糊涂啊！"

林氏嘲讽地看着大老爷，一字一句地道："我不说话，不代表我是软柿子。大嫂跑到我面前胡言乱语，我不计较是谁指使，我只是希望你们知道，我和相公好好的。你们那些龌龊又下作的想法，还是留着给自己吧。同样的，我也不希望我的小七再受到别人的欺负。"林氏冷笑，"不然，别怪我翻脸无情。"

林氏摆明了要和大房决裂，老夫人咳嗽道："好了，林氏，你说话也注意些分寸。我知道你委屈，但是委屈也不能如此。这件事，我必然要给你一个说法。"

得到老夫人的示意，周嬷嬷拿开了静姝嘴里的帕子。

静姝虽然害怕，却不管不顾："你们也太欺负人了，凭什么这样欺负我爹娘。郑小七，你就是个扫把星，什么事沾上你就没好的。你爹就是有你这么个女儿，才倒霉到这个地步……"

小七死死地盯着静姝，她从未想过，静姝能恶毒到这个地步。

"祖母，静好求祖母做主。"虽然极端愤怒，小七还是有最后一丝理智。

"你们三房不要欺人太甚，我家静姝就是沾染了你这个扫把星，才有了今日的结果。我告诉你，别以为我王氏会怕了你。你们母女两个……"王氏的话被老夫人打断。

她看着王氏，厉声说道："这么多年，我一直都纵容你们，但是现在看来，我的纵容没有让你们谨小慎微，严于律己，倒是让你们越发张扬起来。老大，这次的事我不能不管。老大媳妇，我看你是没有悔改的心思，既然府里不能让你好生悔改，那就去郊外的庄子上吧！周嬷嬷，安排人，明日送大夫人和六小姐去郊外的庄子上。没有我的允许，任何人都不能让他们回来。"

王氏难以置信地看着老夫人："母亲，您不能……您不能让我去庄子上。就算有人去，也该是林氏，她才是最该去的人。守着一个活死人……"

啪！大老爷一个耳光打了过去，吩咐道："将夫人拉下去。"

老夫人气得颤抖："反了她了，竟然这样诅咒老三。老大，这个媳妇，不要也罢，让她滚回王家，让她走！"

王氏一听，一下子瘫软在地。这样的话是不能随便说出口的，既然说了，王氏倒是真的怕了，静姝在一边也呆住了。

大老爷蹙眉道："母亲，王氏口无遮拦，委实不该姑息，儿子也气愤她如此编排老三及弟妹。可儿子和大哥儿都身在朝堂，总是不能处处随心，若我休弃了王氏，那么大哥儿怕是面上也不好看。撵回王家一事，还请母亲三思。"

老夫人缓过来，她最看重的便是大房的大哥儿，犹豫一下，她厉声道："就算不撵回去，也必须去庄子上，将她们都送走吧。"

"是。"

老夫人揉着眉心："时辰不早了，我也累了，你们都下去吧。"

林氏得到了想要的结果，起身冷冷地看着大房的众人，待到出门，她来到大老爷与王氏身边，并不顾旁边的二老爷，低语道："我能成为林家最出色的女儿，靠的从来都不是虚张声势。谁若动了我在乎的人，一次半次我忍你，但是若得寸进尺，我会让你们知道，我林筱婧不是吃素的。"言罢，她率先离开。

小七跟了上去，她娘亲好威武！

恰在这时，三房的丫鬟跑了过来，一脸惊喜："夫人，夫人，三老爷……三老爷有反应了，刚才他动了……"

林氏愣住，随即激动得冲出了院子，小七跟在她娘身后，也欣喜得不知如何是好。她爹有反应了，有反应了呢！

母女二人迅速冲到了房间，就见丫鬟、小厮围了一屋，大家都十分激动。林氏定了定心神，问道："怎么样了？"

大夫道："刚才老爷的手动了，人也咳嗽了一下，仿佛是有了知觉一般。我把了把脉，并不能看出有什么异常。想我医术也并非高超，小的便自作主张，请丫鬟去忠勇王府请薛神医了。"这大夫是他们郑府的大夫，自然和薛神医没法比。

林氏颔首，并未多言，只拉住了郑三郎的手，一脸激动。

小七站在一旁，不断掉眼泪，她一直都盼望自己的父亲能快些好起来，如今终于有了起色，她只觉得整个人都不真实了。她现在只想放声大哭。

薛神医还未到，老夫人便赶了过来，她哆嗦着坐到床边，也是着急得不得了。

小七突然觉得，今夜过得十分漫长，许多事似乎都在今夜发生。一时间，她有些恍然得不知所措。

"薛神医到了。"丫鬟禀道。而陪同薛神医过来的，正是小世子顾衍。

顾衍听说郑先生身体有反应，连忙陪薛神医同来，见小七激动地站在角落，他甚至上前，不顾他人目光，安慰道："郑先生会好的。"

小七抬头看他，咬唇点头。

薛神医为郑先生把脉，大家看他紧蹙的眉头，都将心提到了嗓子眼。若一直没有希望便罢了，有了希望又破灭，只会让人难以接受。此时是最难熬的。

也不知过了多久，薛神医抬起头，道："我想，继续治疗的话郑先生应该很快就会好起来，具体的时间我不敢说，但我肯定，这日子已经不远了。"

小七的眼泪流个不停，顾衍掏出帕子为她擦拭："别哭，这是好事啊。郑先生很快就会好起来，小七应该高兴才是，哭什么呢？"他小心翼翼地哄着小七。

小七嘟囔道："我高兴啊，就是高兴才哭的。不知道怎么了，止也止不住……"

"那……那你哭吧。哭过了，就好了。"顾衍认真地道。

这天晚上，小七睡得格外香，她梦见她爹醒来，梦见全家在一起开开心心……

而此时老夫人则跪在佛堂上："感谢上苍，三郎终于有了起色。"想到小世子顾衍对小七的温柔，她嘴角微微上扬，"只盼着，一切能够让我如愿。小七……倒是个有福气的姑娘。"

郑三郎有了起色，而薛神医又断言他近期就会清醒，一时间，三房真是喜气洋洋。

而老夫人也因为三儿子的起色高兴不已。

可不管怎么高兴，该处理的事情却不能不处理，她坚定地将王氏与静姝送到了别院。郑老夫人不喜欢三夫人和小七，但是事关郑家，她想得更多。

很显然，王氏和静姝的不懂事已经到了极点，如果这个时候还不约束她们，怕是事情会更加恶劣。

大老爷这次并没有说什么。说起来，他也颇为难堪，三夫人不顾脸面在院中的那段话，本身就是对大老爷的教训。

小七听说王氏和静姝的马车走了，正在为父亲擦脸的手停顿了一下，小桃在一旁道："这些都是她们自作自受。"

小七点头："你说得正是。只希望她们真的能好好反省，不要再胡言乱语了。伤人的话是一把利剑，只会让人心生厌恶，所有的亲情都会磨灭。"说到亲情，小七说不出心里是个什么滋味。静姝自小就与她针锋相对，所以她想到的，永远都是不好的地方，好的竟一丝也无。

"行了，她们怎么样，与我们也无关，我们管好自己便是了。"

小桃点头称是。

小七将手上的帕子交给小桃，陷入了沉思。

小桃边洗边道："小姐，没想到夫人那么厉害，我都吓了一跳。"

小七抬头，附和道："你不觉得娘亲好霸气吗？"

小桃点头如捣蒜。

林氏在门口听了，只觉得想笑。她掀开帘子进门，小七连忙上前，甜软地唤了一声："娘亲。"

林氏拉着她的手："昨日吓坏你了吧？"其实她倒是有点担心女儿不能接受她这个性子，但是看她不仅适应，而且似乎很高兴自己这样强势。她觉得，自己是真的老了，现在小姑娘的心思，她是看不懂的。

小七认真摇头，诚恳地道："不，我其实挺高兴的。我很高兴娘亲是强硬的性子，而不是之前那样绵软，只会让人欺负。大伯母和静姝，她们都是这样，你若是厉害，她们就后退两步；你若是软弱，她们就上前。最会欺负人的就是她们了。所以我一直都很不放心娘亲，生怕你被她们欺负。不过现在这样好了，我一点都不担心了。我娘亲才不会被那些坏人欺负，不仅不会，还能保护我。想到这里，我就觉得分外高兴。"

林氏被她逗笑了："怎么，你是怕你嫁出去后没人保护我吗？"

小七顿时脸红："才没有的事。"

林氏慈爱地看着女儿，虽然她只有一个女儿并没有儿子，但是她一点都不遗憾，小七这样好，是别人怎么都比不上的。

"娘亲不求别的，只求小七好好的。"林氏感慨道，"娘就你这么一个女儿，你快乐，娘就觉得是最大的幸福了。"

小七皱眉问道："娘亲怎么突然煽情起来，怪怪的。"

林氏扑哧一声笑了出来："你这孩子啊！真是的！"

小七靠在林氏肩膀上："娘亲可不能笑话我。"

"你呀！"林氏戳了戳小七的脸，"你明儿个去安华寺一趟吧！"

小七茫然抬头："为啥啊？"

原来，这是老夫人的意思。老夫人觉得，小七之前在安华寺祈福一个月，回来没有多久她父亲便似乎好了几分，因此觉得那里的神明极为灵验。

但凡是许愿，哪有不还愿的。因此老夫人命小七再去一次安华寺，也算是还愿。

小七听了，点头称是。为她父亲好的事情，不管有没有用，她都乐意做。

"那我明日出门，娘要和我一起去吗？"小七扯着林氏的衣角摇晃。

林氏自然不可能与小七同行，她是怎么都不能放心郑三郎的。她恬淡地摇了摇头，叮嘱道："你一个人去吧，不过凡事小心些，莫要鲁莽，知道吗？"

小七点头，她并非第一次出门，而且出门的地点还是自己比较熟悉的安华寺，笑着应道："安华寺可是我住了一个月的地方，算不得是陌生的地方，放心便是，我会照顾好自己的。说起来，我还有点想念慧善师太了，大师一直对我照顾有加。"

林氏知晓慧善师太是什么人，小七自然也知道，只是小七并未想到慧善师太与顾衍的关系，只当她是前朝的妃子。

"我给慧善师太准备礼物去。"说完小七很快就欢蹦着跑了出去，林氏看她这样，忍不住念叨："明明还是个孩子，可转眼就到了能嫁人的年纪……"

小七其实也无须准备什么，毕竟只是去一日，当天就回来。

216

她将小花托付给林氏的大丫鬟，小桃看自家小姐这般忧心，安慰道："小姐无须担心这么多，六小姐那个坏蛋已经不在府里了，别人不会对小花怎么样的。有了大白的前车之鉴，别人一定会小心的！"

小七觉得确实是这么个道理，她勾起唇角，露出俏丽的笑容。

小七等人出发得早，到了安华寺，也不过是上午。老夫人和林氏都觉得既然是还愿，还是上午来比较好，因此小七便听从她们的要求了。

安华寺今日拜佛的人并不多，小七还愿之后坐在园中的亭子里。她虽然在安华寺住了一个月，却从来没有仔细看过这安华寺的景致。那个时候她身边有个大白，她每日提心吊胆的，拜完佛就快速回到自己的小院，一点都不过多停留。

若说安华寺中最熟悉的地方，那就是后山了，谁让她每日傍晚都带大白去后山散步玩耍呢！现在想想临走之时自己的担忧，真是十分讽刺。她担心大白找不到自己，做了许多的训练，也不知那个时候的顾衍是怎么想她的，会不会觉得她是一个可悲的傻姑娘呢！

知道大白是假的，是忠勇王府的小世子假扮的，小七简直要难受死了。可是现在再往回看，好像也没有那么难过。不知道为什么，小七自己都说不清楚这感觉，就是觉得……这件事，似乎没有那么重要了。

小七眺望远方，这安华寺的格局当真是简单明了，几进几出的大院套着小院。能看得见后山绿树葱葱，虽然现在已经是秋日，并不那般翠绿，但这样远远看着，也是绿树成荫。而院中通向后山的小河更是清澈见底。炊烟袅袅，竟有几分仙境的感觉。

小七张开双手，感觉秋风吹拂在身上，感叹道："这是不是就是那诗句里所说的'天凉好个秋'？"

小桃微笑："虽然只住了一个月，可是总觉得好像住了很久似的，特别有感情。每天起床收拾之后就去厨房帮师太们料理午膳晚膳，虽然帮不上什么大忙，但是每天都很充实的。"

小七含笑道："那你要不要去后院和他们打个招呼？"小桃似乎很想，却又忧心地看她。

"我不会有事情的，这里我比你还熟悉呢！再说，我也想找慧善师太，有点想念她了。"

"小施主好！"小七惊讶地回身，不知何时，慧善师太已经站在她的身后了。

小七惊喜道："师太可好？"

"自然是极好的。小施主气色看起来也不错，看来归家后的日子分外舒心吧！"慧善师太浅笑。

小七笑："我爹有起色了。哦对，师太，我给您带了礼物呢！"小七示意小桃将准备好的礼物拿出来，"虽然礼物不是很贵重，不过是我的心意哦！您看看。"

慧善师太接过礼物，惊讶地抬头。

小七笑眯眯地说："我知道您不缺什么，这是我昨晚连夜给您做的。马上就要天冷了，这样套着，就是这样……"小七自己示范之后道，"很暖和的。"

慧善师太并未推推拒，直接套上："倒是正好。多谢郑七小姐了。"

"没什么呀，之前您也很照顾我的。"突然想到了什么，小七回头，"小桃，你去看看那些小师太吧，我想单独和师太坐会儿。"

小桃应是之后离开。

小七看师太认真地盯着她，挠头道："其实我没有什么私密的话要说啦，只是给小桃个过去打招呼的机会，不然她不放心我。"

慧善师太笑："说起来，倒是有缘。"见小七不解，她解释说，"今日，贫尼还有另一个客人……"

小七好奇地看着慧善师太，不知她所言的客人是什么人。可是她心里总是有种怪怪的感觉，就好像这个人她是认识的，甚至，她猜到了某人。

小七心里暗暗骂了自己一句，是不是魔怔了，怎么会想到顾衍呢？这个时候的顾衍，必然是在他们府里呀！今早她出门很早，难得没碰上顾衍，想来他现在应该是陪着她爹的吧！不过也不好说，顾衍每日待的时间也不长，也许已经走了。

小七神游太虚，慧善师太并不打扰，只静静地含笑看她。待到小七反应过来，她微笑道："想必郑七小姐是知道那人是谁了。"

小七眼神开始飘忽,她根本就不知道呀,可千万不能瞎猜,一旦猜错了可怎么办呢?毕竟,她脑子里只有那么一个人而已!

慧善师太并不与她打哑谜,声音大了几分:"延卿,出来吧!"

小七皱眉,她并不认识叫延卿的,抻着脖子望了过去。小七顿时呆住了,不过很快她便一股火冲了上来,这个死骗子,竟然欺骗慧善师太,他哪里是什么延卿,分明就是忠勇王府的世子顾衍啊!

顾衍笑嘻嘻地从台阶下走了上来,看小七送给慧善师太的手套,嫉妒地盯着不肯别开眼。

小七愤怒,不过还是使劲平复自己:"你叫延卿?"她声音不能控制地提高了几分。

顾衍点头:"对呀,我就是延卿,顾延卿。"

小七没忍住,将小世子扯到一边指责道:"你怎么可以骗师太!你根本就不是什么延卿。你太坏了,骗我是大白,骗师太你叫延卿,你明明是顾衍,是忠勇王府的小世子顾衍!"

顾衍笑了起来,笑容越来越大,最后竟是不能自持。小七被他笑得心里发毛,问:"你……你笑什么?"

顾衍笑够了,扶着石桌道:"忠勇王府的小世子,姓顾,名衍,字延卿,只是我极少用自己的字,旁人不知道罢了。"

小七张大了嘴,吃惊,她万万没有想到竟然是这样的。

顾衍认真地说:"顾衍是我,延卿也是我,我并没有骗人的。小七,你误会我了。"

小七顿时尴尬起来,她扭着帕子,眼神漂移,每次她不知所措的时候,都会这样。

顾衍知道她这个小动作,接着道:"你也不用太不好意思,其实自从我娘过世,也只有祖母和姨奶奶会这么叫我。"

"啥?"

顾衍来到慧善师太的身边:"大师是我祖母的亲妹妹啊!"

小七顿时张大了嘴,简直能塞进一个鸡蛋,她看着顾衍,再次确认道:"你……祖母的妹妹?"

顾衍点头："对呀！"

小七顿时脸色发白："太后的妹妹？我的娘呀！"

看她这个小傻样，连慧善师太都笑了起来，只是她并未多说什么，站起来缓步走下了台阶。

台阶之上，徒留小七和顾衍两人。

顾衍发觉小七发呆，好笑地拉她："别看了，大师走了。"

小七震惊不已："没想到，慧善师太的身份那样显赫。呃，我原来也知道她是先帝的妃子，只是没想到还是太后的妹妹，太让人震惊了。"

"其实也没什么，每个人都有自己的选择。小七，我们好有缘分啊！我竟然会在这边遇见你。"他才不会说，他是快马加鞭赶来的，嗓子都冒烟了，马都要累死了。

小七上下打量顾衍，发现他风尘仆仆的样子，怀疑地问："你该不会是知道我在这边后赶过来的吧？"

顾衍顿时脸红，他问："你怎么知道的？果然是心有灵犀一点通，我就知道，我的心意你都懂。"

小七对他的厚脸皮叹为观止，她感慨道："你家里人知道你这样厚脸皮吗？"

顾衍想了下，点了点头："我觉得知道。"

小七无语了，对自己认识这么深刻还到处乱跑，这不是坑人吗？她转身就要离开，顾衍连忙拉住她的衣袖："小七，你去哪里？"

小七无奈："关你什么事？我与你单独在这亭子里说话，若别人看到，将来会有大麻烦的。"

顾衍挺胸："我来的时候，就已经安排人守住院子了，我又不是傻瓜！你放心好了，不会影响你什么的。小七，你别走好不好？"

小七总是觉得顾衍是个奇怪的人，现在也不例外。她看顾衍，纳闷地问道："可是我们什么关系也没有啊！我也没什么心情留在这里陪你聊天，我不走干吗？"小七认真地说，"顾衍，其实我一直都很想和你说清楚的。"

顾衍："汪汪！"

小七拍他的头："我是要好好和你说话，你能不卖萌吗？"

顾衍无辜道："我以为这样你会高兴。汪汪，汪汪汪！"顾衍学着狗叫，讨好地朝小七眨眼，"汪！"

小七看他拦路，顿时想到一句话：好狗不挡道……呸呸！郑静好，你怎么可以这样粗俗，这是不可以的！

"顾衍，你坐下，我有话和你说。"

顾衍觉得，有人说宴无好宴，他现在看，小七认真起来，也不是一件好事，总觉得，好像要说什么不讨喜的话了。

他不肯："我偏不坐下来。你一定是要我离你远远的，这样的生活才不是我要的。"

小七接话："可是这样的生活也不是我要的。顾衍，你是小世子，我虽然也是富贵人家，但是我们两家是没有办法比的！而且，男女授受不亲，你总是找我，算什么呢？"

"我喜欢你！"顾衍的回答出乎意料的快。

小七咬唇，她心里其实一直隐隐有这样的感觉，好像顾衍是喜欢她的，可是喜欢她又怎么样？他们总归是不合适的。而且……顾衍骗了她，她没有办法忘记顾衍的欺骗。

说起来有些矫情，她内心欢喜于顾衍的喜欢，那泛着快乐泡泡的心情她根本就没有办法控制。可是想到他的欺骗，她又隐隐担心起来，担心什么她自己都不知道，可就是担心，这让她不敢更近一步。

"那好，顾衍，你说你喜欢我，你知道你喜欢我什么吗？你知道我的生活习惯吗？知道我的爱好吗？我姑且相信你是知道的，毕竟，你扮了那么久的大白，知道我的生活习惯也是正常的。可是顾衍，你知道我心里想什么吗？你只是偶尔遇见我，觉得喜欢我，就可以假装是一只狗狗来到我的身边。如果有一天，有一天你又喜欢其他人了呢？你有没有想过你那时又会怎么做？顾衍，虽然我比你小一岁，可是我比你成熟很多。你想过这些吗？"

小七噼里啪啦说了一番，说完了，似乎又好像知道了自己长久以来的担心究竟是什么。

是了，她是怕顾衍又会喜欢别人。只因为一点点喜欢就做了这么多，如果喜欢别人更多，顾衍会不会……会不会就抛下她，再也不会和她有任何牵扯？

顾衍是个骗子，让她生气。可是让她不能原谅的理由不光是他骗人的，还有内心更深的恐惧。

小七咬唇："顾衍，你都想过这些吗？"

顾衍眼巴巴地看着小七，他问："小七，你喜欢我吗？"

小七想都不想："不喜欢！"

顾衍突然就笑了起来，你看，小七就是这样的口是心非，他老早就发现了。虽然她倒豆子一样说了一大堆话，但是眼神里还是带着渴望的，他绝对没有看错，就是渴望，渴望他说出反驳的话，渴望他能够真正让她放下心来。

顾衍望天："汪呜！"

小七黑线："你还没完了啊！"

顾衍眨眼，他是好心啊，好心让小七不那么紧张，她完全都没有领会他的意思，真是一个傻姑娘！

"我喜欢你，不是因为只见了你一次。"顾衍郑重地说道。

"啊？"小七不解。

顾衍低头抠手指，紧张地道："那个，我才不是第一次见你。从我第一次见你到装大白来你身边，已经好几年了。"

小七一下子惊到了，她张大了嘴："啥？"

顾衍抬头瞄她一眼，重新低下了头："我第一次见你是很久以前了。你就没有想过，为什么我假装大白能够骗过你？"

小七小鹦鹉一样学着他的话："为什么？"

顾衍挺胸："因为我偷偷在背后看了你两年多啊！"

咣当！小七摔倒了。

小七揉着小屁股，死死地盯着顾衍，简直像是要吃人："你说啥？你看了我两年多！"

顾衍举手招供道："嗯，我看了你两年多。郑先生还没出事的时候就看了一年多了。我喜欢你，才不是因为一时冲动，是考虑了很久的。那个……如果郑先生没出事，我们俩都成亲一年了。"这家伙想得极好。

小七又摔倒了，看她接二连三地摔倒，顾衍扶她："你是不是缺啥啊？等我给你送点补品，你该好好补补的。"

小七控制住自己想要挠人的冲动，问道："你给我说清楚，好好说清楚，到底是怎么回事？我怎么越听越糊涂。"

顾衍将事情的经过详细地叙述给了小七听，讲完，他蹲在地上对手指，一副受了欺负的可怜相，道："我发誓，我没有坏心肠。我发誓，我真的喜欢你。我再发誓，我以后都不会骗你了。如果我说了谎话，就让我……"

轰隆隆！一阵雷声响起。

小七不可思议地抬头看天空，早上还万里无云，现在竟是乌云密布了。小七呵呵冷笑看向了顾衍："你说啊，你接着说啊，你看老天爷都看不下去了吧！不要以为自己可以骗过我！"

顾衍看着天空，他就不明白了，人家发誓，女孩子都会冲上来捂住男人的嘴，一脸深情地说："不要说了，我相信你。"然后就拥抱在一起和和美美的。可是他这里倒好，连老天爷都给他脸色看，话还没说出来呢，就开始打雷了，还让人怪害怕的呢！

他……他要不要发一个毒誓呢？有点怕啊！

顾衍眼神也开始飘忽起来："就算……就算是骗人我也都是为了你好，是因为喜欢你才做了这些。"

小七冷笑，她微微扬头："骗人就是骗人，包裹着多好看的外衣都是骗人。"

"可是人家是……"

小七觉得自己回到了当初，顾衍还是"大白"的时候，就是这样装模作样地卖萌。她以为大白是和二伯母学的，但是现在看来，这人根本就是自带卖萌技能，亏她当时还因为怕他变成娘娘腔而百般纠正。

果然是她想多了。

顾衍察觉小七不喜欢他这样卖萌，立刻端正地坐好："小七，你现在不原谅我也没有关系，我会好好表现的，我会让你知道，我是一个好人，我是真心喜欢你！"

小七一时间不知说什么才好，顾衍总是不断地重申他是多么喜欢她，可是小七总是觉得好不真实："你让我好好想想。"

顾衍立刻点头："好，小七，你看我的表现。"

顾衍这个样子，小七忍不住笑了起来，笑容甜甜的。

他突然好怀念以前，那时小七都会搂着他，会摸他，会软绵绵地和他说话，会哄他，还会给他擦脸呢！现在统统都不会了。现在……现在就算他想给小七擦脸，想和小七说话，小七都不愿意。呜呜呜！好心酸的领悟。

"小七，我送你回家吧，现在坏人特别多，你一个女孩子，我一点都不放心。"既然小七不理他，那么他就主动点。

小七似笑非笑地看他，道："光天化日，太平盛世，坏人在哪里？"

顾衍一本正经地答："话不能这么说！我和你说呀，现在坏人真的很多。你这样一个如花似玉的小姑娘，最不安全了，我陪着你总归好一些。就算不说我喜欢你，你还是我师妹呢！照顾师妹，人人有责！"

小七掏耳朵："啥？师妹？我什么时候成你师妹了？我们两好像没有

那么熟吧？"这个家伙，还真是能扯！

顾衍眨巴眼睛："你的父亲是我的先生，那你不就是我的小师妹吗！戏文里一般都是这么演的。而且，师兄师妹一家亲！"

小七狠狠瞪了顾衍一眼，直接走下台阶，顾衍赶忙跟上："虽然秋老虎很厉害，但是傍晚还是很凉的，我们早点走，早些回到郑府也好。"

小七快走几步，顾衍个子高腿长，一下子就到了小七的身边。小七无奈："好好好，走！"

顾衍听小七这样敷衍的口气，还是笑得很开心，有一种人口是心非，看小七就知道了！

"小花怎么样了？"顾衍寒暄道，他最会和小七聊天了，小七喜欢什么话题，他一下子就知道了。嘤嘤，这种心有灵犀的感觉好棒！

"很好啊，也很乖！前日静姝过来找碴，它还冲着静姝叫，好像很懂事呢！"小七双眼亮晶晶，她得意扬扬地炫耀完，又想到了体弱的小白，"小白身体怎么样呢？"

顾衍回："别看它身子小小的又体弱，但是很能吃呢！我和你说……"

顾衍的话题找得很成功，小七成功被他拐带，偏离了原本要说的事情。顾衍看小七这般高兴，也忍不住笑了起来，他热切地和小七讨论如何养狗，充分展示了他是一个不太会养狗的笨蛋。只有他不会，才能来请教小七啊！这样的心思，别人这么会懂！

小七并没有察觉顾衍的用意，认真地说着养狗须知，顾衍学得很认真！

有时候，有些事，就是当局者迷，旁观者清，现在便是如此。赶回来的小桃见自家小姐毫无察觉，只感慨小姐真是个小天真，不过，她倒是没有什么旁的话要说。谁让小姐是真的喜欢小世子呢，虽然小姐不承认，但是她看得清楚的！

"薛神医说了，小白身体没什么事，好好调养便是。只是他说，他一个神医沦为兽医了……"顾衍惆怅望天……

"噗！"

寂静的傍晚，窗外有些鸟儿的鸣叫声，郑府里一片安宁祥和。

这几日小七时常想到顾衍那日与她的谈话，总是说不出自己心里是个什么滋味，似乎想要全都说出来，又似乎觉得哪里都不对。她从未如此迷茫过，可是这样的迷茫却又没有办法消除，只能不断蔓延。

小七惆怅地望着夕阳，问道："小桃，我是不是很讨厌？"

小桃不解，不过随即微笑道："自然没有，小姐是最好的，也不知小姐怎么会有这样的想法。"

小七望天："是吗？"

她的样子倒是让小桃有几分担心了，小姐往日里都是没心没肺的天真样子，突然这么惆怅，简直让人看不明白，小桃的脸皱了起来。

小七被逗笑了，道："我没事的。"

小桃嘟唇道："小姐最近很奇怪呢，都是被小世子刺激的。"

小七笑了出来："他怎么就能刺激我呢？我与他才没有什么关系。"小桃的视线太过明显，小七不好意思地起身，"我去看我爹了！"

这几日郑先生间或会有一些反应，这让小七全家充满了期待。

小桃说："我陪小姐一起过去。"

小七点头称好。

秋日的傍晚，徐徐的微风并不似初春那般透着凉气，而是暖暖的，吹在身上，分外舒服。

小七踩在石阶路上，含笑回头道："小桃，你去带小花来吧！我要带它去见我爹。"停顿了一下，小七笑意盈盈，"我要把小花介绍给我爹，这是我们家的新朋友啊！虽然它不能代替大白，但是它是我的新伙伴。"

小桃应了一声就冲了上去，小七站在树下，树叶随着微风落在她的肩上，小七微微扬着头，看着泛黄的叶子，感慨一年又要过去了。

小七就这样站在树下，全然不知自己已成为了别人的风景。

顾衍想念小七，偷偷来到郑府，却不想，刚爬上墙头，就看到小七一个人站在树下。泛黄的落叶，娇俏的女孩，简直没有比这更美好的画面。

一时间，他竟然呆住了，再也不知道自己应该做什么了，仿佛天地一下子都失去了颜色，小七真好看啊！

顾衍着迷地看着小七，如同他过去两年的许多日子，就这样坐在墙头

226

偷看小七。他怕被她发现，可是又渴望她能够看他，这样矛盾的心情，无时无刻不在。

而今时今日，他终于能靠近小七了，虽然小七很生他的气，他却觉得从未有过的踏实。原来的他永远都是在小七的圈外，距离再近，也仿佛隔着万水千山。而现在，虽然她很讨厌他，他却觉得从未有过的安心。

小七站在树下，突然就看了过来，顾衍一惊，差点摔下墙头。他呲牙对小七笑，其实他原本并不是这么爱笑，只是在那些学大白的日子里，他习惯了这样。而他也知道，小七很喜欢他这样大笑。

小七眼睛瞪得大大的，小脸蛋鼓鼓的，十分气愤的样子。

顾衍毫不犹豫地挥手打招呼，就见小七低下头蹲了下来。

小七四下寻找，毫不犹豫地捡起最近的一块小石头扔了出去。

顾衍看她的样子，忍不住笑趴在墙上。

小七愤怒，继续找石头，又一块……别说打到顾衍了，就是扔到墙头都困难。

顾衍对着墙下吐舌头："打不着！打不着！"

小七顿时气急败坏。小桃抱着小花回来，就见自家小姐使劲往墙头扔石头，而小世子则是笑嘻嘻地任由小姐打。呃，也不算是打……毕竟，小姐根本就打不到。小桃看着高高的围墙，忍不住为小姐掬一把辛酸泪，这怎么可能够得着啊！小世子倒是因为小姐的行为乐不可支。

来了帮手，小七指挥道："小桃，别客气，帮我揍他，揍死这个坏家伙。竟然挑衅我，真是把我当成病猫了！我……"小七说到这里，总算是回过神，她动作缓慢地回头，"我……我不该搭理他的吧？"

小桃没忍住，哈哈大笑。

小七被笑话了，又看墙头上的顾衍，也忍不住笑了起来。笑够了，赠送一个白眼，走人！

按照小七自己的感觉，现在她是健步如飞。到了三房主屋门前，小七总算是放慢了脚步："以后顾衍再来，就用扫把赶他出去，就没见过比他更厚脸皮的。"

小桃嘀咕道："小姐也不认识其他的男人啊！也许都是这样的呢！"

小七停下了脚步，她盯着小桃，半晌才道："虽然我很不想承认，但是竟然觉得你说得莫名有道理。"不过她歪头想了想，"可是，我爹不是那样的人啊！我也没见大伯二伯他们这样……"

小桃语重心长道："老爷是你的长辈啊！至于说大老爷、二老爷，他们都在外地做官，并不在京城。你见得少，偶尔见一次，又怎么知道他们的性格呢！"

小七怪异脸："我……竟然又是无言以对。"

小桃扑哧一声笑了出来。

小七感慨道："我突然发现，小桃，你说的话，都很有道理啊！总能一语中的。"

小桃嗔道："只希望不要是乌鸦嘴就好了。"

小七也笑了起来。两人来到三老爷休息的房间，此时林氏并不在。林氏傍晚的时候被老夫人唤了过去，还没回来。

"最近祖母时常找我娘亲，真是奇怪呢！"小七抱着小花坐到床边，"我倒是不明白了，原来我娘那么温柔，谁都想踩她一脚，祖母也不待见她。可是我娘厉害了，祖母竟然开始喜欢我娘了，好奇怪！"

小桃也不怎么理解老夫人究竟想干什么，但是又有什么关系呢？往好的方向发展自然是好的。小姐是个傻白甜，夫人厉害不是很好吗！

"小姐不需要想那么多啦！老夫人喜欢夫人这不是很好吗？"

小七想想，也正是如此，她摸着怀里的小狗，小花浅浅地"汪汪"一声，小奶狗的叫声给人十分软糯的感觉。

小花双眼黑黝黝的，它吐舌头继续叫唤，不知怎么，小七一下子就想到了顾衍，想到他装狗狗卖萌的样子……打住，郑小七，赶紧打住，干吗又想他。

她摸摸小花，与躺在床上的父亲道："爹，我很久没有和您好好说说话了。"

小桃悄无声息地退了出去。

小七点了点小花："爹，这段日子家里事特别多，我都没有好好和您说。"

郑三郎就如同无数个日子一样，全然没有反应。

小七叹息一声，道："其实是我不好。大白死了，我没有照顾好它，结果被六姐姐钻了空子，把它害死了。"小七落下一滴泪，"我很难过，但我更难过的是，我以为变成人的那个大白，他根本就不是大白，是顾衍假扮的。"小七抹掉泪："我好傻，我那么相信他，可是他骗了我。我原本就觉得，顾衍是这个世上最讨厌的人，因为他不听话让您操心，还害您落了马！可是现在我其实不那么想了，爹，您说我是不是很坏？我应该一直讨厌他的吧？我如果不讨厌他，怎么对得起您呢？明明都是因为他，您才这个样子的。"

小七边说边掉泪，却不知，那个少年就坐在房顶。他拿开了一片瓦片，抱膝坐在房上，下巴抵着膝盖，安安静静地听着。

"爹，您看，它是小花，是我的新伙伴哦！小花这个名字是顾衍起的，一只黑白相间的小母狗偏偏要叫小花，很奇怪吧？他起了这么奇怪的名字，我却一点都不想改掉，我是不是也很奇怪？其实还有一只小狗，那只小狗叫小白，它身体很弱，被顾衍抱走了。我总是告诉自己，顾衍不是一个好人，他是一个特别坏的坏蛋。但是我时常又会后悔，觉得自己说他太不应该了，顾衍其实是一个好人。"小七咬唇，"爹，我这么矛盾，是不是很讨厌啊！我一点都不喜欢这段日子矫情又让人讨厌的自己。但是我又不知道该怎么办！顾衍是一个好奇怪的人，他会装狗，也会让别人变得更奇怪。我就是中了这样的魔咒。爹，您说，他是不是在背后给我下了符咒啊！就是那种看他难过就会伤心难过的符咒。"

顾衍原本听得好好的，听到小七这样说，没控制住，一下子滑了下来……

小七正泪眼迷蒙地和她爹说悄悄话，结果突如其来的响声一下子惊到她，就看顾衍从房顶上掉了下来。

小七尖叫："啊！"

门口的小厮、丫鬟听到声音，冲了进来。

顾衍揉着屁股可怜巴巴地坐在地上，他抬头望着房顶，郑府这房顶是啥做的啊，怎么质量这么差啊！是因为穷偷工减料了吗？他只是稍微激动了点，咋就这样掉了下来啊！

顾衍望着房顶发呆，小七顺着他的视线望了过去，只见一个明显的大洞。

小七真是……好想和他决战！她使劲平复自己的心情，可还是忍不住怒吼道："顾衍，你是猪吗？你赔我们家屋顶！你个神经病！"

顾衍连忙捂住了耳朵："你的声音好大。"他还委屈呢！

"你干吗藏在我家房顶上？你是不是偷听？你是耗子吗？"

顾衍揉着自己被震得嗡嗡响的耳朵，辩解道："你刚才还说我是猪来着，这转眼就成耗子了？你变得也太快了！"

小七毫不犹豫就踹了顾衍一脚："你滚开好吗！"

众人默默后退一步，觉得自己看到了不该看的，呃，七小姐她在做什么！

"谁准你来我家的，你给我说。"

顾衍捂住脸："呜呜……"

"你装哭也没用，你最会装了，不要以为我不知道。你也好意思，竟然从我家房顶上掉下来，你怎么不从天上掉下来？"

顾衍放开手，认真地说："其实我是从天上掉下来的，我是一个仙人……"没等说完，又挨了小七一脚。

"你胡说八道，还仙人，是嫌人吧！惹人嫌的人！"

七小姐虽然算不得温柔的大家闺秀，但是也是知书达理的样子，如今日这般愤怒到不分场合地揍人，是从来没有的。可见，她是真的气愤到无以复加了。

她已经气到完全没有考虑过，那个人是不能随便踹的啊！那是忠勇王府的小世子啊，虽然脑子不正常了点，行为奇葩了点，但是他身份高贵啊！

大家都寄希望于小桃。

小桃叹息着上前，这个时候，除了她还有谁能来平息事态呢！

"小姐，冷静，冷静啊！这是小世子！小世子啊！"小桃希望小姐会懂。只可惜，她的愿望落空了，这个时候的小七处在"心里话被听见"以及"顾衍从天而降"的双重打击中，已经彻底疯掉了。

"冷静？我怎么冷静？他爬墙头也就算了，竟然还在房顶偷听！偷听也就罢了，他这个不要脸的竟然还从房顶上掉了下来！你看看这个大洞，我爹躺得好好的，你们说，这是不是无妄之灾？幸好他掉下来没砸到我爹，不然的话，我就和他拼了。这个扫把星，我真是不能忍了，怎么什么事一牵扯到你，就那么倒霉呢！我……"小七气势汹汹，她也是被气得失去理智了。

"小七……"小七的话被人打断。

"七什么七，我……"

小七突然反应过来，她猛地回头，就见郑三郎竟然睁开了眼睛，他艰难地开口："小……小七！"

小七"哇"一声哭了出来："爹！"

郑三郎见女儿大哭，勉强勾起了一个笑容，他使劲想要抬起自己的手，却没有成功。

"郑先生！快去请大夫，另外安排人去王府请薛神医。哦对，小桃，你去主屋通知老夫人和师母。"顾衍一下子爬了起来，很快就吩咐起来。

众人连忙动作，顾衍拉住小七的手："小七不哭，你爹醒了，你爹醒了啊！"

小七几乎不敢上前，觉得幸福来得太突然。

顾衍拉着小七来到郑三郎身边，小七高兴地抹眼泪："爹，爹，您醒了，您真的醒了……"

她小心翼翼地戳了郑三郎的胳膊一下，随即哭得更厉害。

顾衍搂住小七，拍着他的后背安抚："没事没事，别哭了，你这样哭下去，你爹该心疼了。"

小七连忙推开顾衍，抹完了眼泪，将小花脸凑到郑三郎面前握住他的手："爹，您怎么样？哪里不舒服？您……您知道我是谁吗？"

郑三郎看女儿忐忑不安的样子，忍不住笑了起来，他低低地道："小七！"

小七又激动哭了："没失忆就好！"

顾衍忍不住笑着摇头，真是一个单纯的丫头，刚才你爹一直在喊你啊！

怎么会失忆呢？

"相公！"林氏几乎是小跑着过来，她一下子冲到郑三郎面前，场面顿时混乱起来……

正是因为郑三郎醒了，也没人去追究顾衍突然从房顶上掉下来这件事了。只是，虽然没人追究，但是大家都心里有数，老夫人严令任何人不能出去胡说，否则断然不会客气。

薛神医详细地为郑三郎做了检查，并没有什么大碍，只要好生调养，很快就能好起来。

郑府的乌云似乎一下子就散开了，对每个人来说都是一样。

小七这几日真是看什么都分外顺眼，就连每天过来转悠一圈的顾衍也不那么让人讨厌了。至于那天顾衍从房顶上掉下来，小七决定暂时不和他计较了，总是不能和一个"土拨鼠"计较太多。

顾衍从一只狗过渡到了一头猪，又过渡到一只耗子，现在，他被小七命名为土拨鼠。

顾衍内心的伤，无人能懂！

小七心情大好，走路都脚步轻快。

"小七心情很好？"郑三郎看女儿哼着小曲，含笑问道。

小七将被子拉了拉，点头："爹好了，我当然高兴啊！"

郑三郎点头："这段日子，辛苦你们了。"

小七将椅子搬到床边，认真地道："我不辛苦的。若说辛苦，我想娘才是最辛苦的人。可是现在您好起来了啊！爹好了，我们就高兴了，不管是娘还是我，都觉得所有的付出都是很值的。"

郑三郎垂下眼睑，眼里有浓浓的心疼，对妻子，对女儿。不过再次抬头，他便又是那副儒雅的样子："我昏迷的时候，一直都恍惚听到你们与我说话的声音。"停顿一下，郑三郎看着女儿，继续道，"虽然听不清楚你们在说什么，但是感受得到你们的喜怒哀乐。爹知道，你们都受了很多委屈，都很辛苦。"

小七想起了父亲昏迷之后的种种委屈，一下子就红了眼眶。可饶是如此，她还是没有让泪水落下，反而是带着笑意："其实，爹昏迷了之后我才发现，自己是很坚强的，娘也很能干。其实我之前总是担心娘被他们欺负，但是现今才知道，原来真的是我想多了。爹，您能醒来，真是太好啦！"

郑三郎已经听妻子说了之前的事情，也知晓小七的事情。其实他昏迷的时候仿佛听到了小七说这些，只是他并不能肯定。顾衍是他的学生，为人他最是清楚不过，虽然有些任性，但实际上是个很好的孩子。

顾衍喜欢小七，并且以为自己藏得很好，没人知晓，却不知，他早已察觉。

许多时候就是这样，你以为你隐藏住了，但是并没有。

"小七。"

"嗯？"

郑三郎忍不住笑了出来："顾衍，他喜欢你吧？"

小七一下子睁大了眼睛，她捏着帕子，眼神游移："爹……爹胡说什么啊！我和顾衍才没有什么关系呢！谁认识那个讨厌鬼。"

郑三郎越发觉得有趣，他挑眉，看着女儿道："哦，讨厌鬼？"

小七脸红："爹爹笑话人。"

郑三郎好笑地问："我笑话你什么了？我只是重复了你的话啊！"

小七说不出个所以然，捂住了脸。

郑三郎看女儿这般模样，便想到了与妻子的初次相见，他眉眼间更是柔和了几分："爹知晓小七埋怨顾衍造成了我的落马。可是小七，这与顾衍有什么关系呢？他也是受害者。阿爹知道，你是喜欢顾衍的。他喜欢你，你也喜欢他，对吗？"笑了一声，郑三郎继续与女儿说道，"既然喜欢就不要轻易放弃，更不要想那些旁的。能与自己喜欢的人在一起，结为秦晋之好，这是多么难得。这世上不合适的人何其多，能够找到自己喜欢的人，已经很难得了。小七，你懂吗？"

小七咬住了唇……

　　小七嗫嚅着，不知该如何是好。自从父亲好了起来，她每日都欢欢喜喜的，连带着也没有找顾衍的碴。可是她倒是没想到，她爹会提出这个问题。

　　虽然……好像很有道理的样子，可是小七又不知如何说才最妥当。

　　小七犹豫地拧着手里的帕子，好好的真丝帕子，几乎要被小七抠破了。

　　郑三郎道："你且回去好好想想爹说的，你是我唯一的掌上明珠，我是希望你幸福的。若是因为爹爹当初的事情让你不舒服，那么爹爹是愿意让你知道的，我并不怪顾衍。当时是我自作主张去追他，并不是他存心害我这般。至于说不来看我，想来你并不知道，顾衍其实失语过。"

　　小七错愕地抬头，她难以置信地看着父亲。

　　"我与顾衍谈过了，他出事之后很久没有说话，导致了失语。如果不是来到你的身边，也许他就一直不能说话了。这点，并不是骗你。爹希望你知道，顾衍不全是你想的那个样子。"

　　"我以为他……"小七说不下去了。

　　"你以为他全部都是骗人的？不，他并不是，顾衍其实是自责的。小七，如果真的喜欢一个人，那就好好地相处，不要让无休止的前尘将感情消磨殆尽，最后徒留遗憾，好吗？"

　　小七动摇了，她盯着父亲，认真地问："我可以和他在一起吗？"

　　郑三郎含笑道："自然是可以的，只要小七愿意。"

小七咬了下唇，随即勾起了嘴角，她的笑意藏都藏不住，双眼也亮晶晶的："那……我愿意！"

"小七愿意，那父亲就和顾衍说，让他来提亲！"

小七脸红了："他……会愿意吗？"

郑三郎颔首："他巴不得来娶走我的掌上明珠。顾衍天天来，除了因为我是他的先生，还有其他的原因吧？"

"我不知道呀！"

父女俩笑了起来。

咚咚！门口传来敲门的声音，小七扬头："进来吧！"

来人正是小桃，只见她一脸惊慌地道："小姐，刚才忠勇王府来人了，他们说，小世子遇袭受伤了。"

小七立刻站了起来，她看着小桃："顾衍遇袭了？"

小桃连忙点头："是的，说是小世子遇袭了，具体什么情况，我也并不清楚。只是忠勇王府的人说，他们小世子让他来和三老爷说一声，他今日要失约了。"

小七回头问："爹约了顾衍？"

郑三郎点头，他蹙着眉："伤势如何？"

小桃摇头："没说呢。我拉着他问了，看样子他也不知道太多，只说世子爷交代他过来的，其他就完全不知道了。我看他行色匆匆，心里也是急切，便赶紧过来了。"

小七赶快吩咐道："你马上差人再去打听一下，看看严不严重。"交代完，她紧紧攥着拳头，"我们正大光明地过去，父亲是他的先生，这点没什么关系的。"

即使担心顾衍担心得就要哭出来，小七还是能想明白的。郑三郎看她的样子不由感慨，这一年多，小七真的长大了，虽然她还是和以前一样天真可爱，甚至多了几分活泼，可是她处事更细致了。

"小七。"

"嗯？"她看向了她爹。

"备马车，你去看顾衍，代表我们郑家去看他。"

小七连忙点头："好，我这就去。"可是还不到门口，她停下了脚步，迟疑的回头问，"我去，合适吗？"

"你去没关系，赶紧去吧！"

小七连忙点头，毫不犹豫地离开。小桃则是跟在她的身后嘱咐道："小姐小心。"

小七一出门眼泪就掉了下来："顾衍不会有事的。"她不断地重复。

小七很快便准备妥当，在三房护卫郑同的护送下，前去忠勇王府。

小七坐在轿子上，小桃看小姐几乎要颤抖，握住了她的手："小姐，世子爷会没事的，一定会没事的。"

"我好担心，小桃，你说顾衍怎么样了？"

小桃摇头，不过她还是安抚道："小姐放心好了，我之前听说世子爷身边的那两个人是难得的高手，他一定不会有事的。"

小七脑补了许多可怕的画面，她颤抖着唇说："我告诉自己一定是没事的，但是我控制不住自己怎么办？我好怕顾衍出事，怕他双拳难敌四手！小桃，你打我一下好不好？这样让我清醒一点，让我相信他不会有事的。"

"小姐不要想那些可怕的画面，可以想些好的画面啊！小姐不哭！"小桃安抚。

好的画面？小七咬着唇。

顾衍一脸傻笑地蹭着她的衣襟……

顾衍冲她"汪汪"叫……

顾衍扭着屁股喊"小七"……

顾衍飞快地跳起来接住她丢出的球……

顾衍为她洗衣，为她扫地……

小七使劲摇头，她想这些反而觉得更难过！

"还有多远？"她着急。

"小姐，忠勇王府到了。"

都在京城，自然离得不远，小七抹掉自己的泪，快步下车。

张三等在门口，他见郑七小姐红着眼眶到来，连忙上来："七小姐这边请。"

小七并没多问张三什么，可是她也没有发现张三纠结的脸色。张三想的是……事情要遭！若郑七小姐知道了事情的真相，会不会捏死他们小世子？天呀，越想越觉得有这种可能，太可怕了！

忠勇王府比郑府大了许多，小七跟着张三拐来拐去，终于到了顾衍的院子。院子里戒备森严，小七并不觉得奇怪，想来顾衍遇袭，他们自然是更加防卫森严起来。

"郑小姐，您请。"张三敲过门后便将小七引进门。

屋内的李四表情有几分怪，与张三交流了一个眼神，他说："属下在门口等小姐。"

小桃正要跟上，却被张三拉住，他摇了摇头。

小桃顿时瞪大了眼睛。

小七并没有发现大家的异常，她穿过外室，急切地来到内室。这是她第一次来忠勇王府，当然也是第一次来顾衍的房间，她顾不得看周围的环境，直接奔到了顾衍身边。

只见顾衍一身白衣，静静地躺在那里，仿佛毫无知觉。

小七一下子就哭了出来，她颤抖地伸手，想要靠近顾衍，又怕："顾……顾衍！"

顾衍并没反应，小七看不出他有什么外伤，但是她并不习武也是知道的，有些伤痕是内伤，比外伤更加严重。她不知道顾衍是什么情况，只觉得更担心了。她终于靠近了床边，颤抖着握住了顾衍的手，感觉他的手凉凉的。

"顾衍，顾衍，你怎么样了，你伤哪儿了啊？顾衍……"小七哭得厉害。

大大的泪珠落在顾衍的脸上，感受到这淡淡的凉意，顾衍睁开眼，痴情地看着小七："小七！"

小七见他醒了，连忙上下摸索："怎么样？哪里不妥当？薛神医怎么说？你要不要紧？"

顾衍就这样看着小七，仿佛怎么也看不够。伸出另一只手，顾衍抚上了小七的脸："我没事，小七你怎么哭了？不要哭，我会心疼！"

小七止不住泪，她嘟囔道："你不说，我担心啊！"

顾衍摇头："我没事！"

"可是你遇袭了！"顾衍越是否定，小七越发疑惑起来。

顾衍满眼的爱意："你为什么来看我？小七，你知道你这样不顾结果地冲过来，意味着什么吗？不出今日，满京城都会知道你喜欢我，小七，你知道吗？"

小七使劲点头："我知道，可是那又怎么样呢！我本来……本来就是喜欢你的啊！大家知道又有什么关系。我爹说了，感情来的时候就要把握住，这样才不会后悔。"

虽然这么说，但到底是未出阁的姑娘，小七红着脸，眼神却十分坚定。

顾衍觉得，自己早就该这样做了，若早一点这样做，或许就可以更早听到小七羞涩却又认真的表白。这次，不是他自己的臆想，而是真的，小七真的喜欢他！

他坐起来高兴地说："我好高兴你喜欢我。"

小七连忙扶他："你身体没关系吗？"

顾衍大手一挥："没事，我根本就没受伤啊！"

小七看顾衍活蹦乱跳的样子，一下子就呆住了，她迟疑地问道："你……没受伤？"

顾衍点头："对呀，我没受伤。哎呀呀，我也不是骗你啦！我确实遇袭了，不过没受伤就是了。没想到你误会了。"顾衍眨着眼睛。

小七看着他长长的睫毛，顿时觉得自己来这里就是个笑话。她没有犹豫地站起来："既然你没事，那我先走了。"

顾衍一下子倒下，蹬腿："我受伤了，我伤心了，你明明是来看我的，现在理都不理我就走。你明明说你喜欢我的，你刚刚就说过了。"

小七的眼神飘呀飘："我们是朋友啊，听说你受伤了我来看你不是很正常的吗？我爹，也就是你郑先生让我过来的，不然我是不会来的。"

郑小七，你还能更装一点吗！

顾衍似笑非笑地看着她，直到把她看得不好意思了，她嗔道："我说的都是真的，你想怎样！"

顾衍不再打滚，他坐好，认真地看着小七，问道："其实来不来或谁让你来一点都不重要，重要的是，你刚才说的喜欢我是不是真的！

"啥？"这个时候不装傻，更待何时？

顾衍笑。小七一直都觉得自己没有办法抵抗顾衍的笑容，他的笑容让人看了就觉得阳光灿烂，仿佛心情一下子也明亮了起来。

笑够了，顾衍问道："我再问你一次，你……喜欢我吗？"

小七扭着手指："我……"

"你怎样？"顾衍追问，他死死地盯着小七。

小七别开头，顾衍便跳到她身边。小七恼了，再转。顾衍再跳……

"你是兔子吗？跳来跳去的！"

顾衍马上从枕头下面掏出小本本，冲到了书桌前。小七好奇地凑过去看，就见他写上"兔子"二字。

再看前边，猪、耗子和土拨鼠等赫然在列。

小七戳他："你这是什么意思？"

顾衍无辜地笑："这是小七为我起的昵称啊！等到我们都老了，牙齿都掉光了，我就把这个传给我的孙子，我要告诉他，这是我的传家宝。"

小七一下就笑了出来，她歪头问："你就这么喜欢我啊？还等我们老了……我们会一起变老吗？"话里有着认真。

顾衍毫不犹豫地答："自然会！"

小七来到窗边，她推开窗户，窗外的景象有些萧瑟，但是此时她的内心却格外舒畅："顾衍！"

"嗯？"顾衍应声。

"我是喜欢你的。"小七转身认真地看着顾衍，"我是喜欢你的。"

顾衍顿时满心欢喜，他几乎要跳起来，将小七搂在怀中后，他声音颤抖地说："我知道，我一直都知道，因为我也那么喜欢你。我这样好，多才多艺，你怎么会不喜欢我。"

小七笑道："最自恋的就是你了。"

顾衍摇头说："才不是呢，我只是最了解小七，我知道小七会喜欢我的。"

"你说得对，你最了解我。"比我自己还了解我，所以谢谢你来到我身边。

"你别嫌弃我就好了。"顾衍吸了吸鼻子，"我很好的，你不要嫌弃我啦！"

"我有吗？"

顾衍嘟唇："有点。不过我相信，日子久了，你就会知道我的好。"

小七笑了起来，一时间，屋内充满了笑声……

其实小七在知道顾衍并没有受伤的时候有一瞬间觉得自己受骗了，可是也只是一瞬间，很快地，她就知道这件事怨不得顾衍。要知道，顾衍当时差人也只是说遇袭，并没说他受伤。

所谓受伤，只是她自己脑补的。现在想想她爹当时的表情，也许是已经猜到了，可猜到了还让她来……小七脸红，她爹这是帮着自己学生哄骗自己女儿吗？

而顾衍的状态，也让小七觉得有点怪。顾衍真的好像是要假装自己受伤。他为什么要这样呢？小七将自己的疑惑说了出来。

顾衍并不隐瞒："我要找到那个一直都企图害我的人。就算是我要上门提亲，也要先给我身边的隐患扫清。"

"有线索吗？"

顾衍颔首："王妃身边的王婆子。我现在就在等，等事情再有进展。我相信，很快了。"

小七纳闷："你就这么肯定她会再次出手？"

"会！原本不一定会，但是现在一定会。"顾衍愧疚地看着小七，"我不知道你会来。其实，我是将你陷入了危险中，若知道我们郎有情妾有意，为了对付我，我相信，他们会把黑手伸向你。抓你威胁我，最合适不过了。"

"啥？"小七惊讶。

顾衍连忙解释道："你别怕，我会保护好你的，一定不会让你受伤。"

小七忍不住微笑说："我不怕！"她扬头，娇俏的小脸上全是真诚，"我一点都不怕。能帮到你，我很高兴。因为，那个人也是害我爹的人，那么也是我的仇人。能够为抓住这个人尽一点力，我特别高兴。"小七跃跃欲试，"还需要我做啥吗？我可以的，我最会演戏了。"

"你算了吧！"

小七嘟嘴："我说的都是真的，你想让我做啥，你说！"

小七撸袖子，顾衍默默无语望天。

小七戳顾衍的胳膊一下："你说呀！"

顾衍说："你要做的，只是老老实实地待着。张三会安排人假扮你。"

小七不解地问："为啥假扮我？"

顾衍突然觉得，小七也不是看起来那么机灵。演技她肯定是没有的，既然没有，那还是老老实实待着吧。这事当真不能让她乱来。

"小七是笨蛋！"顾衍摇头晃脑，把这种嫌弃明晃晃地表现出来。

小七黑了脸："顾衍，不要以为我喜欢你就不敢做什么哦，你要打架吗？"她再次撸袖子。

顾衍觉得，小七的袖子一天能撸八遍。

"打不着！打不着！"他立刻跳开。

"你别跑，我要揍死你！"

顾衍吐舌头："我干吗要停下让你打，你抓我啊！抓不着啊！"

顾衍就是这么惹人生气，小七毫不犹豫地冲了上去。

两人笑闹起来……

寂静的夜。

"小七"披着月白斗篷在院中赏月，几个黑衣人从天而降，领头人直接抓了过去。斗篷的帽子滑下，他惊道："你不是……"

女子微笑："我自然不是。只是这次，你们没有机会走了……"周围顿时亮起火把，将整个郑府照得灯火通明。

张三从屋内走出："这次，你们插翅也难飞了。"

黑衣人首领望向了四周，已经没有逃走的机会，他摇头："你们别想抓住我！"提剑就要自尽。

张三暗道不好，飞快地冲了上去，弹出的暗器打掉黑衣人首领手中的剑，他一个健步上前："你别想死，留着你，不愁找不到幕后黑手……"

忠勇王府在郑府抓人的事，一大早便传得沸沸扬扬，同时还有郑府七小姐与忠勇王府的小世子顾衍的关系……而此时的小七，她窝在摇椅上，瞅瞅她爹，又瞅瞅她娘，尴尬地对手指："那个……"

两个人审视她！

小七讨好地笑："那个……我不是故意不说的，我也很想找到凶手啊！顾衍说，这样最好，我就听他的了。你们别怪我好吗？反正都找到幕后黑手了啊！"

小七眨着大眼睛卖萌，结果大家不为所动！

"你还真是长能耐了。"林氏瞪着小七，"就算是要有一个人扮假小七，你也不用住在忠勇王府啊！顾衍这是坑你，你怎么就那么笨呢！"

林氏发誓，那小子一定是想一箭双雕。

幕后黑手找到了，小七也因为在忠勇王府住了一宿而说不清楚了！

想想自己的蠢闺女，林氏觉得，有点牙疼，被她气的！

小七现在想想，也觉得不太对，可是当时真是急着要抓到凶手啊！

"你说你……"林氏正要开骂，就看到小桃喜气洋洋地冲了进来，她愤怒地喝道，"规矩呢！"

小桃连忙开口："那个……忠勇王府来提亲了！"

"忠勇王府来提亲了。"短短八个字，足以震撼得让小七直接摔到了椅子下面。她爬起来后眼神漂移地对着手指："他们来提亲了。"

林氏瞪她："提亲了也不代表你之前是对的。"

小七小鸡啄米一般地点头："我知道，我错了，我反省。"

林氏看她这个傻样子，叹息："你呀！"

小七笑嘻嘻地凑到林氏身边，道："娘亲别气别气啦！"又对郑三郎眨眼睛，"爹，我昨晚留在忠勇王府，知道了一件大事哦！"

林氏冷哼道："不就是这些事都是王妃做的吗？"这还用猜。

小七连忙摇头："不是啊！是王妃身边的王婆子，全是她指使的。那个黑衣人首领是她的养子，之前几次顾衍遇袭也都是她做的。因为只有顾衍死了，王妃才能有自己的孩子。她是王妃的奶娘，知道王妃想有一个孩子，所以她将事情都揽到自己身上。不过王爷并不相信，他将王妃软禁在府里的佛堂，顾衍说，这一世，她都走不出来了。"

郑三郎和林氏对视一眼，沉思之后道："不关你的事，以后莫要管。"

小七点头，虽然到最后也不知道王妃有没有参与其中，但是小七想到王爷和王妃的结局，突然就明白了很多，她认真地说："我要和顾衍好好在一起。"

郑三郎笑问："为什么？"

"因为我要抓住所有和我喜欢的人在一起的机会。能够在最合适的时间遇见最合适的人，再好不过了。我不想像王爷和王妃他们那样遗憾。顾衍喜欢我，我也喜欢顾衍，我们自然要在一起。虽然他笨，但是我不嫌弃他，如果我不要他，哪里还有人要他？"

林氏瞪她一眼，交代道："好了，不用说给我听了，我不会拒绝这桩亲事的。回房等着去。"

小七笑着被她娘亲赶回了房间。

郑三郎和林氏都去了前堂，小七挥挥手让小桃靠近听她吩咐："你去前边偷看，随时给我汇报！"

小桃"哎"了一声，跑了出去。

小七抻着脖子张望，道："也不知道顾衍来没来！"

"噗！"笑声响起。

小七连忙张望，就见顾衍蹲在墙上，对她笑。

小七有种"果然如此"的感觉，对顾衍摆摆手，他就直接跳到院子里。

小七靠在窗边睨他："你不在前院，来这里干啥？"

顾衍变魔术一样从后背拿出一束花："我自然是来给你送聘礼的。"

"你的聘礼，该不会是这些花吧？"小七问。

顾衍点头，坐在了窗台上："就是这个，好看吧？觉不觉得眼熟？我去安华寺采的，慧善师太说，祝我们百年好合！"

小七挑眉："慧善师太说的？我怎么不相信呢！师太是出家人，不太管这些俗事吧？不要把我当傻瓜！"

顾衍扬着下巴："我们不是亲戚嘛！"

小七看他的眼神就知道他在骗人，好像不知道从什么时候开始，她就掌握了这项技能呢！一下子就能看出顾衍这个家伙是不是在说假话，这种感觉……略微妙啊！

"你还能更假一点吗！"小七惆怅，"你怎么就这么天真无邪呢？我都为你忧愁。"

顾衍差点从窗台上掉下去，他一个踉跄，随即对手指道："你自己是个傻白甜，还说我天真无邪。不过……"他笑眯眯地看小七，"我觉得这样也好，说明我们俩是天生一对，天真无邪配傻白甜，简直不能更美好！"他越想越高兴："小七，你说，我们将来生三个孩子好不好？分别叫小傻、小白和小甜，怎么样？"他的双眼亮晶晶，求表扬！

小七扑哧一下笑了，她蹙着眉头，迟疑道："你确定你这么叫，你爹不会对你做什么吗？"停顿一下她继续问，"你确定你这么叫，孩子不会埋怨你吗？"

顾衍意味深长地笑，说："不过你没有否认要生三个孩子的事！"

小七一下子就脸红了，她嗔道："我不过是顺着你的话说，什么孩子不孩子的，不想和你说更多。"

小七害羞，直接将顾衍推到窗下关好了窗户。这个顾衍，来她家这么随便，走开走开。

一回身，顾衍赫然站在她的面前，小七惊了一下，拍胸："你动作怎么这么快啊！"

顾衍"汪汪"叫了两声。

原本暧昧的气氛顿时烟消云散，小七看他搞笑的样子，突然就笑了出来，十分开心，她伸手抚上了顾衍的脸。

顾衍愣住，自从他变成人，小七再也没有这般主动过。

"这么好看的脸，人却笨笨的。果然，老天爷为你打开一扇明亮的窗户，势必要给你的门关上。草包美人，说得果然没错！"

顾衍觉得，友谊呢？感情呢？爱呢？小七也会欺负人了，心酸！

"顾衍很生气，后果很严重！"

小七觉得，脑子呢？

顾衍严肃地看小七："我很生气哦，你快来哄我！"

小七默默无语，这个时候，说什么都是徒然，她捏了捏顾衍好看的脸蛋，转身……走了!

顾衍顿时感觉自己站在瑟瑟寒风中,小七怎么可以不安慰我,怎么可以!

小七来到柜子边上,也不知道鼓捣什么。她回身一丢,顾衍条件反射地用嘴接过,呃,是球球!他咬着球球,得意地笑:"我厉害吧!一下子就接到了,用嘴接球,绝对不会有人比我更好!我简直是太能干了,哈哈!"

小七抚额:"你还真是自觉!"

"小七怎么可以欺负我!"顾衍委屈地蹲在墙角画圈圈。

小七无辜地想:她是好心咧,不是他说的吗,快来哄他,所以她哄了。他又说自己欺负人,她也很无奈呀!

"明明都是你说的!"小七指控。

"我说的是你对我说甜言蜜语,我说的是你来亲我的脸颊,我说的是……我说的不是把我当成小狗哄!"

小七用脚尖在地上画圈:"你明明很喜欢。"她抱着装有五颜六色的小布球的篮子,微微扬了扬下巴,问道,"要不要出去玩?"

顾衍:"……"

"要不要去?"

"要!"

而前堂的众人们想的是:顾衍去茅房去了三个时辰了,那个……肾真的没问题吗?

新婚之夜，顾衍与小七排排坐。顾衍吹着口哨望房顶，小七哼着曲子望红烛。

"你……"两人同时开口。

小七脸红："你先说。"

顾衍连忙点头，他迟疑道："那个……你……"这话怎么说啊，还怪害羞的呢！迟疑了半天，他终于开口："那个，你知道怎么洞房吗？"

小七立刻挺胸："我自然是懂的。"成亲之前，已经有婆子隐晦地和她讲过了，而且，她还收到了几个小册子。小七红了脸，小册子还在箱子里呢，她瞄向了箱子。

顾衍终于松了一口气："你知道就好，我特别怕你将我当成坏人。要知道，我可不是欺负你哦，夫妻都这样的。"他成亲之前收到了小册子，就收在柜子里呢！他的视线朝着柜子飘。

两人视线一不小心撞到一起，慌张闪开。只是别开视线之后，两人又都笑了起来。小七戳着顾衍问道："你紧张什么？"

顾衍扁嘴："你不紧张啊！"

小七结巴道："不……不紧张！"这个样子，分明是说谎。顾衍觉得，小七简直是个虚张声势的夼毛猫咪："那你刚才躲什么！"

小七瞪他："你刚才那么紧张，别以为我看不出来。"

"我不是怕你看出来我柜子里有……"顾衍连忙捂住了嘴，不好，他怎么说出来了。

小七一脸"我都听到了"，她冲到柜子边，翻翻捡捡。

顾衍控诉道："你欺负人！"

小七不为所动，终于，她翻出了小册子，看那大小、封面以及质感……小七觉得自己的脸被火烧了起来，这小册子……瞄自己的箱子，她也有！

顾衍察觉到她的视线，也立刻冲了过去。不等小七阻拦，就看到了小七的私藏——小册子！

两人捏着对方的小册子，对视。

"呵呵！"

"呵呵！"

两人神同步。

小七恼羞成怒道："你干吗拿我的东西？"

"那你也拿我的了啊！"

小七叉腰："我的就是我的，你的也是我的！所以，你拿了我的东西，还给我！"

顾衍被小七的逻辑绕晕："哦。"他就要递给小七，只是手伸到一半，忽然反应过来，"小七诳我！"

小七跺脚："还我！"

"不还不还。"顾衍扬头，不过很快地，他好奇道，"我……我都没怎么看呢！也不知道，是不是一样的！"

小七羞涩却又认真地道："我也没怎么看呢！"

顾衍提议："要不，咱俩一起看？"

小七想了想，红了脸说："好！"

"边吃边看？"

"好！"

"吃花生，我给你剥……"

清晨，小桃敲门，门里没有任何声音，她悄悄推开房门……

可是打开房门的那一瞬间，小桃惊呆了！

这，这满地的瓜皮果核是怎么回事？

这，这扔在床边的酒壶是怎么回事？

这，这铺了满床的春宫图是怎么回事？

这，这小花和小白啥时候进来窝在床边的？

这，这歪七扭八缠在一起，还穿着大红喜袍呼呼大睡的两人又是怎么回事？

……

这一切，有谁能告诉她是怎么回事？

啊啊啊！他们俩……没有圆房啊！

咣当，小桃晕倒了！

若干年后。

顾小朋友和小伙伴一起闲磕牙。今年他七岁了。

"我娘问我有没有喜欢的小姑娘了！"他展开话题。

小伙伴问："那你说有吗？"

顾小朋友答："我说没有！"

小伙伴赞同道："说没有就对了。我上次和我娘说有，结果她拿扫帚撵了我五条街。"

顾小朋友得意扬扬地说："我娘说如果我有，一定要早早告诉她，到时候她会多给我些零用钱！"

小伙伴嫉妒又不解："为啥啊？"

"我娘说了，当初我爹追求她，连个礼物都不送，十分抠。如果不是后来醒悟了送了糖人和小花，我娘是绝对不会选我爹这个蠢蛋的。我娘觉得，我不能重蹈我爹的覆辙！咱们有钱！这钱就要用在刀刃上！娶妻要趁早！"

小伙伴挠头："小顾啊，你确定，你娘不是觉得你除了钱，没有能拿得出手的？"

顾小朋友："你走开！"

248

小桃幽幽飘过……

若干年后。

小七死死地盯着眼前十七岁的儿子，愤怒地挥舞扫帚："你给我说，你给我说说，你怎么能这么蠢！被人卖了还能帮着人家数钱！你是不是傻！"

小顾挠头，与他爹如出一辙："我……我只是想看看，我究竟能值多少钱啊！而且，女山贼好美！"

顾衍："我儿子太聪明了！"

小七："……"

小桃听这一家子的对话，仰天叹息：谁来拯救这傻白甜的一家！